国学经典
唐宋名家文集
何新所 注译
苏辙集
中州古籍出版社
·郑州·

图书在版编目（CIP）数据

唐宋名家文集．苏辙集 / 何新所注译．—郑州：中州古籍出版社，2010.4（2023.5 重印）

（国学经典）

ISBN 978-7-5348-3319-9

Ⅰ.①唐… Ⅱ.①何… Ⅲ.①古典文学－作品集－中国－唐代 ②古典文学－作品集－中国－宋代 ③古典散文－作品集－中国－北宋 Ⅳ.① I214.01 ② I264.41

中国版本图书馆 CIP 数据核字（2010）第 055016 号

TANG-SONG MINGJIA WENJI · SUZHE JI

唐宋名家文集·苏辙集

责任编辑　岳鸳鸯
责任校对　李　波
装帧设计　张　胜
美术编辑　曾晶晶

出 版 社	中州古籍出版社（地址：郑州市郑东新区祥盛街 27 号 6 层 邮编：450016　电话：0371-65723280）
发行单位	河南省新华书店发行集团有限公司
承印单位	辉县市伟业印务有限公司
开　　本	640 mm × 960 mm　1/16
印　　张	17
字　　数	190 千字
印　　数	31 001—34 000 册
版　　次	2010 年 4 月第 1 版
印　　次	2023 年 5 月第 9 次印刷
定　　价	20.00 元

本书如有印装质量问题，请联系出版社调换。

前　言

在"唐宋八大家"这一重要的古代散文创作集体中，三苏父子是唯一在古文创作上取得不凡成就的文学家族。当初苏洵携苏轼、苏辙来到东京开封，凭借着张方平等的推荐、欧阳修等的揄扬，加上次年苏轼、苏辙在科举考试中双双高中，一时三苏父子"名动京师，而苏氏文章遂擅天下"（欧阳修《故霸州文安县主簿苏君墓志铭并序》）。特别是苏轼，当时欧阳修就发出了"老夫须放他出一头地"的感叹，欧阳修晚年更是带点伤感地说："三十年后，世上人更不道着我也！"（朱弁《曲洧旧闻》卷八）而在南宋时期，苏文代替《文选》，成为士子争相效法的榜样。陆游《老学庵笔记》卷八就记载了这样的谚语，北宋时是"《文选》烂，秀才半"，而南宋时却说"苏文熟，吃羊肉。苏文生，吃菜羹"。不过，这些历史故事多多少少显得好像苏洵和苏辙沾了苏轼的光似的，是也？非也？

下面我们来简单地介绍一下苏辙的生平经历及其散文艺术。

苏辙（1039—1112），字子由，晚号颍滨遗老，北宋眉州眉山（今四川眉山）人。蜀地苏氏家族是初唐著名诗人苏味道（648—705）的后裔，苏味道在唐中宗神龙初年被贬为眉州刺史，其一子留在眉州，成为蜀地苏氏家族的始祖。苏味道是河北赵州栾城人，所以苏氏父子也常常称自己是"赵州苏氏"或"栾城苏氏",苏辙更以"栾城"来命名自己的文集。当然到了苏洵的时候,苏味道的影响早已经淡去,而对苏洵父子三人产生深刻影响的,应该是苏洵父祖辈所持有的独特人生观念。据苏洵《族谱后录下篇》(《嘉祐集笺注》卷一四)所记,苏洵高祖苏钊"以侠气闻于乡间",曾叔祖苏宗晁"轻侠难制",祖父"最好善",苏洵的父亲苏序"喜为善而不好读书"、"晚乃为诗……豁达伟人也。性简易,无威仪"。从苏洵记述的字里行间,我们可以体会到苏氏家族在唐末五代西蜀地方社会中并不是一个显赫的、文化程度很高的家族,但是颇有自己的家族传统,好侠为善,在地方上也颇有声誉。自从苏洵的兄长苏涣科举高中,走出蜀地以后,这个家族才开始急遽上升。苏洵少年时也不是一个喜爱读书的人,《三字经》中说的"苏老泉,二十七,始发愤,读书籍",就是关于苏洵的著名典故。苏洵少年时虽则不喜学习,但是其父对他并没有严厉约束,而是"纵而不问"。只是到了二十多岁的时候,他才"大发愤",折节读书,参加科举考试。这里有一个历史的巧合值得我们关注,那就是在苏洵二十八岁那一年(景祐三年,公元1036)的十二月十九日(这一天为公元1037年1月8日),中国文化史上璀璨夺目的一颗巨星苏轼诞生了。两年以后,苏辙也出世了。这告诉我们,苏轼、苏辙兄弟的幼年时期,正是其父苏洵发愤读书的时期,或许这对苏轼兄弟的幼年教育产生了良好的影响。当苏洵四方游学之时,他们兄弟二人则受到母亲程夫人的严格教育。苏辙在《亡兄子瞻端明墓志铭》(《栾城后集》卷二二)中说:"公生十年而先君宦学四方,太夫人亲授以书。闻古今成败,辄能语其要。太夫人尝读《东汉史》至《范滂传》,慨然太息,公侍侧,曰:'轼若为滂,夫人亦许之否乎?'太夫人曰:'汝能为滂,吾顾不能为滂母耶?'公亦奋厉有当世志。太夫人喜曰:'吾有子矣!'"这段话向来是论证苏轼少有大志的材料,而对苏辙亦当如此看待。苏洵在科举失败后,回到家乡,闭户读书近十年，研读经典，揣摩时事，潜心写作。这一时期，正是苏轼兄弟进学的关键时期，开始由苏洵亲自教授二子学习作文，后来当苏轼学成之后，则苏辙以兄为师。正是这样的经历，使得兄弟二人风雨同舟，建立起令后人极其钦羡的兄弟深情。苏轼在乌台诗案期间写的"是处青山可埋骨，他年夜雨独伤神"，感动过历代多少的读者啊！当然，兄弟二人的性情也不尽相同，大苏豪迈俊爽，小苏则沉稳俊秀。这一点，苏洵早在给兄弟二人命字的时候就说过："轮、辐、盖、轸，皆有职乎车，而轼，独若无所为者。虽然，去轼，则吾未见其为完车也。轼乎，吾惧汝之不外饰也。天下之车莫不由辙，而言车之功者，辙不与焉。虽然，车仆马毙，而患亦不及辙。是辙者，善处乎祸福之间也。辙乎，吾知免矣。"（《名二子说》，《嘉祐集》卷一五）杨慎说："观此，老泉之所以逆料二子之终身，不差毫厘，可谓深知二子矣！"（《三苏文范》卷四）嘉祐二年（1057）在欧阳修主持的贡举考试中，兄弟双双金榜题名；嘉祐六年（1061）的制举考试，两人再次入等，文名震动京师，开始步入仕途。苏辙曾参与王安石的变法，但与王安石观点不同，很快退出，在地方做官。当神宗去世，哲宗继位，宣仁高太后听政，启用旧党人物司马光执政，宋代政治进入元祐更化时期，苏轼兄弟开始进入中央，参与当时的一些政治事务。特别是苏辙这一时期升迁颇快，历任右司谏、中书舍人、户部侍郎、翰林学士、御史中丞等官，并于元祐六年（1091）二月任尚书右丞，次年六月任门下侍郎，直至绍圣元年（1094）三月，成为当时的执政大臣之一。苏轼兄弟在新党执政时，对于王安石推行的一系列改革深为不满，但是对旧党上台以后司马光推行的彻底废除新法的措施同样不苟同，而是希望实行渐进式的改革，考虑人民的利益，维护国家的稳定。因此苏辙反对司马光彻底废除王安石所推行的雇役、科举等改革，认为应该认真调查研究，再决定如何实施。他反对文彦博等人提出的"回河"之议，反对吕大防、刘挚的开边之谋。对于某些旧党中人提出的兼用新、旧党人的"调停"之说，极力反对，认为君子、小人不可同朝而处，犹如"薰莸不可同器"。虽然苏辙所论不见得都是正确的，但表现了他特立独行、不党不伐的君子人格。所以秦观称赞他"器足以任重，识足以致远"（《答傅彬老简》）。但是随着宣仁高后去世，哲宗亲政，新党再次上台，旧党人物无可避免地被远贬南荒。苏辙先后被贬谪到广东雷州、循州。直到徽宗即位以后，才被赦免，允许任便居住。这样苏辙于元符三年（1100）年底开始在颍州（今河南许昌）居住，直到去世。因此他晚年自号"颍滨遗老"，闭门谢客，度过余生。

苏辙一生宦海沉浮，但笔耕不辍，给后世留下了丰富的著作，今存《栾城集》、《后集》、《第三集》共八十四卷，《栾城应诏集》十二卷以及《诗集传》二十卷、《春秋集传》十二卷、《老子解》二卷、《古史》六十卷、《龙川略志》十卷、《龙川别志》八卷等。苏辙在文学、学术方面均取得了巨大成就。当然，苏辙对后世影响最大的还是散文创作，下面介绍一下苏辙散文创作方面的成就。

苏辙的性格和苏轼不同，其文风也不一样。对于苏辙文风把握得最清晰到位的莫过于苏轼。当时有人认为苏辙之文不如其兄，苏轼说："子由之文实胜仆，而世俗不知，乃以为不如。其为人深不愿人知之，其文如其为人，故汪洋澹泊，有一唱三叹之声，而其秀杰之气，终不可没。"（《苏轼文集》卷四九《答张文潜县丞书》）"汪洋澹泊"、"一唱三叹"、"秀杰之气"，这些审美概念非常传神地概括了苏辙散文的美学特质。明代茅坤则说得更为形象，他说："苏文定公之文，其镵削之思，或不如父；雄杰之气，或不如兄。然而冲和澹泊，遒逸疏宕。大者万言，小者千余言。譬之片帆截海，澄波不扬，而洲岛之棼错，云霞之蔽亏，日星之闪烁，鱼龙之出没，并席之掌上，而绰约不穷者，已西汉以来别调也。"（《唐宋八大家文钞·颍滨文钞引》）文如其人，苏辙的散文也许更接近欧阳修"纡余委备"的风神。这在他的论说文和杂记、书信、传记文中都有鲜明的表现。

苏辙的论说文不像苏洵那样笔势凌厉，纵横强辩，而是通过自己特有的一唱三叹、一波三折的方式，使自己的观点为读者所接受。比如其晚年写作的《历代论》中的《唐太宗》一篇，该文目的是讨论唐太宗李世民的施政得失，文章一反常规，提出唐太宗"不知道"的鲜明观点，可以说是别出心裁，让人耳目一新。苏辙在具体论证时表现出高超的技巧，文章一开始先扬后抑，首先称赞太宗的贤能是"西汉以来，一人而已"，又说他是"三代以下，未见其比也"。然后根据太宗身后唐王朝的兴废，断言太宗"未闻大道"，对比鲜明，引起读者阅读的欲望。但文章并没有顺流而下，而是先宕开一笔，转而举出了文治武功都不足以和太宗相比的楚昭王的例子，从正面说明什么是"知大道"的君王。接着才进入正题，举出四件太宗处理不当、遗患无穷的例子，来证明太宗之"未闻大道"。这些例证确凿有力地支持着作者的观点，让读者不得不认同之。文章观点鲜明，逻辑结构相当清晰，如老吏断狱，鞭辟入里，具有很强的说服力。又如苏辙嘉祐五年（1060）应制举考试时所进献的五十篇策论中的《民政策上二》，文章的中心是反思宋代的科举考试，对于以诗赋、经义取士提出质疑，认为取士的途径和取士的目的不相符合。针对这样的问题，苏辙提出了恢复西汉时期开始施行的孝悌之科的对策。就苏辙提出的对策本身而言，应该说是比较缺乏现实可行性的，也算不上新鲜。但是作为一篇策论，文章非常典型地表现出了苏辙散文千回百折、虚实相映的特色。文章分为前后两个大的部分，前一部分论古，后一部分谈今；每部分又各分两层，各各虚实相映，摇曳吞吐，姿态万千。第一段写周和秦相去不远，但民风各不相同，此为实写；然后虚写一句"臣窃知其故"，却不肯道破，此为虚写。第二段写周、秦民风的不同在于上层统治者的驱使，但是驱民有术，却又不肯直道出是何术，这是虚写；然后才实写驱民之术，其精彩之处在于，他认为无论是周还是秦，其驱民之术都是使用利益驱动机制，只是目的不同而已。而这一部分整体上又是全文虚写的部分。第三段写宋朝统治者不善驱民，却用放牧牛羊不得法来虚写，然后才实写宋朝科举取士之不当。第四段不先写如何才是恰当的取士方法，反倒先写要用利禄来吸引人才行仁义；最后才正式亮出自己的底牌：复孝悌之科。真可谓极尽逗引之术。正如刘大櫆所说："子由之文，其正意不肯一口道破，纡徐百折而后出之，于此篇可见。"

苏辙的杂记文、书信、杂传等叙事性文章更典型地反映出苏辙散文汪洋澹泊、一唱三叹的审美特色，也是其散文成就最高的部分。如其名篇《上枢密韩太尉书》，文章作于苏辙十九岁时，他刚刚进士及第。虽然是少年之作，但却显示了苏辙博大的胸襟抱负和相当成熟的写作技巧。苏辙说自己"生好为文，思之至深"，又说自己"百氏之书无所不读"，又说"且夫人之学也，不志其大，虽多而何为？"在在都表现了他的壮怀和雄心，使文章显得高亢而有精神。但文章更引人瞩目的则是其表达技巧方面的特点。《古文观止》评论本文的特点说："注意在此，而立言在彼。"所谓"立言在彼"是指文章开头就提出的观点："文者，气之所形，然文不可以学而能，气可以养而致。"好像本文是要谈论文学创作方面的事情。实则并非如此，本文真正的"注意在此"的"此"却是"愿得观贤人之光耀，闻一言以自壮，然后可以尽天下之大观而无憾"，也就是能够拜谒韩琦。那么，苏辙如何由"彼"及"此"呢？这中间使用的方法就是层层陪衬。《古文观止》评论本文说："意只是欲求见太尉，以尽天下之大观，以激发其志气，却以得见欧阳公，引起求见太尉；以历见名山大川京华人物，引起得见欧阳公；以作文养气，引起历见名山大川京华人物。"所以，我们可以说本文是一个倒叙的结构，线索却如草蛇灰线，需要琢磨才能明了其用意所在。张伯行评本文说："其行文顾盼自喜，英气勃勃，自是令人倾服。"可以说本文既显示了少年苏辙英姿勃发的气概，同时也显露出苏辙散文纡余委备、一唱三叹的独特风味。苏辙散文的汪洋澹泊的表面之下，也包含着他的"秀杰之气"。苏辙在有些作品中也表现出他风格的丰富性来，比如苏辙的名作《黄楼赋》。本文的写作，在当时曾经引起过一些猜测，有人怀疑本文是苏轼代作的，为此苏轼曾特意作出声明，他说："其文如其为人，故汪洋澹泊，有一唱三叹之声，而其秀杰之气，终不可没。作《黄楼赋》，乃稍自振厉，若欲以警发愦愦者。而或者便谓仆代作，此尤可笑。"（《苏轼文集》卷四九《答张文潜县丞书》）这是由于本文的风格和苏辙一般的文风大不相同所致。苏辙的散文汪洋澹泊，简约含蓄，不事藻绘，而本文则铺张扬厉，弘壮高华。苏辙晚年说："余《黄楼赋》学《两都》也，晚年来不作此工夫之文。"（苏籀《栾城遗言》）可见本文的写作是特意模拟汉代大赋的风格。本文写登上黄楼，眺望徐州山川形胜一段，东望则连山参差、南望则戏马之台、西望则山断为玦、北望则泗水澹漫，显然是对汉代京都大赋的摹写。同样采用"铺采摛文、体物写志"赋体手法。当然，本文还是鲜明地体现了时代风格和苏辙的个人风格。赋体文学从骚体赋、大赋、抒情小赋、骈赋、律赋一路发展过来，到宋代欧阳修以后，出现文赋，赋体也受到古文的影响，变得更加流美平畅，本文同样如此，文章中没有汉大赋那样多的生僻险怪的字句，读起来声情并茂，摇曳多姿。本文同样也体现了苏辙散文纡余婉转的特色。文章描写部分富于诗情画意，引人入胜。如"西望则山断为玦，伤心极目，麦熟禾秀，离离满隰，飞鸿群往，白鸟孤没，横烟澹澹，俯见落日"一段，写景如画，意境优美，完全不再是汉大赋的作风了。张耒《赠李德载》（《张耒集》卷一二）诗云："长翁波涛万顷陂，少翁巉秀千寻麓。"后人说苏轼诗文如潮如海，那么我们也不妨说苏辙的散文如萦回的河流、荡漾的湖泊、峭拔的山峰。

根据整套书的体例，苏辙的散文从茅坤所编的《唐宋八大家文钞·颍滨文钞》中进一步进行选编，然后进行注释和翻译。这一定程度上限制了选者的手眼，使苏辙某些著名作品，如《御试制策》、《超然台赋》、《亡兄子瞻端明墓志铭》等没有能够包含进来，多少有些遗珠之憾。但茅坤所选也基本上保证了本选本不至于阑入不太成功的作品。对于作品本身的文本则以上海古籍出版社出版的《栾城集》（曾枣庄、马德富点校）为底本并进行了一些对勘，注释方面比较多地参考了高海夫先生主编的《唐宋八大家文钞校注集评》以及当代学者的研究成果，限于体例不能一一注明，谨在此致以谢意。作品的题解、注释、译文中既综合了各家之见，同时也包含了个人千虑一得之管见，希望能够近于是而已，但限于学力和时间，疏漏之处在所难免，希望读者诸君多多指正。

唐宋八大家文钞·颍滨文钞引

苏文定公之文，其镂削之思，或不如父；雄杰之气，或不如兄。然而冲和澹泊，遒逸疏宕。大者万言，小者千余言。譬之片帆截海，澄波不扬，而洲岛之棼错，云霞之蔽亏，日星之闪烁，鱼龙之出没，并席之掌上，而绰约不穷者，已西汉以来别调也。其《君术》、《臣事》、《民政》等篇，尤为卓荦。予读之，录其《上皇帝书》及札子、状十九首，与他执政书十首，诸论及历代古史名论八十二首，策二十五首，序、引、传七首，记十二首，说、赞、辞、赋、祭文、杂著十一首，厘为二十卷。归安鹿门茅坤题。

颍滨本传

苏辙字子由，年十九，与兄轼同登进士科，又同策制举。仁宗春秋高，辙虑倦勤，因极言得失，而于禁庭之事，尤切。考臣胡宿以为不逊，请黜之。仁宗曰："以直言召人，而以直言弃之，天下其谓我何？"宰相不得已，置之下等，授商州军事推官。徙大名。神宗立之二年，辙适除丧，上书言事得召对。

时王安石与陈升之领三司条例，命辙为之属。吕惠卿附安石，辙与论多相牾。安石出《青苗书》使辙熟议，辙曰："钱入民手，虽良民不免妄用，及其纳钱，虽富民不免逾限。如此，则恐鞭棰必用，州县之事不胜烦矣。唐刘晏掌国计，未尝有所假贷。有贱必籴，有贵必粜，以是四方无甚贵、甚贱之病。此常平旧法，公诚举而行之，晏之功可立俟也。"安石曰："当徐思之。"

既逾月，河北转运判官王广廉奏乞度僧牒，于陕西漕司私行青苗法，与安石意合，于是青苗法遂行。辙以书抵安石，力陈不可，触其怒，徙他职。后坐兄轼以诗得罪，谪监筠州盐酒税，五年不得调。移知绩溪县。

哲宗即位，召入。元祐元年，为右司谏。蔡确、韩缜、章惇，辙皆论去之。而吕惠卿亦被论从窜典。司马光欲复差役，辙言行之徐缓，乃得审详。光又欲改安石新义试士格，辙言进士来年秋试，日月无几,徐议元祐五年以后格式未晚。光皆不能从。

初,神宗以夏国内乱,用兵攻讨,乃于熙河增兰州,于延安增安疆、米脂等五砦。二年,夏遣使相继来,朝廷知其有请兰州五砦意,大臣议弃守未决。辙言一失此机,必为后悔。于是朝廷许之,夏人遂服。迁起居郎、中书舍人。

朝廷议回河故道,辙为公著言河决而北,自先帝不能回,今乃欲取而回之,是谓智勇势力过先帝也。进户部侍郎。辙因转对,言曰:"财赋之原,出于四方,而委于中都。善为国者,藏之于民,其次藏之州郡。熙宁以来,言利之臣,不知本末,内帑别藏,虽积如丘山,而委为朽壤,无益于算也。"寻又言:"数十年以来,利权分,而用度无艺,愿罢外水监丞,举河北河事及诸路都作院皆归转运司,至于都水、军器、将作三监,皆兼隶户部。"从之,惟都水仍旧。

朝议以元丰吏额冗滥,命辙量事裁减。辙曰:"此群吏身计所系。"乃具以白宰执,请据实立额,缺者勿补,不过十年,羡额当尽矣。代轼为翰林学士,寻权吏部尚书。使契丹还,为御史中丞。

时元丰旧党多起邪说,以摇撼在位,吕大防、刘挚患之,欲稍引用,以平夙怨,谓之"调停"。宣仁后疑不决,辙面斥其非,复上疏云云。宣仁后命宰执读于帝前,曰:"辙疑吾君臣兼用邪正,其言极中理。"诸臣从而和之,"调停"之说遂已。

辙又奏言:"大臣宜正己平心,无生事要功,因弊修法,以安民靖国。"

六年,拜尚书右丞,进门下侍郎。初,夏人相继求和,朝廷许约地界,久之不决。夏人乃于疆事多方侵求,熙河将佐范育、种谊等遂背约,西边骚然。辙乞罢育、谊,别择老将。宣仁后以为然,大臣竟主育、谊,不从。

辙又面奏云云。会熙河奏:"夏人十万骑压境,杀人三日而退,乞因其退,急移近里堡砦于界,乘利而往,不须复守诚信。"下大臣议。辙与吕大防、刘挚极辩用兵曲直。复上奏曰："此非西人之罪，皆朝廷不直之故。臣欲诘责帅臣生事耳。"后屡因边兵深入夏地，宣仁后遂从辙议。

时三省除李清臣吏部尚书，给事中范祖禹封还诏书，三省复除蒲宗孟兵部尚书。辙奏："前除清臣，给谏纷然，争之未定。今又用宗孟，此与去年用邓温伯无异，恐朝廷自是不安静矣。"议遂止。

绍圣初，哲宗起李清臣为中书舍人，邓润甫为尚书左丞。二人久在外，不得志，稍复言熙丰事，以激怒哲宗。会廷试进士，清臣撰策题，即为邪说。辙谏谓："事有失当，何世无之。父作之于前，子救之于后。前后相济，圣人之孝也。"且及汉昭变武帝法度事。哲宗以为引汉武方先朝，不悦。落职知汝州，再责知袁州，未至，降秩试少府监、分司南京、筠州居住。三年，又责化州别驾、雷州安置，移循州。

徽宗即位，徙永州、岳州，已而复太中大夫、奉祠。蔡京当国，又降秩罢祠，居许州，再复太中大夫，致仕。筑室于许，号颍滨遗老，自作传万余言。不复与人相见，终日默坐，如是者几十年。卒，年七十四。追复端明殿学士。淳熙中，谥文定。

辙性沉静简洁，为文汪洋澹泊，似其为人，高处殆与轼轧。其使契丹也，馆客能诵其《茯苓赋》及洵、轼文云。所著《诗传》、《春秋传》、《古史》、《老子解》。居许时，乃成编。又有《栾城文集》，并行于世。既入党籍，诏毁三苏文。三子：迟、适、逊。族孙元老。（按，《苏辙传》见《宋史》卷三三九，本文乃撮合《宋史》本传和苏辙《颍滨遗老传》而成。）

目 录

陈州为张安道论时事书 ———————————— 1
再论分别邪正札子 —————————————— 15
上枢密韩太尉书 ——————————————— 25
上两制诸公书 ———————————————— 30
上刘长安书 ————————————————— 46
上昭文富丞相书 ——————————————— 51
答黄庭坚书 ————————————————— 59
贺文太师致仕启 ——————————————— 63
六国论 ——————————————————— 67
三国论 ——————————————————— 72
隋论 ———————————————————— 78
唐论 ———————————————————— 84
管仲 ———————————————————— 93
唐太宗 ——————————————————— 98
史官助赏罚论 ———————————————— 106
君术策五 —————————————————— 112
臣事策上一 ————————————————— 117
臣事策上四 ————————————————— 123

民政策上二	130
古今家诫叙	137
元祐会计录叙	142
子瞻和陶渊明诗集引	152
巢谷传	157
王氏清虚堂记	163
南康直节堂记	168
武昌九曲亭记	172
遗老斋记	177
东轩记	181
待月轩记	187
洛阳李氏园池诗记	191
黄州快哉亭记	196
齐州闵子祠堂记	202
上高县学记	208
杭州龙井院讷斋记	213
管幼安画赞(并引)	218
御风辞题郑州列子祠	224
黄楼赋(并叙)	229
祭欧阳少师文	239
书白乐天集后二首(其一)	246

| 参考书目 | 250 |

陈州为张安道论时事书

伏以中外臣庶各有职事,越职而言,国有常宪。①臣守土陈州,非有言责而辄言之,计其狂愚,兹实有罪。②然臣伏念顷以老疾不任吏事,陛下未忍废弃,亲择便地以遂安养。将辞之日,面承德音,以为大臣之义,皆当为国谋虑,不宜以中外为嫌,有所不尽。③古人有言:"虽乃身在外,乃心罔不在王室。"④伏惟圣德广大,无所不容,而臣自到任以来,于今一岁,心目昏眩,有加无瘳。⑤故尝乞丐余生,求还闾舍,区区之诚,久而未获。陛下视臣志气一衰至此,岂复有意别白是非而与世俗争议也哉!是以得失之间,久无所与。今者窃有所怀,上为陛下参之官吏,下为陛下验之百姓,而安危之机实在于此。自惟受恩累圣,邦之休戚,身实同之,志力虽衰,于义不可嘿已。⑥然臣之所欲言者,非敢远引前古,逆探未然,以惑陛下之聪明也。凡皆陛下之所尝试,而臣愚之所与闻者耳。⑦

臣伏见陛下即位之始,计虑深远,凡有所建,动合天心。始议山陵,深恤费用之广,推明先帝薄葬之命,以诏有司。⑧四方闻之,无不感泣。其后一年之间,诞布号令,劝率宗族惇孝弟之行,勉励州郡先农桑之政,复转对以广言路,议徭役以宽民力。⁹盛德之事，不可具记。是时天下虽大变之后，而无不翘然想闻德音以忘其忧。两宫欢欣，九族亲睦，⁰群臣万民，蒙福而安。纷纭之议，不至于朝廷，谤讟之声，不闻于闾里。⑪陛下优游无为，而天下已治矣。为国如此，岂不乐哉！陛下自今视之，当日之政，其可悔恨者凡有几？以臣视之，非独陛下无所悔恨，虽天下之人，亦未有以为失当者也。何者？政令简易而人情之所安耳。《易》曰："易则易知，简则易从。易知则有亲，易从则有功。有亲则可久，有功则可大。"⑫向使陛下推行此道始终不变，则臣以为久大之功可得而致矣。

其后求治太切，用意过当，奸臣缘隙得进邪说，始议开边以中上旨。于是延安有横山之谋，保安有招诱之计。⑬陛下饶之以金帛，假之以干戈。⑭小人贪功，虑害不远，轻发深入，结怨西戎，攘夺尺寸无用之土，空竭内府累世之积。⑮大者疲弊秦、雍，⑯小者身死寇仇，西鄙骚然不宁，而陛下始一悔矣。

然而陛下天姿英果，有汉武宏达之量，⑰虽复兵吏失律，而立功之意未尝少衰。是以左右大臣测知此心，复进财利之说。陛下乐闻其利，而未暇深究其害，于是举而从之，置条例司以讲求天下之遗利。⑱己酉之秋，新政始出。⑲自是以来，凡所变革，不可悉数。其最大者，一出而为常平青苗，再出而为拣兵并营，三出而为出钱雇役，四出而为保甲教阅。⑳四者并行于世，官吏疑惑，兵民愤怨，谏争者章交于朝，诽谤者声播于市。陛下不胜其烦，为之当宁太息，日昃而不食矣。㉑然犹幸其成功，力排众人之议，而固守之，天下方共厌苦，而不知其所止也。而拣兵并营之策，其害先见，武夫凶悍，为怨最深，为患最急。陛下知其不可，于是多支月粮，复收退卒，以顺适其意，而陛下既再悔矣。

然军中之口，犹复匈匈不靖。㉒陛下虽推恩抚之，而终不以为惠，反谓陛下畏之耳。不幸边臣失算，再生戎患。帷幄之臣，谋之不臧，不务安之，而务挠之。临遣执政，付以疆事，多出金币，豫书诰敕，以成其深入之计。㉓当此之时，天下之心，知其必败矣。而陛下与一二臣者方以为万举而万全。既而出兵无人之境，筑城不守之地，困弊腹心，以求无益之功，使秦晋之民，父子流离，肝脑涂地，戎人徼倖受屈。已筑之城，随即倾覆，救援之兵，相继溃叛。㉔四方震动，君臣宵旰。而后下罪己之诏，投窜元宰，以谢二鄙，而陛下既三悔矣。㉕

夫此三者，方其未悔也，陛下亦以为是邪，非邪？陛下犯逆众心，力行而不顾，其必以为是，不以为非也。然而其终卒至于此。然则方今陛下之所是而未悔者，无乃亦类此欤！臣闻众而不可欺者，民也；勇而不可犯者，兵也；险而不可侮者，邻国也。今陛下既已欺民、犯兵而侮邻国矣。夫犯兵、侮邻，变速而祸小。至于欺民，则变迟而祸大。变速而祸小者，瓦解之忧也；变迟而祸大者，土崩之患也。㉖今瓦解之忧陛下既知悔矣，而土崩之患陛下未以为意，此臣之所以寒心也。《易》曰："不远复，无祇悔，元吉。"㉗事之未败也，陛下不悟其非，必俟其败而后悔，如向三者，则陛下之复已远，而悔亦大矣。

且臣观之，方今陛下之所是而未悔者，亦有三而已：青苗、助役、保甲。三者之弊，臣不复言矣。何也？言事者论其不可，非一人也。百姓毁坏支体、熏灼耳目、嫁母分居、贱卖田宅以自脱免，非一家也。㉘陛下其亦知之矣，徘徊而不改，使民无所告诉。加之以水旱，继之以饥馑，积憾之民奋为群盗，侵淫蔓延，灭而复起，英雄乘间而作，振臂一呼，而千人之众可得而聚也。㉙如此而胜、广之形成，㉚此所谓土崩之势也。臣恐陛下至此，虽欲复悔，而无所及矣。

故臣愿陛下取即位之政与今日之事而试观之，天下扰扰不安，孰与今日之甚？群臣交口争辩，孰与今日之众？陛下听览疲倦，孰与今日之多？悔恨自责，孰与今日之切？陛下诚以此较之，则不待臣言之终，而得失可以自决矣。且夫即位之政，陛下之本心也；今日之事，臣下之过计也。陛下弃即位之本心而徇臣下之过计，㉛臣窃以为过也。虽然，臣窃听之道路，方今陛下则亦悔之矣，悔之而不变，非陛下之意也，迫于建议之臣耳。夫人臣进谋于其君，苟事之不遂而变以从众，则人主有以测其深浅。人主有以测其深浅，则其用舍之命在于人主，此人臣之所以不便也。

臣窃痛陛下为社稷之计欲改过以安天下，而怙权固位之臣持之而不释，陛下聪明睿智，废置自我，而独为此郁郁也。㉜汉宣帝与赵充国议击匈奴，魏相非之，以为当与平昌侯、乐昌侯、平恩侯及有识者详议乃可。㉝此三人者，非贤于赵充国也，然而与国同忧乐，无侥幸功名之心与希望爵赏之意，则过于充国远甚。充国犹不可听，而况不如充国者哉！陛下将安民保国，而与喜功伐、好权利者谋之，臣不知其可也。臣不胜区区忘身忧国之诚，是以势疏而言切，惟陛下察之。

[题解]

据《宋朝诸臣奏议》卷一一五：本文小注："熙宁四年五月上，时知陈州学官苏辙代作。"据此可知本文作于1071年五月，是当时任陈州教授的苏辙代知陈州张方平作上奏给宋神宗的反对王安石变法的奏章。张方平（1007—1092），应天府宋城（今河南商丘）人，字安道，号乐全居士。景祐元年（1034）举茂才异等科制举，景祐五年（1038）再举制举，授著作佐郎、通判睦州。治平四年（1067），神宗即位，拜参知政事。谥文定。有《乐全集》四十卷传世。生平事迹见王巩《文定张公乐全先生行状》（《全宋文》卷一八四一）、苏轼《张文定公墓志铭》（《苏轼文集》卷一四）、《宋史》卷三一八本传。张方平在神宗即位之初曾出任参知政事一职,但是因为反对王安石变法,所以外任知河南府、知陈州等职。张方平和苏氏父子关系密切,苏洵布衣之时,得到张方平的赏识,张曾写信将苏洵推荐给欧阳修等人。张方平对苏轼、苏辙兄弟也待以国士之重。苏、张在反对王安石变法这一点上是一致的。张方平后来给苏洵写《墓表》,首载苏洵所作《辨奸论》。张方平去世后,苏轼为他写《墓志铭》。可见苏、张之间的深厚交谊。所以本文虽为代张方平作,但同时也反映了苏辙对于王安石变法的态度。

文章写作之时,正是王安石新法逐次展开推行的时候,新法的一些弊端开始显现,受到朝廷内外一些大臣的激烈反对。但王安石颇得神宗信任,"与上如为一人",因此本文写作时,为了获得神宗的采纳,行文颇为讲究。文章开始部分极为谦恭,首先讲自己越职言事,有违国法。然后又说自己受到神宗特别礼遇,面辞之时,神宗特别嘱咐自己"当为国谋虑,不宜以中外为嫌",又说自己年老多病,完全不再参与利益之争,但自己深感与国休戚与共,所以有事关国家安危之机的话不得不言。文章写得委婉曲折,感情缠绵悱恻。

文章中心部分分三个层次来写:其一,赞扬神宗初即位时的德政;其二,变法后产生的三悔;其三,必然要后悔的三事。三个层次互相勾连,关系紧密。第一层作为第二层的铺垫和对比,有力地说明了神宗初政乃出于本心,符合天意民心;第二层和第三层之间则是作为一种类推的关系出现,由已经发生的三悔推论现今施行的青苗、助役、保甲三法将来也必将后悔。

文章最后部分推原神宗本心,并非不愿悔改,而是受到那些执政大臣的胁迫而已。然后引用历史典故,说明那些好大喜功、不顾国家利益的大臣不足与谋国事。希望神宗从本心出发,立即停止新政,使国家转危为安。

文章在论述新法危害时可谓声色俱厉,措辞相当激烈。比如说:"陛下犯逆众心,力行而不顾,其必以为是,不以为非也。然而其终卒至于此。"又说:"今陛下既已欺民、犯兵而侮邻国矣。夫犯兵、侮邻,变速而祸小。至于欺民,则变迟而祸大。变速而祸小者,瓦解之忧也;变迟而祸大者,土崩之患也。今瓦解之忧陛下既知悔矣,而土崩之患陛下未以为意,此臣之所以寒心也。""陛下其亦知之矣,徘徊而不改,使民无所告诉。""此所谓土崩之势也。臣恐陛下至此,虽欲复悔,而无所及矣。"文章用"瓦解"和"土崩"来形象地说明新法造成的危害和如果不改会造成的严重后果，可谓危言耸听，醒人耳目。

文章层次清晰，逻辑严谨，推论恰切。语言总体上质朴简洁，但有的地方也使用了骈俪排比的句式，加强了文章的气势和说服力。比如写初政之绩效："两宫欢欣，九族亲睦，群臣万民，蒙福而安。纷纭之议，不至于朝廷，谤谗之声，不闻于闾里。"又如写今昔之对比："天下扰扰不安，孰与今日之甚？群臣交口争辩，孰与今日之众？陛下听览疲倦，孰与今日之多？悔恨自责，孰与今日之切？"

总之，本文无论委婉曲折，无论言辞急切，都既能够切入劝谏对象的心理世界，又讲出了一个与国共休戚的大臣的肺腑之言，表现了高度的论辩技巧，正如《古文渊鉴》所评："因悔心之萌，开陈善道，笔意淋漓，极似刘向对事。"

[注释]

①中外臣庶：中央及地方的大臣、百姓。越职而言：超越自己的职务范围议论朝政。常宪：常法。宪，法令。②守土陈州：《长编拾补》卷七：熙宁三年（1070）正月戊午（二十六日），知河南府、观文殿学士、户部尚书张方平……知陈州。言责：指议论朝政得失的责任。宋代有台（御史台）谏（给事中、谏议大夫等）官负责言论，其他官员不能越职言事。③便地：形势便利之地，这里指距离京师很近，交通便利，适合颐养之地。德音：这里指面辞皇帝时，皇帝亲口说的慰勉之言。德音一般也指皇帝颁布的诏书。④"虽乃身在外"句：语出《尚书·周书·康王之诰》："虽尔身在外，乃心罔不在王室。"孔安国注："言虽汝身在外土为诸侯，汝心常当忠笃无不在王室。"⑤有加无瘳（chōu）：有增加而无减轻。瘳，病愈。⑥别白：分别，分辨。受恩累圣：受到历朝皇帝的恩遇。张方平历仕仁宗、英宗、神宗，受到知遇。嘿：同"默"。⑦逆探未然：预测未发生的事。尝试：曾经经历过的。⑧"始议山陵"句：山陵，指皇帝的陵墓。这里指治平四年（1067）正月，宋英宗驾崩，神宗继位，为英宗修建山陵一事。《长编》卷二〇九：治平四年正月庚申，"诏遗赐令内侍省取旨裁减，山陵制度令三司奉行遗制。初议山陵，上以手诏赐执政于资善堂曰：'国家多难，四年之中，连遭大丧，公私困竭。宜令王陶减节

冗费。'且谓执政曰:'仁宗之丧,先帝远嫌,不敢裁减,今则无嫌也。'"裁减英宗山陵费用也是由于韩绛、张方平等的奏章。⑨诞布号令:广泛宣布诏令。劝率宗族惇孝弟之行:惇,崇尚、重视。孝弟,即孝悌,孝顺恭敬。据《长编》卷二〇九:治平四年二月"壬辰,手诏曰:'朕尝侍先帝左右,恭闻德音:以本朝旧制,士大夫之子有尚帝女者,辄皆升行,以辟舅姑之尊。习行既久,义甚无谓。朕尝念此,寤寐不平,岂可以富贵之故,屈人伦长幼之序也?可诏有司革之,以励风俗。朕闻论之始,钦仰称叹,至于再三。不幸先帝后婴疾疹,其议中寝。朕恭承遗旨,敢不遵行!可中书门下议,降诏有司,以发扬先帝盛德。'于是令陈国长公主行见舅姑之礼,王师约更不升行。公主行见舅姑之礼自此始"。勉励州郡先农桑之政,复转对以广言路,议徭役以宽民力:转对,宋代臣僚依照一定的资序轮流上殿面见皇上,议论朝政得失的制度。《长编》卷二〇九:治平四年"三月,枢密直学士、礼部郎中王陶为右谏议大夫、权御史中丞。陶入对便殿。上引《书·咸有一德》谕陶曰:'朕与卿一心,不可转也。'问以时事,陶请谨听纳,明赏罚,斥佞人,任正士,复转对以通下情,省民力以劝农桑,先俭素以风天下,限年艺以汰冗兵"。《宋史》卷一四《神宗纪》:治平四年闰三月"乙巳,诏以孟夏农劳之时,令监司戒饬州县省事,劝民力田,民有艰食者振之";"六月辛未,诏天下官吏有能知徭役利病可议宽减者以闻";"十二月壬戌,诏起居日增转对官二人。"⑩两宫欢欣:指仁宗皇后曹氏和神宗之间关系融洽。曹皇后在英宗时被尊为皇太后,曾垂帘听政,和英宗关系比较紧张。神宗立,被尊为太皇太后。《宋史》卷二四二《慈圣光献曹皇后传》:"帝致极诚孝,所以承迎娱悦,无所不尽。从行登玩,每先后策披。后亦慈爱天至,或退朝稍晚,必自至屏扆候瞩,间亲持膳饮以食帝。"九族:指父系亲族,包括上自高祖下至玄孙的九代直系亲属。这里泛指皇室宗亲。⑪谤讟(dú):诽谤非议之言。闾里:街巷、民间。⑫"《易》曰"句:语见《易·大传·系辞上》,意为"平易就容易使人明了,简约就容易使人顺从;容易明了则有人亲近,容易顺从则可建功绩;有人亲近处世就能长久,可建功绩立身就能弘大"。⑬延安有横山之谋:延安,延安府。横山,西夏和宋的交界地区,在今陕西无定河、米脂一带。当时陕西边将种谔建议在横山一带修筑城堡,以为进攻西夏做准备。《宋史》卷三三五《种谔传》:"韩绛宣抚陕西,用为鄜延钤辖。绛城啰兀,规横山,令谔将兵二万出无定川,命诸将皆受节度。起河东兵,会银州。城成而庆卒叛,诏罢师,弃啰兀。"事在熙宁三年十月以后。参《长编》卷二一六。保安有招诱之计:保安,保安军,今陕西省志丹县。治平四年(1067)十月,种谔诱降西夏嵬名山,城绥州。十一月,西夏主谅祚诱杀宋知保安军杨定、都巡检侍其臻等。⑭金帛:财物。干戈:武器。⑮内府累世之积:国家历朝的财政积蓄。内府,宋代皇室的仓库。有所谓封桩库、内藏库等。⑯秦、雍:陕西、甘肃边界之地。⑰英果:英武果敢。汉武宏达之量:指具有像汉武帝一样开拓边疆的宏大志向。⑱条例司:即制置三司条例司,王安石变法时设置的专门机构。《宋史》卷一六一《职官志》:"制置三司条例司,掌经画邦计,议变旧法,以通天下之利。熙宁二年置。"⑲已酉之秋:即熙宁二年,1069年。这年秋天,王安石先后施行了青苗法、保甲法等改革措施。⑳常平青苗:即青苗法,熙宁二年九月施行,农户在夏秋未熟时,可以向官府借贷,待收成后,随税纳还,付两分或三分息。目的是抑制兼并,缓解农民的不时之需,不误农时。拣兵并营:拣汰禁军老弱冗兵,合并马步军营额。出钱雇役:即免役法,又称募役法、雇役法。始于熙宁二年春。主要内容是将原来的差役改为出钱雇役。该当服役的人户按照等第出钱,称为免役钱。保甲教阅:即保甲法。神宗时推行保甲法,十户一保,五十户一大保,五百户为一都保,分设保长、大保长、都保正和副保正。每户两丁以上,选一个充保丁。保内实行连坐法,以加强治安。又在部分地区的保甲实行"教阅",即军事训练。㉑当宁:指皇帝临朝听政。宁,古代宫殿门屏之间的地方。日昃而不食:太阳偏西还没有吃中午饭。㉒訇訇不靖:喧闹抱怨之声,扰攘不安。㉓谋之不臧:谋划不善。挠之:指挑起边衅。临遣执政:派遣执政大臣到边境主持军事。这里指熙宁三年九月派遣参知政事韩绛为陕西宣抚使。豫书诰敕:预先写就皇帝赐爵或授官的诏书,也叫空名敕牒。《长编》卷二一五:熙宁三年九月"乙未,工部侍郎、参知政事韩绛为陕西路宣抚使";"甲辰,出空名敕牒三十、宣徽院头子各一百赐宣抚司。于是王安石论宣头、告牒事,以为当先定计,有地有材,然后可议招怀内附。昨绥州仓卒之变,可为戒也"。㉔困弊腹心:由于边境战争耗费财物,使中心地区受到困扰而疲敝。徼倦受屈:疲于巡查,受委屈。已筑之城,随即倾覆:指熙宁四年元月初,在种谔的指挥下,于宋夏边界修筑啰兀城(今陕西米脂北),二十九天而修成,但因为孤城无法坚守,三月十八日弃城而回一事。详见《长编》卷二一九、二二一。救援之兵,相继溃叛:《长编》卷二二〇:熙宁四年二月庚辰,庆州兵乱。"(韩)绛离庆州数日,贼攻啰兀城甚急,绛命庆州出兵牵制,兵亟出,人不堪命,将授甲,广锐两指挥军士谋拥(吴)逵为乱,约抚手而发,会雨作不授甲,乃止。是夕遂焚北城,大噪纵掠,斩关而出,其众二千。"㉕宵旰:天未明而衣,日既暮而食。言勤劳于政事。下罪己之诏:指因啰兀城,引起庆州兵乱,神宗下诏罪己事。《长编》卷二一一:熙宁四年三月癸卯,"其德音曰:'朕德不明,听任失当,外勤师旅,内耗黎元。秦、晋之郊,并罹困扰。使人至此,咎在朕躬。其推恻隐之恩,以昭悔过之义。'又曰:'劳民构患,非朝廷之本谋;克己施仁,冀方隅之少息。'"投窜元宰:《长编》卷二二一:熙宁四年三月"丁未,吏部侍郎、平章事、昭文馆大学士韩绛罢相,以本官知邓州"。二鄙:二边,指陕西、河东(山西)。㉖土崩:指百姓无法生活,揭竿而起之事。瓦解:是指军队变乱以及边境战争之类。㉗"《易》曰"句:出于《周易·复卦》,意思是起步不远就回复正道,必无灾患、悔恨,至为吉祥。祗(zhī):灾患。㉘毁坏支体、熏灼耳目、嫁母分居、贱卖田宅:《长编》卷二二一:"时枢密院言:'因置保甲有截指断腕者。'"《长编》卷三六一:元丰八年王岩叟论保甲之害时说:"又有逐养子,出赘婿,再嫁其母,而兄弟析居以求免者;有毒其目,断其指,炙烙其肌肤,以自至于残废而求免者。"虽然时间较晚,但也可和此处所论参酌。㉙无所告诉:没有地方可以哀告、倾诉自己的灾苦。饥馑:饥荒之年。侵淫蔓延:渐渐发展、蔓延。㉚胜、广之形成:陈胜、吴广那种起义的形势就会出现。㉛徇:曲从。过计:错误的策略。㉜怙(hù)权:专权。废置自我:权从己出。郁郁:郁闷不乐。㉝汉宣帝与赵充国议击匈奴:据《汉书》卷七四《魏相传》:元康中,匈奴遣兵击汉屯田车师者,不能下。汉宣帝与后将军赵充国等议,欲因匈奴衰弱,出兵击其右地,使不敢复扰西域。魏相上书建议与平昌侯、乐昌侯、平恩侯等有识者议论,慎重出兵。宣帝接受魏相建议,放弃出兵。颜师古注:"平昌侯王无故,乐昌侯王武,并帝之舅。平恩侯许伯,皇太子外祖父也。"

[译文]

因为中央和地方的臣民各有自己的职责,越过自己的职务来谈论国家大事,国家是有自己的常规的。臣作为陈州知州,没有进言的职责却进言,算来这样狂妄愚昧,这确实是有罪过的。然而臣想前时因为年老多病不能处理政事,但陛下却不忍废弃不用,亲自为我选择便利的地方让我能够安歇修养。将要告辞的那日,当面承受陛下的谕旨,认为大臣的责任,都应当为国家谋划考虑,不应该因为在内在外的嫌疑,而有所保留。古人说过:"虽然你身处在外,你的心没有不在朝廷的。"念想陛下恩德广大,无所不容,而臣从到任到现在,一年有余,心志昏沉、头晕目眩,疾病有加无减,因此曾经哀求陛下能够赐予我的余年,让我回到家乡。小小的心愿久久没有获得准许。陛下看臣志气衰弱到这个样子,哪还有心辨别是非和世俗之人的争议呀!因此长久以来对得失双方都没有参与。现在臣私下有些想法,向上为陛下参验过官吏,向下为陛下参验过百姓,且国家安危的转机实在就在于此。想到自己受到历朝圣王的恩惠,国家的休戚,实在和自身一个样,志气力量虽然衰弱,于义却不能沉默不言。然而臣想说的,不敢远远地引用古代的事情,去预料推测没有发生的事,来迷惑陛下的聪明才智。臣所说的都是陛下曾经经历或尝试过的,并且是愚臣所参与和听说的。

臣看到陛下刚即位的时候,计谋思虑深远,凡是有所举措,都合乎天意人心。开始讨论修建英宗的山陵时,深深体恤花费广大,申明英宗薄葬的遗命,来下诏给有关部门。四方之人听说这件事,没有不感叹流泪的。随后一年中,大布号令,劝勉率领宗室孝顺长辈,鼓励地方把农业生产放到第一位,恢复转对的制度以广开进言之路,讨论徭役以减轻人民负担。想这些大恩大德的事情,数也数不过来。这时候天下虽处于出现国丧这样的大变故之后,大家却无不翘首盼望皇帝的恩诏而忘记了忧虑。太后和皇帝两宫之间无不欢欣，皇室宗族亲密和睦；群臣百姓蒙受洪福，安心生活。纷纷纭纭的议论，不发生在朝廷；怨谤的声音，在街巷都听不到。陛下悠闲度日，无所作为而天下已经大治。治理国家像这个样子，哪能不快乐呢！陛下从今天的情况来看那个时候的政事，需要后悔的总共有几件呢？以臣看来，不但陛下没有什么值得悔恨的，即使天下人也没有认为有做得不恰当的。为什么呢？是因为政令简易，人情安定。《周易》说："平易就容易使人明了，简约就容易使人顺从；容易明了则有人亲近，容易顺从则可建功绩；有人亲近处世就能长久，可建功绩立身就能弘大。"假使陛下推行这样的政策始终不变，那臣认为长久弘大的功业是可以达到的。

后来陛下求治的心太急切，用意过当，奸臣钻空子得以进邪说，开始时建议开边以迎合皇上的心意。于是延安就有了谋取横山一带的计谋，保安军就有了招降诱骗的计策。陛下给予丰厚的财物，赋予他们攻取的权力。小人贪图立功，考虑祸害不长远，轻易发兵深入敌境，和西夏结下怨仇，强夺一点点没有用处的土地，却用光了几代积累下来的内库的积蓄。大的方面是秦、雍一带疲劳破败，小的方面是让士兵丧身于敌国。西边骚动不宁，而陛下方才第一次后悔了。

然而陛下天姿英武果敢，有汉武帝那样的弘大志向，即使将士失利，立功的意志也没有减弱，因此左右大臣猜到陛下这个意思，又进理财生利的谋略。陛下爱听其中有利的一面，而没空深入考虑它的害处，于是全部接受了这个建议，设置制置三司条例司来讲论谋求天下没有开发的利益。熙宁二年的秋天，新政开始颁布。从此以后，所进行的变革没法数清。其中最大的变革，第一项是常平青苗法，第二项是拣汰冗兵省并马步军营额，第三项是出钱雇佣服役，第四项是团结保甲，进行训练。这四项变法同时施行，官吏疑惑，士兵、百姓怨愤，谏诤的奏章纷纷送到朝廷，诽谤的声音传播于街市。陛下不胜其烦，临朝听政的时候为此叹息，日过午却没空吃饭。然而仍然侥幸它能成功，力排众人的非议，坚持不动摇，天下人正都为此厌倦痛苦，却不知道什么时候能够停止。其中拣汰冗兵省并营额的政策，危害最先显现，武夫凶悍，怨愤最深，危害最大。陛下知道这项变革不可施行，于是多发每月的粮料，又重新收回拣汰的士卒，来顺应他们的意愿。因而陛下第二次后悔了。

然而，军人的议论尚且怨愤汹汹不能安定。陛下虽然推恩安抚他们，他们最终却不把这当做恩惠，反而说陛下畏惧他们。不幸的是守边大臣谋划失当，再启边衅。朝中大臣谋划不善，不想如何安定，反而务求骚扰。临轩派遣执政大臣，将边疆大事交付，拿出更多的财物，预先写好空名的奖励任命的诏敕，以促成他深入敌方的计谋。在这个时候，天下人都知道必败无疑。然而陛下和一两个腹心大臣，正认为这是万无一失的举动。然后军队出发到没人居住的地方，修筑没法防守的城堡，使腹心之地大受连累，困苦破弊，去寻求没有益处的功劳，使秦晋大地的百姓父子流离，肝脑涂地，军人天天巡逻，疲倦委屈。修筑好的城堡，随即就抛弃不守，去救援的士兵，相继溃败叛乱。四方震动，君臣宵衣旰食，陛下下罪己之诏，贬斥宰相，以向秦、晋边地的百姓谢罪，这是陛下第三次后悔了。

这三件事情，当还没有后悔的时候，陛下认为是对的，还是错的？陛下冒犯违逆众人的心愿，奋力施行而不反顾，那肯定是认为这是正确的，不认为这是错误的。然而事情最终却到了这个地步。既然这样，那么现在那些陛下认为是正确的、还没有后悔的，难道不也类似于这些事吗？臣听说众多且不可以欺骗的，是民众；勇敢而不可侵犯的，是士卒；危险而不可以欺侮的，是邻国。现在陛下已经欺骗民众、侵犯士卒并且欺侮邻国了！侵犯士卒、欺侮邻国，变乱快速但祸患较小；至于欺骗民众，则变乱迟缓而祸患巨大。变乱快速但祸患较小的，是瓦解的忧患；变乱迟缓而祸患巨大的，是土崩的忧患。现在瓦解的忧患陛下已经知道后悔了，而土崩的忧患陛下却还不以为意，这是臣感到寒心的原因。《周易》说："起步不远就回复正道，必无灾患、悔恨，至为吉祥。"事情还没有失败，陛下不能觉察它的错误，等到遭遇失败以后再来后悔，像前面说的那三件事那样，那陛下要回复正道就远了，而且后悔也就大了。

并且在臣看来，现在陛下认为正确没有后悔的也有三件事：青苗、助役、保甲。这三件事的弊端，臣不用再说了。为什么呢？言事的大臣论述它们不可行的，不止一个人。百姓截肢断指、熏瞎眼睛灼伤耳朵、再嫁寡母、兄弟分居、减价出卖田宅以求脱离免除保甲的，并非一家而已。陛下大概也知道吧，犹豫不肯更改，使百姓没有地方可以诉苦。如果遇上水旱，接着饥荒，怨愤堆积的百姓奋起做强盗，渐渐蔓延开来，扑灭了又燃起，这时就会有英雄豪杰乘着空子兴起，振臂一呼，那上千人的队伍可以得到和聚集，这样，陈胜、吴广那样的情形就出现了，这就叫做土崩的局势啊。臣恐怕陛下到了这个时候，即使想后悔也来不及了。

所以臣希望陛下拿刚即位时候的政事和今天的事情来对比看一看，天下纷纷扰扰不得安宁，和今天比起来哪一个更严重呢？群臣交口争论，和今天比起来哪一个更多呢？陛下听政感到疲乏倦怠，和今天比起来哪一个更厉害呢？悔恨自责，和今天比起来哪一个更深切呢？陛下确实能够拿这些来做比较，那不等臣的话说完，孰得孰失就可以自己决定了。而且刚即位时候的政事，是陛下的本心；今天的政事，是臣下的错误主张。陛下抛开刚即位时候的本心而屈从臣下的错误主张，臣私下以为这是不对的。虽然这样，但是臣私下听路人议论，说现今陛下也已经后悔了，后悔却没有改变，并非是陛下的本意，只是被建议变法的大臣所迫罢了。人臣向君主提出谋略，假使事情不成功就会根据众人的议论而改变，那人主就会凭此测量他们的深浅。人主能够测量他们的深浅，那他们被任用、被舍弃的命运就掌握在人主的手里，这对于臣子来说是不利的。

　　臣私下哀痛陛下为社稷大计想改过来使天下安宁，而那些专权固位的大臣却坚持不肯放下，陛下聪明睿智，废除或建置都从自己出发，却单单为这件事而郁郁寡欢。汉宣帝和赵充国讨论攻打匈奴，魏相不同意，认为应当和帝舅平昌侯王无故、乐昌侯王武、皇太子外祖父平恩侯许伯以及有见识的人详细议论才可以。这三个人，并不比赵充国更贤能，然而他们和国家休戚与共，没有侥幸获得功名和希求官爵赏赐的心意，这一点却远远超过赵充国。赵充国尚且不能听从，何况比不上赵充国的人呢！陛下要安民保国，却和喜欢功勋、爱好权力的人商量谋划，臣看不出这行得通。臣禁不住这一片忘身忧国的诚心，因此地势疏远却言辞恳切，希望陛下能够明察。

再论分别邪正札子

臣今月二十二日延和殿进呈札子,论君子小人不可并处朝廷,因复口陈其详,以渎天听。①窃观圣意,类不以臣言为非者。然天威咫尺,言词迫遽,有所不尽。②退伏思念,若使邪正并进,皆得与闻国事,此治乱之机,而朝廷所以安危者也。③臣误蒙圣恩,典司邦宪,④臣而不言,谁当救其失者?

谨复稽之古今,考之圣贤之格言,莫不谓亲近君子,斥远小人,则人主尊荣,国家安乐;疏外君子,进任小人,则人主忧辱,国家危殆。此理之必然,而非一人之私言也。故孔子论为邦,则曰:"放郑声,远佞人。"⑤子夏论舜之德则曰:"举皋陶,不仁者远。"论汤之德则曰:"举伊尹,不仁者远。"⑥诸葛亮戒其君则曰:"亲贤臣,远小人,此前汉所以兴隆也;亲小人,远贤臣,此后汉所以倾颓也。"⑦凡典册所载,如此之类不可胜纪。至于《周易》所论,尤为详密,皆以君子在内,小人在外,为天地之常理;⑧小人在内,君子在外,为阴阳之逆节。⑨故一阳在下,其卦为《复》,二阳在下,其卦为《临》。阳虽未盛,而居中得地,圣人知其有可进之道。⑩一阴在下,其卦为《姤》,二阴在下,其卦为《遁》,阴虽未壮,而圣人知其有可畏之渐。⑪若夫居天地之正,得阴阳之和者,惟《泰》而已。⑫《泰》之为象,三阳在内，三阴在外。君子既得其位，可以有为；小人奠居于外，安而无怨。故圣人名之曰《泰》。⑬泰之言安也，言惟此可以久安也。方泰之时，若君子能保其位，外安小人，使无失其所，则天下之安未有艾也。惟恐君子得位，因势陵暴小人，使之在外而不安，则势将必至反复。故《泰》之九三则曰："无平不陂，无往不复。"⑭

窃惟圣人之戒，深切详尽，所以诲人者至矣。独未闻以小人在外，忧其不悦，而引之于内，以自遗患者也。故臣前所上札子，亦以谓小人虽决不可任以腹心，至于牧守四方，奔走庶务，各随所长，无所偏废，宠禄恩赐，彼此如一，无迹可指，如此而已。若遂引而置之于内，是犹畏盗贼之欲得财，而导之于寝室；知虎豹之欲食肉，而开之以坰牧，⑮天下无此理也。且君子小人势同冰炭，同处必争。一争之后，小人必胜，君子必败。何者？小人贪利忍耻，击之难去。君子洁身重义，知道之不行，必先引退。故古语曰："一薰一莸，十年尚犹有臭。"⑯盖谓此矣。

昔先皇帝以聪明圣智之资，疾颓靡之俗，将以纲纪四方，追迹三代。⑰今观其设意，本非汉、唐之君所能仿佛也。而一时臣佐，不能将顺圣德，造作诸法，率皆民所不悦。⑱及二圣临御，因民所愿，取而更之，上下忻慰。⑲当此之际，先朝用事之臣，皆布列于朝，自知上逆天意，下失民心，彷徨踧踖，⑳若无所措，朝廷虽不斥逐，其势亦自不能复留矣。尚赖二圣慈仁，不加谴责，而宥之于外，盖已厚矣。今者政令已孚，事势大定，㉑而议者惑于浮说，乃欲招而纳之，与之共事，欲以此调停其党。㉒臣谓此人若返，岂肯徒然而已哉？必将戕害正人，渐复旧事，以快私忿。人臣被祸，盖不足言，而臣所惜者，祖宗朝廷也。

盖自熙宁以来，小人执柄，二十年矣。建立党与，布满中外。㉓一旦失势,睨睨者多。㉔是以创造语言,动摇贵近,胁之以祸,诱之以利,何所不至?臣虽不闻其言,而概可料矣。闻者若又不加审察,遽以为然,岂不过甚矣哉?臣闻管仲治齐,夺伯氏骈邑三百,饭蔬食,没齿无怨言。㉕诸葛亮治蜀,废廖立、李严为民,徙之边远,久而不召,及亮死,二人皆垂泣思亮。㉖夫骈、立、严三人者,皆齐、蜀之贵臣也。管、葛之所以能戮其贵臣,而使之无怨者,非有它也,赏罚必公,举措必当,国人皆知其所与之非私,而所夺之非怨。故虽仇雠,莫不归心耳。今臣窃观朝廷用舍施设之间,其不合人心者尚不为少,彼既中怀不悦,则其不服固宜。今乃直欲招而纳之,以平其隙,臣未见其可也。《诗》曰:"无竞维人,四方其训之。"㉗陛下诚以异同反复为忧,惟当久任才性忠良、识虑明审之士,但得四五人常在要地,虽未及皋陶、伊尹,而不仁之人知自远矣。故臣愿陛下断自圣心,不为流言所惑,毋使小人一进,后有噬脐之悔,㉘则天下幸甚,天下幸甚!

臣既待罪执法,若见用人之失,理无不言,言之不从,理不徒止。如此则异同之迹,益复着明,不若陛下早发英断,使彼此泯然无迹可见之为善也。臣受恩深重,辄敢先事献言,罪合万死。取进止。

[题解]

本文写于元祐五年(1090)六月,苏辙当时任御史中丞,宰执吕大防、刘挚提出调和新旧党争的"调停说",苏辙为此向朝廷呈纳了三篇奏章论述不可进用新党小人,这就是《乞分别邪正札子》、《再论分别邪正札子》、《三论分别邪正札子》,本文是其中的第二篇。所谓札子,是当时臣僚奏章的一种形式。欧阳修《归田录》卷下说:"唐人奏事,非表非状者谓之牓子,亦谓之录子,今谓之札子。凡群臣百司上殿奏事,两制以上非时有所奏陈,皆用札子。中书枢密院事有不降宣敕者,亦用札子。与两府自相往来亦然。"

新旧党争是北宋中后期政治生活中的中心事件。从王安石变法开始，形成以王安石为中心的新党集团，新党集团中有不少急于功利、首鼠两端的宵小之徒。神宗去世，宣仁高后垂帘听政，起用司马光、吕公著等旧党人士，废除新法，贬斥新党人物。旧党之间也派别纷出，争论不休，给予了新党人物攻击旧党的口实。部分旧党人物害怕将来新党人物重新执政引来报复，所以提出"调停"的主张，希望起用一些新党人士，泯灭党争迹象。苏辙则坚决反对这种意见，认为君子、小人相处必然引起争论，而小人趋利忍耻，在斗争中必然取得胜利，所以绝对不能招纳小人，自遗祸患。

本文"稽之古今，考之圣贤之格言"，通过对历史事件的引证，对圣人、经典中名言的辨析，借古鉴今，提出君子与小人不可并处的观点，反对进用小人，反对调停之说。但又希望朝廷能够泯灭君子、小人党争的迹象，内君子而外小人，使朝廷能够安然无事。文章有理有据，论证详明，情理极为剀切。

[注释]

①今月二十二日延和殿进呈札子：指元祐五年（1090）六月二十二日苏辙所上《乞分别邪正札子》。《长编》卷四四三：元祐五年六月乙卯"御史中丞苏辙言：'臣窃观元祐以来，朝廷改更弊事，屏逐群枉，上有忠厚之政，下无聚敛之怨，天下虽未大治，而经今五年，中外帖然，莫以为非者。惟奸邪失职居外，日夜窥伺便利，规求复进，不免百端游说，动摇贵近，臣愚窃深忧之。若陛下不察其实，大臣惑其邪说，杂进于朝，以示广大无所不容之意，则冰炭同处，必至交争；薰莸共器，久当遗臭。朝廷之患，自此始矣。'云云。时宰相吕大防、中书侍郎刘挚建言，欲引用元丰党人，以平旧怨，谓之'调停'。太皇太后颇惑之，故辙言此。退后，上疏曰：（即本文）。疏奏，太皇太后命宰执于帘前读之，乃宣谕曰：'苏辙疑吾君臣遂兼用邪正，其言极中理。'宰执从而和之，自此兼用邪正之说始衰。"《长编》的记载基本上依据苏辙《颍滨遗老传》（《栾城后集》卷一三）的自述文字。②天威咫尺：指近在皇帝面前，离皇帝距离很近。言词迫遽：说话很匆促。③思念：考虑。与闻国事：参与听闻国家大事。治乱之机：治乱的关键。④典司邦宪：主管国家的法律，这里指苏辙于本年五月被任命为御史中丞。宋代御史中丞作为御史台的长官，掌纠察弹劾文武百官的过失，肃正朝廷纪律。⑤"孔子论为邦"一节：语见

《论语·卫灵公》:"颜渊问为邦。子曰:'行夏之时,乘殷之辂,服周之冕,乐则韶舞。放郑声,远佞人。郑声淫,佞人殆。'"(舍弃郑国的乐曲,斥退小人。郑国的乐曲靡曼淫秽,小人危险。)为邦:治理国家。郑声:指《诗经·国风·郑风》所配的乐曲,孔子称郑卫之音为靡靡之音。佞人:指巧言善辩之人,孔子认为巧辩之人足以使国家倾危。⑥"子夏论舜之德"一节:语见《论语·颜渊》:"樊迟退,见子夏曰:'乡也吾见于夫子而问知,子曰,举直错诸枉,能使枉者直,何谓也?'子夏曰:'富哉言乎!舜有天下,选于众,举皋陶,不仁者远矣。汤有天下,选于众,举伊尹,不仁者远矣。'"(樊迟退了出来,找着子夏,说道:"刚才我去见老师向他问智,他说,'把正直的人提拔出来,位置在邪恶人之上',这是什么意思?"子夏道:"意义多么丰富的话呀!舜有了天下,在众人之中挑选,把皋陶提拔出来,坏人就难以存在了。汤有了天下,在众人之中挑选,把伊尹提拔出来,坏人也就难以存在了。")举:选举,提拔。皋陶(gāo yáo):舜的理刑大臣。远:本是"离开、逋逃"之意,这里指坏人难以存在。汤:商汤,商朝开国之君。伊尹:汤的辅相。⑦"诸葛亮戒其君"一节:语见《三国志·蜀志·诸葛亮传》,是诸葛亮于蜀汉建兴五年(227)北伐之前上疏告诫后主刘禅的话,这篇奏疏也就是后来所说的《出师表》。⑧"至于《周易》所论"一节:"君子在内,小人在外,为天地之常理"是《周易·泰卦》的道理,详见下注。⑨小人在内,君子在外,为阴阳之逆节:这是《周易·否卦》的道理。《周易·否卦·象辞》:"内阴而外阳,内柔而外刚,内小人而外君子:小人道长,君子道消也。"否卦卦象为☷☰。⑩一阳在下,其卦为《复》:《复》卦卦象为☷☳,初九为阳,所谓一阳来复。二阳在下,其卦为《临》:《临》卦卦象为☷☱,初九、九二为阳,所谓阳刚渐长。《复》卦和《临》卦都是吉利的卦象,表示阳长阴消,虽然阳气不是最盛,但从阳气上升到阳气大盛,都是极为亨通的。⑪一阴在下,其卦为《姤》:《姤》卦卦象为☰☴。二阴在下,其卦为《遁》:《遁》卦卦象为☰☶。从《姤》卦到《遁》卦,阴渐长而阳渐消,阴有侵阳之势,所以小人对于君子有可畏之势。⑫"居天地之正"句:《泰》卦《象》曰:"泰,小往大来,吉,亨。则是天地交而万物通也,上下交而其志同也。内阳而外阴,内健而外顺,内君子而外小人:君子道长,小人道消也。"⑬"《泰》之为象"一节:《泰》

卦卦象为䷊，阳内阴外，上下交泰。《东坡易传》卷二论泰卦说："然而圣人独安夫泰者，以为世之小人不可胜尽，必欲迫而逐之，使之穷而无归，其势必至于争，争则胜负之势未有决焉。故独安夫泰，使君子居中，常制其命；而小人在外，不为无措。然后君子之患无由而起，此泰之所以为最安也。"所论和苏辙之意相合。⑭"《泰》之九三"句：《泰》卦九三阳爻的爻辞，意思是说平地无不化险陂，去者无不重回复。九三处在阳爻之终，为阴阳转折点，所以君子要戒慎，防止通泰化为否閉。⑮坰（jiōng）牧：荒郊原野的牧场。⑯一薰一莸（yóu），十年尚犹有臭：语出《左传·僖公四年》。薰，香草，比喻善类。莸，臭草，比喻恶物。薰莸混在一起，只闻到臭味闻不到香味。比喻善常被恶所掩盖。⑰先皇帝：指宋神宗。追迹三代：学习尧舜禹的治道。《宋史》卷三二七《王安石传》："熙宁元年四月，（安石）始造朝。入对，帝问为治所先，对曰：'择术为先。'帝曰：'唐太宗何如？'曰：'陛下当法尧舜，何以太宗为哉？尧舜之道，至简而不烦，至要而不迂，至易而不难，但末世学者不能通知，以为高不可及尔。'帝曰：'卿可谓责难于君。朕自惟朕躬恐无以副卿此意，可悉意辅朕，庶同济此道。'"⑱将顺圣德：顺势促成圣上的美德。造作诸法：指熙丰时期的诸项变法措施。⑲二圣临御：指哲宗皇帝和垂帘听政的英宗宣仁圣烈高皇后。当时哲宗年幼，由祖母太皇太后听政。取而更之：即所谓的元祐更化，司马光入相以后，废除熙丰时期的各项变法。⑳踧踖（cùjí）：恭敬小心的样子。㉑政令已孚：政令已经令人信服。㉒调停：北宋自王安石变法以后，形成了新旧党争。元祐时期，旧党执政，新党人物遭到贬斥，部分旧党人物担心将来新党人物报复，所以主张起用新党人物，这就是所谓的"调停"之说。㉓熙宁：宋神宗的年号，1068 年到 1077 年。王安石熙宁二年任参知政事，开始变法，新党人物遍满朝廷，到神宗去世，总共 18 年的时间。党与：同党之人。㉔睎觊：犹"觊觎"（jìyú），指非分的希望和企图。㉕"臣闻管仲治齐"句：《论语·宪问》："（或）问管仲。曰：'人也。夺伯氏骈邑三百，饭疏食，没齿无怨言。'"（有人向孔子问管仲是怎样的人物。孔子道："他是人才。剥夺了伯氏骈邑三百户的采地，使伯氏只能吃粗粮，到死没有怨恨的话。"）伯氏：齐国的大夫。骈邑：地名。阮元《积古斋钟鼎彝器款识》里认为山东临朐县柳山寨即春秋时的骈邑。㉖"诸葛亮治蜀"句：《三国志·

蜀志·刘彭廖李刘魏杨传》："廖立,字公渊,武陵临沅人。""(诸葛)亮表立曰长水校尉。廖立坐自贵大。臧否群士。公言国家不任贤达而任俗吏。又言万人率者,皆小子也。诽谤先帝,疵毁众臣。""于是废立为民,徙汶山郡。立躬率妻子,耕殖自守。闻诸葛亮卒,垂泣叹曰:'吾终为左衽矣。'""李严,字正方,南阳人也。"受先帝遗命,和诸葛亮共辅佐后主。后因为运军粮不及时,被诸葛亮废为平民,徙梓潼郡,"十二年,平闻亮卒,发病死"。《三国志》裴注引习凿齿曰:"昔管仲夺伯氏骈邑三百,没齿而无怨言,圣人以为难。诸葛亮之使廖立垂泣,李平致死,岂徒无怨言而已哉!夫水至平而邪者取法,镜至明而丑者无怒,水镜之所以能穷物而无怨者,以其无私也。水镜无私,犹以免谤,况大人君子怀乐生之心,流矜恕之德,法行于不可不用,刑加乎自犯之罪,爵之而非私,诛之而不怒,天下有不服者乎!诸葛亮于是可谓能用刑矣,自秦、汉以来未之有也。"㉗"《诗》曰"句:《诗经·大雅·抑》和《周颂·烈文》都有这两句诗。意思是国家强盛惟在得到贤人,四方诸侯都会顺服。无:发语词。竞:强大。人:贤人。训:教化,驯顺。㉘噬脐(shìqí)之悔:《左传·庄公六年》:"若不早图,后君噬齐(脐)。"注:若啮腹齐(脐),喻不可及。

[译文]

臣本月二十二日于延和殿进呈一封札子,论述君子和小人不可以同时处于朝廷之中,接着又口述了其中的详情,冒犯圣上的听闻。私下观察圣上的意思,似乎并不认为臣下的话不对。然而离圣上只有咫尺之远,语言匆促急迫,所言不能详尽。回来后再仔细思虑,假若使小人、君子并进于朝廷,都可以参与听闻国家大事,这是国家治乱的关键、朝廷安危的原因所在。臣误蒙圣上的恩典,被任命执掌国家的宪法,臣下如果不说,那谁应当来挽救这个失误呢?

谨此又稽考古今的历史事实和圣贤的格言,莫不认为亲近君子,疏远小人,那人主就能够尊贵荣耀,国家安定祥和;疏远君子,进用小人,那人主就会忧患耻辱,国家就会危险倾覆。这是必然的道理，而不是臣一个人的私见。因此孔子论述如何治理国家，就说："舍弃郑国的乐曲，斥退小人。"子夏论述舜的德行就说："把皋陶提拔出来，坏人就难以存在了。"论述汤的美德，就说："把伊尹提拔出来，坏人也就难以存在了。"诸葛亮告诫后主说："亲近贤臣，疏远小人，这是前汉兴隆的原因；亲近小人，疏远贤臣，这是后汉倾覆的原因。"凡是典籍中所记载的，如此之类的事情不可胜记。至于《周易》所说的，尤其详细严密，都把君子在朝廷之内，小人在朝廷之外，当做天地之间的常理；把小人在朝廷之内，君子在朝廷之外，当做违逆了阴阳的秩序。所以一个阳爻处在最下，那卦象叫做"复"，两个阳爻处在下面，那卦象叫做"临"。"复"和"临"两卦中阳气虽然不是非常盛大，但能够居于内中得到权位，圣人知道那有可以向上进取的道理。一个阴爻在下面，那卦象叫做"姤"，两个阴爻在下面，那卦象叫做"遁"。"姤"和"遁"两卦阴气虽然不很壮大，然而圣人已经知道那是可以令人畏惧的开始。至于那位于天地正位，得到阴阳中和的，只有"泰"卦啊。"泰"卦的卦象，三个阳爻在内，三个阴爻在外。君子已经得到权位，可以有所作为；小人定居于外，安心而没有怨言。所以圣人把这一卦命名为"泰"。泰的意思是安，意思是说只有这样才可以长治久安。方当安泰的时候，如果君子能够保持他们的地位，让小人安处于外，使他们不致失所，那天下的安定就不会完结。只怕君子得到权位，凭借权势欺凌小人，使他们在外却不能安心，那趋势必定会到颠覆的地步。所以"泰"卦九三就说："平地无不化险陂，去者无不重回复。"

私下想圣人的告诫，深切详尽，用来教诲人的道理也周到之至了。独独没有听说因为小人处在外面，担心他们不高兴，因而将他们引进朝廷，以至于给自己留下后患的。所以臣前面所上的札子，也认为小人虽然均不能够任用来做腹心大臣，至于作为地方长官，奔走处理各种事务，各随他们的特长，没有偏废，恩宠爵禄赏赐，彼此都一个样，没有痕迹可以指责，这样也就可以了。如果因此就引进来把他们放置在朝廷内，这好比害怕盗贼要偷盗财物，反而引导他们进入寝室之内；知道虎豹想吃肉，反而把牲畜放入旷野的牧场，天下没有这种道理。况且君子和小人势同冰炭，放在一块必然争斗。一旦争斗发生，小人必然得胜，君子必然失败。为什么呢？因为小人贪图利益能够忍受耻辱，难以把他们攻击走。君子洁身自好，注重道义，知道正道不能施行，必定率先引退。所以古语说："一棵香草和一棵臭草放在一起，过了十年尚且还有臭味。"大概说的就是这吧。

过去先皇帝以自己聪明圣智的资禀，痛恨风俗的颓废奢靡，准备来治理国家，追踪尧舜禹三代的治迹。现在看先帝的设想，本不是汉、唐的君主能够比拟的。然而当时辅佐的大臣，不能够顺从先帝的圣德，却施行种种变法，大都是民众所不乐意的。等到皇帝和太后临朝听政，顺从民众的心愿，更改那些法令，上下都很欢欣快慰。在这个时候，神宗朝掌权的大臣，都分布在朝廷，自知上违天意，下失民心，彷徨徘徊，小心翼翼，好像不知所措，朝廷即使不加贬斥放逐，那形势也自然不能再留在朝廷。犹且依赖二圣仁慈，没有加以谴责，而是予以宽宥，把他们放到地方官的任上，已经算是仁厚的了。现今政令已经使民众信服，事势大端已经安定，一些议事的人却受到虚浮不实言词的迷惑，反而想要召回接纳他们，和他们共事，想用这种办法调停那些党人。臣以为这些人如果返回朝廷，岂肯白白回来就算了？必定会戕害正人君子，渐渐回复过去的事情，以满足他们私心的愤懑。臣下遭到祸害，不值得一说，然而臣所痛惜的，是祖宗建立的朝廷啊！

大概从熙宁以来，小人执掌权柄有二十年了。建立同党，布满朝廷内外，一旦失势，觊觎窥伺的人很多，因此制造流言蜚语，动摇显贵近臣，用灾祸来胁迫他们，用利益来诱惑他们，什么手段不能使用呢？臣虽然没有听到他们的话，然而大概是可以预料的。听到的人如果又不加以仔细考察辨别，遽然认为这是对的，岂不太过分了吗？臣听说管仲治理齐国，剥夺了伯氏骈邑三百户的采地，使伯氏只能吃粗粮，到死没有怨恨的话。诸葛亮治理蜀国，把廖立、李严废黜为平民，迁徙到边远的地方，长时间也不召回，等到诸葛亮去世，两个人都痛苦思念诸葛亮。那骈邑伯氏、廖立、李严三人，都是齐国、蜀国的贵戚近臣。管仲、诸葛亮之所以能够惩罚那些贵戚近臣却使他们没有怨言，不是有其他的原因，而是赏罚必定出于公心，举措必定恰当，举国人民都知道他们给予的不是因为私恩，剥夺的不是因为私怨。所以即使是仇人冤家，没有不心悦诚服的。现在臣私下观察朝廷的取舍举动，其中不合人心的尚不在少数，那些人既然心中不满，那他们不能心悦诚服固然也是可以理解的。现在却要召回收纳他们，来填平他们的怨恨，臣看不出那是可行的。

《诗经》中说："没有比贤人更强大的，四方都会顺从。"陛下确实因为那些政见不同、反复无常的人而担忧，只应该长久任用那些品性忠厚贤良、识见思虑明白审慎的贤士，只要得到四五个这样的人，使他们经常位于枢要，虽然比不上皋陶、伊尹，但那些不仁义的人自然知道远远离开。所以臣希望陛下从英明的内心自下决断，不要被流言所迷惑，不要让小人进入朝廷，一旦如此，以后悔恨也来不及，那天下就非常幸运了！那天下就非常幸运了！

臣既然忝为执法大臣，如果看到用人的失误，按理不能不说，说了不被接受，按理不能就此停止。如果这样，那不同政见之间争论的迹象就会越发明显，不如陛下早下英明的决断，使君子、小人之间泯然无迹才是上策。臣受恩深重，才敢事先进献言论，罪该万死。听候旨意。

上枢密韩太尉书

太尉执事:①辙生好为文,思之至深,以为文者,气之所形,②然文不可以学而能,气可以养而致。③孟子曰:"我善养吾浩然之气。"今观其文章,宽厚宏博,充乎天地之间,称其气之小大。④太史公行天下,周览四海名山大川,与燕、赵间豪俊交游,故其文疏荡,颇有奇气。⑤此二子者,岂尝执笔学为如此之文哉?其气充乎其中而溢乎其貌,动乎其言而见乎其文,而不自知也。

辙生十有九年矣,其居家所与游者,不过其邻里乡党之人,所见不过数百里之间,无高山大野可登览以自广,百氏之书虽无所不读,然皆古人之陈迹,不足以激发其志气。恐遂汩没,⑥故决然舍去,求天下奇闻壮观,以知天地之广大。过秦、汉之故都,恣观终南、嵩、华之高,⑦北顾黄河之奔流,慨然想见古之豪杰。至京师,仰观天子宫阙之壮与仓廪、府库、城池、苑囿之富且大也,而后知天下之巨丽。⑧见翰林欧阳公,听其议论之宏辩,观其容貌之秀伟,与其门人贤士大夫游,而后知天下之文章聚乎此也。⑨

太尉以才略冠天下,天下之所恃以无忧,四夷之所惮以不敢发,⑩入则周公、召公,⑪出则方叔、召虎。⑫而辙也,未之见焉。且夫人之学也,不志其大,虽多而何为?辙之来也,于山见终南、嵩、华之高，于水见黄河之大且深，于人见欧阳公，而犹以为未见太尉也。故愿得观贤人之光耀，闻一言以自壮，然后可以尽天下之大观而无憾者矣。

辙年少，未能通习吏事。⑬向之来，非有取于斗升之禄，偶然得之，非其所乐。⑭然幸得赐归待选，⑮使得优游数年之间，将归益治其文，且学为政。太尉苟以为可教而辱教之，又幸矣！

[题解]

本文作于嘉祐二年（1057）三、四月间，苏辙时年十九岁，刚刚进士及第。虽然是苏辙的少年之作，但却是他的一篇有名的文章。本文是为了能够拜谒枢密使韩琦而写的书信。韩琦在当时位高望重，作为一名新进士，想要得到他的垂青和接见，这样的书信该如何写才能不卑不亢又能显示自己的才华，引起他的瞩目呢？文章在这方面显示了苏辙博大的胸襟抱负和相当成熟的写作技巧。苏辙说自己"生好为文，思之至深"，又说自己"百氏之书无所不读"，又说"且夫人之学也，不志其大，虽多而何为？"在在都表现了苏辙的壮怀和雄心，使文章显得高亢而有精神。文章更引人瞩目的则是其表达技巧方面的特点。那就是《古文观止》评论中所提到的"注意在此，而立言在彼"的特点。所谓"立言在彼"是指文章开头就提出的观点："文者，气之所形，然文不可以学而能，气可以养而致。"好像本文是要谈论文学创作方面的事情，实则并非如此。本文真正的"注意在此"的"此"却是"愿得观贤人之光耀，闻一言以自壮，然后可以尽天下之大观而无憾"，也就是能够拜谒韩琦。那么，苏辙如何由"彼"及"此"呢？这中间使用的方法就是层层陪衬。《古文观止》评论本文说："意只是欲求见太尉，以尽天下之大观，以激发其志气，却以得见欧阳公，引起求见太尉；以历见名山大川京华人物，引起得见欧阳公；以作文养气，引起历见名山大川京华人物。"所以我们可以说本文是一个倒叙的结构，线索却如草蛇灰线，需要琢磨才能明了其用意所在。张伯行评本文说："其行文顾盼自喜，英气勃勃，自是令人倾服。"可以说本文既显示了少年苏辙英姿勃发的气概，同时也显露出苏辙散文纡余委备、一唱三叹的独特风味。

[注释]

①太尉执事：太尉：秦汉时以丞相、太尉、御史大夫为"三公"，分掌

政、军、司法。这里指枢密使韩琦,宋代以枢密院掌管军事,与中书省并称"二府"。执事,书信中常用作对对方的敬称,相当于左右。韩琦(1008—1075),字稚圭,相州安阳人。天圣五年(1027)进士。康定、庆历年间和范仲淹同在陕西主兵,抗击西夏侵扰,久在兵间,号称"韩范"。庆历三年(1043)四月任枢密副使,和范仲淹、文彦博等一块主持庆历新政。嘉祐元年(1056)八月拜枢密使。三年(1058)拜相。韩琦历相三朝(仁宗、英宗、神宗),策立二帝(英宗、神宗),是北宋著名的政治家。封魏国公,卒谥忠献。有《安阳集》五十卷传世。《宋史》卷三一二有传。②文者,气之所形:文章是作者的精神、气质等内在涵养的外在表现。③文不可以学而能,气可以养而致:文章不能够通过学习达到精美的境地,人的气质却可以通过修养而达到高明的境界。由养气而达到气盛言宜的程度,文章自然可以工巧。④"孟子曰"句:语见《孟子·公孙丑上》。意思是说我善于培养我的浩然盛大刚正之气。然后孟子讲到如何培养浩然之气,他说要用正义去培养它,而不去伤害它,它就会充满天地四方之间。这种气,必须与义与道相配合;没有义与道,它就会软弱无力。这种气是正义的日积月累所产生的,不是一时的正义行为就能得到的。行为有一点亏心之处,气就会软弱无力。称(chèn):相称、符合。⑤"太史公行天下"一节:太史公,即司马迁。《史记·太史公自序》说:"二十而南游江、淮,上会稽,探禹穴,浮于沅、湘,北涉汶、泗,讲业齐、鲁之都,观孔子之遗风,乡射邹、峄,厄困鄱、薛、彭城,过梁、楚以归。"疏荡:疏放跌宕,意谓随意挥洒、无拘无束。奇气:不平凡的奇特之气。扬雄《法言》:"子长多爱,爱奇也。"⑥汩没(gǔmò):沉沦、埋没。⑦秦、汉之故都:秦的都城咸阳、长安、洛阳。终南、嵩、华:终南山、嵩山、华山。⑧京师:东京开封。巨丽:极其壮丽。⑨翰林欧阳公:翰林学士欧阳修。欧阳修(1007—1072),字永叔,号醉翁、六一居士,江西庐陵人。天圣八年(1030)进士,做过枢密副使、参知政事。卒谥文忠。宋代著名的文学家、史学家。著有《欧阳文忠公集》、《新五代史》、《新唐书》(与宋祁合署)等。至和元年(1054)九月,欧阳修任翰林学士。见《长编》卷一七七。门人贤士大夫:欧阳修的门人如曾巩等,贤士大夫指欧阳修的好友,如梅尧臣等。⑩"天下之所恃以无忧"句:《宋史·韩琦传》:"琦与范仲淹在兵间久,名重一时，人心归之，朝廷倚以为重。"仁宗康定元年（1040）至庆历三年（1043），韩琦经略陕西，"军中服其威名，为之语曰：'军中有一韩，西贼闻之心骨寒。军中有一范，西贼闻之惊破胆。'"（《宋宰辅编年录》卷五）庆历新政失败后，韩琦出知并州（今山西太原），收回了契丹侵占的土地，加强了对契丹的防御。四夷：指各少数民族。惮：畏惧。发：指发动战争。⑪周公：名旦，武王之弟，武王去世后，辅佐年幼的成王，分封于鲁。召公：名奭(shì)，又称召康公，周之同姓，成王时为太保，与周公分理周地，主治陕西。⑫方叔：周宣王时大臣，曾率兵攻楚，获胜。召虎：即召伯虎，召公奭的后代，曾拥立周宣王，并率兵战胜淮夷。⑬通习吏事：贯通熟悉政事。⑭斗升之禄：指微薄的俸禄。偶然得之：指科举考试及第。⑮赐归待选：进士及第后还要通过吏部铨试方可得到官职，这中间需要等待员阙。本年四月七日，苏辙母亲程氏去世，父子三人匆匆回蜀，所以苏轼、苏辙的铨选要等到嘉祐五年守丧终了回到京师以后。

[译文]

太尉左右：苏辙我生来喜好写文章，对于写文章的道理思考得至为深入，我认为文章是气表现于外形成的。然而文章不能通过学习而精能，气却可以通过培养而得到。孟子说："我善于培养我的浩然刚正的气概。"今天看他的文章，宽厚宏肆博大，可以充满到天地中间，和他的气势大小相称。太史公司马迁遍行天下，周览四海名山大川，和燕赵之间的豪杰英俊之士交游，因而他的文章疏朗跌宕，很有奇特不凡的风格。这两个人，难道曾经执笔学习写作这样的文章吗？他们的气概充满体内而洋溢到他们的容貌，流动在他们的语言中，从而表现到他们的文章上，自己却不知不觉。

苏辙我出生十九年了，居住家乡时所交游的，不过是邻居乡党一类的人，所能够看到的不过方圆几百里之间，没有高山广野可以登览以开阔自己的视野。诸子百家的著作虽然无所不读，然而都是古人过往的陈旧痕迹，不足以用来激发我的雄心壮志。恐怕就此埋没沉沦，因此下定决心离开家乡，去寻求天下奇特的见闻和壮丽的景观，来见识天地的广阔博大。经过秦汉的故都咸阳、长安、洛阳，纵观高大的终南山、嵩山和华山，向北看到黄河奔腾不息，无限感慨地追想古往今来的英雄豪杰。到了京城开封，抬头观望天子壮丽的宫殿，以及富丽广大的粮仓、库房、城池和园林，然后方才知道天下的巨大富丽。拜见了翰林学士欧阳公，听到他宏伟雄辩的议论，看到他俊秀奇伟的容貌，和他的门人、朋友、贤能的士大夫交游，然后才知道天下的文章聚集在这里。

太尉您以雄才大略名冠天下，天下倚靠您而不用担忧，四方蛮族忌惮您而不敢侵扰，在朝您就像周公、召公，在外您就如方叔、召虎，然而苏辙却没有能够拜见您。况且一个求学的人，不树立高大的志向，学得再多有什么用呢？苏辙我此次来到这里，于山见到了终南山、嵩山、华山的高大，于水见到了黄河的宽广渊深，于人见到了欧阳公，然而尚且遗憾没有见到太尉您。所以希望能够一睹您的光辉，聆听您的一言半语来自我砥砺，然后才可以算是穷尽了天下的壮观而没有遗憾。

苏辙我年少，还不能通贯熟悉政事。先前来的时候，并非想取得一官半职微薄的俸禄，不意竟然得到，这并不是我所喜好的。然而幸好得以准许回家等待铨选，使我能够有几年时间优游自在，准备回去更加用力研习文章，并且要学习处理政事。太尉您倘若认为我还可以教诲，从而屈尊教导的话，那我就更加幸运了！

上两制诸公书

辙读书至于诸子百家纷纭同异之辩,后世工巧组绣钻研离析之学,①盖尝喟然太息,②以为圣人之道,譬如山海薮泽之奥,③人之入于其中者,莫不皆得其所欲,充足饱满,各自以为有余,而无慕乎其外。

今夫班输、共工,④旦而操斧斤以游其丛林,取其大者以为楹,小者为桷,圆者以为轮,挺者以为轴,长者扰云霓,短者蔽牛马,大者拥丘陵,小者伏蓁莽,芟夷蹶取,皆自以为尽山林之奇怪矣。⑤而猎夫渔师,结网聚饵,左强弓,右毒矢,陆攻则毙象犀,水伐则执鲛鮀,⑥熊罴虎豹之皮毛,鼋龟犀兕之骨革,上尽飞鸟,下及走兽昆虫之类,纷纷籍籍,折翅捩足,⑦鳞鬣委顿,⑧纵横满前,肉登鼎俎,膏润砧几,⑨皮革齿骨,披裂四出,被于器用。求珠之工,随侯夜光,间以颣玼,磊落的皪,充满其家。⑩求金之工,辉赫晃荡,铿锵交戛,⑪遍为天下冠冕佩带饮食之饰。此数者皆自以为能尽山海之珍,然山海之藏,终满而莫见其尽。

昔者夫子及其生而从之游者,盖三千余人。是三千人者,莫不皆有得于其师,是以从之周旋奔走,逐于宋、鲁,饥饿于陈、蔡,困厄而莫有去之者,是诚有得乎尔也。⑫盖颜渊见于夫子,出而告人曰："吾能知之。"⑬子路、子贡、冉有出而告人亦曰："吾知之。"⑭下而至于邦巽、孔忠、公西舆、公西箴，此数子者，门人之下第者也，窃窥于道德之光华，而有闻于议论之末，皆以自得于一世。⑮其后田子方、段干木之徒，讲之不详，乃窃以为虚无淡泊之说。⑯而吴起、禽滑厘之类，又以猖狂于战国。⑰盖夫子之道，分散四布，后之人得其遗波余泽者至于如此。而杨朱、墨翟、庄周、邹衍、田骈、慎到、韩非、申不害之徒，⑱又不见夫子之大道，皇皇惑乱，譬如陷于大泽之陂，荆榛棘茨，蹊隧灭绝，求以自致于通衢而不可得，⑲乃妄冒蒺藜，蹈崖谷，崎岖缭绕，而不能自止。何者？彼亦自以为己之得之也。

辙尝怪古之圣人，既已知之矣，而不遂以明告天下而着之六经。六经之说皆微见其端，而非所以破天下之疑惑，使之一见而寤者，是以世之君子纷纷至此而不可执也。⑳今夫《易》者，圣人之所以尽天下刚柔喜怒之情、勇敢畏惧之性，而寓之八物。因八物之相遇，吉凶得失之际，以教天下之趋利避害，盖亦如是而已。㉑而世之说者，王氏、韩氏至以老子之虚无，㉒京房、焦贡至以阴阳灾异之数。㉓言《诗》者不言咏歌勤苦酒食燕乐之际，极欢极戚而不违于道，㉔而言五际子午卯酉之事。㉕言《书》者不言其君臣之欢，吁俞嗟叹，有以深感天下，㉖而论其《费誓》、《秦誓》之不当作也。㉗夫孔子岂不知后世之至此极欤？其意以为后之学者，无所据依感发以自尽其才，是以设为六经而使之求之。盖又欲其深思而得之也，是以不为明着其说，使天下各以其所长而求。故曰："仁者见之谓之仁，智者见之谓之智。"㉘而子贡亦曰："在人，贤者识其大者，不贤者识其小者。"㉙夫使仁者效其仁，智者效其智，大者推明其大，而不遗其小，小者乐致其小，㉚以自附于大，各因其才而尽其力，以求其至微至密之地，则天下将有终身于其说而无倦者矣。至于后世不明其意，患乎异说之多而学者之难明也，于是举圣人之微言而折之以一人之私意，而传疏之学横放于天下，由是学者愈怠，而圣人之说益以不明。㉛

今夫使天下之人因说者之异同，得以纵观博览，而辩其是非，论其可否，推其精粗，而后至于微密之际，则讲之当益深，守之当益固。《孟子》曰："君子深造之以道，欲其自得之也。自得之，则居之安。居之安，则资之深。资之深，则取之左右逢其原。故君子欲其自得之也。"㉜

昔者辙之始学也，得一书，伏而读之，㉝不求其博，而惟其书之知，求之而莫得，则反复而思之，至于终日而莫见，而后退而求其得。何者？惧其入于心之易，而守之不坚也。及既长，乃观百家之书，从横颠倒，可喜可愕，无所不读，泛然无所适从。盖晚而读《孟子》，而后遍观乎百家而不乱也。而世之言者曰：学者不可以读天下之杂说，不幸而见之，则小道异术将乘间而入于其中。虽扬雄尚然，曰："吾不观非圣之书。"㉞以为世之贤人所以自养其心者，如人之弱子幼弟不当出而置之于纷华杂扰之地，此何其不思之甚也！古之所谓知道者，邪词入之而不能荡，诐词犯之而不能诈，㉟爵禄不能使之骄，贫贱不能使之辱。㊱如使深居自闭于闺阃之中，兀然颓然而曰"知道知道"云者，此乃所谓腐儒者也。㊲古者伯夷隘，柳下惠不恭，隘与不恭，是君子之所不为也。㊳而孔子曰："伯夷、叔齐不降其志，不辱其身。柳下惠、少连降志而辱身，言中伦，行中虑。虞仲、夷逸隐居放言，身中清，废中权。而我则异于是，无可无不可。"㊴夫伯夷、柳下惠，是君子之所不为，而不弃于孔子，此孟子所谓孔子集大成者也。㊵至于孟子恶乡原之败俗，㊶而知于陵仲子之不可常也，㊷

美禹、稷之汲汲于天下,而知颜氏子自乐之非固也,[43]知天下之诸侯其所取之为盗,而知王者之不必尽诛也,[44]知贤者之不可召,而知召之役之为义也。[45]故士之言学者,皆曰孔孟。何者,以其知道而已。

今辙山林之匹夫,其才术技艺无以大过于中人,而何敢自附于孟子?然其所以泛观天下之异说,三代以来,兴亡治乱之际,而皎然其有以折之者,[46]盖其学出于孟子而不可诬也。

今年春,天子将求直言之士,而辙适来调官京师,舍人杨公不知其不肖,取其鄙野之文五十篇而荐之,俾与明诏之末。[47]伏惟执事方今之伟人、而朝之名卿也,其德业之所服,声华之所耀,孰不欲一见以效薄技于左右?夫其五十篇之文,从中而下,[48]则执事亦既见之矣。是以不敢复以为献,姑述其所以为学之道,而执事试观焉。

[题解]

本文是嘉祐五年(1060)苏辙受到推荐,获准参加制举考试以后,上书两制诸公的书信。文章阐述自己的治学历程和学术见解,以求得到两制诸公对自己的进一步了解和赏识。洪迈《容斋三笔》卷一二《侍从两制》条:"国朝官称,谓翰林学士、中书舍人为两制,言其掌行内外制也。"翰林学士知制诰,谓之内制;以他职知制诰,谓之外制。根据次年八月考试制举的官员名单,这些人大致包括以下各位:翰林学士吴奎、龙图阁直学士杨畋、权御史中丞王畴、知制诰王安石;制举御试的官员有:胡宿、沈遘、范镇、司马光、蔡襄。

本文是苏辙散文中的一篇宏论,表现了苏辙独到的学术见解,其中心思想是以孟子的思想作为判断学术思想的标准。《史记》卷四七《孔子世家》云:"自天子王侯,中国言《六艺》者,折中于夫子,可谓至圣矣!"《文心雕龙·原道》说:"道沿圣以垂文,圣因文以明道。"都是把孔子的思想作为判断是非的标准。孔孟并称的流行大致源于韩愈的《原道》一文。韩愈以后,《孟子》一书的地位逐渐上升,这一现象被周予同先生称为"《孟子》升格问题"

(《周予同经学史论著选集》)。最终《孟子》由子部升为经部。《孟子》升格运动中的关键人物是王安石。司马光说过"介甫于书无所不观,而特好孟子、老子之言。"(《温国文正公文集》卷一〇《与王介甫书》)王安石也写过"他日若能窥孟子,终身何敢望韩公"这样的诗句。王安石在改革活动中所表现出的不畏不惧精神,正是《孟子》中大丈夫精神的体现。当然,在《孟子》升格的同时,也存在着一股强烈的反孟、疑孟思潮。如李觏、司马光、晁说之等人的观点。而苏辙的尊孟既是其早年所学,同时,多少也表现了时代思潮的潜在影响。苏洵就非常推崇孟子的文学和思想(如其《上欧阳内翰第一书》),同样,苏轼也重视孟子的学说(如其《六一居士集叙》),而苏辙早年对《孟子》一书研究甚深,他写有《孟子解》,后来写定后收于《栾城后集》卷六,其中的小注说:"予少作此解,后失其本,近得之,故录于此。"其中的一些观点可以和本文相印证。苏辙主张泛观诸家而折中于孟子,认为拒绝阅读天下杂说,深居自闭于传疏之中的读书人,只是腐儒而已。他的这些观点在当时应当说是相当开明和独立的。

除了思想上的特立独行之外,在艺术表达上,本文在现存苏辙诸文中也是独具一格的。苏辙散文以冲和澹泊、一唱三叹著称,而本文一如其《黄楼赋》,乃是有意学习汉代大赋的铺张扬厉、驱驾气势、雕缋满眼的作风。特别是写百工入山海采取珍宝一段,学习汉赋校猎场面的迹象极其明显。因此本文更像是一篇呈才效技之作,反映的是苏辙少年才俊时期的作风。茅坤评本文说:"览其文如广陵之涛,砰磕汹悍而不可制,然其骨理少切,譬之运斤成风,特属耀眼。"张伯行也说:"故为汪洋浩瀚之势以夸其奇。"这些观察都是相当真切的。

[注释]

①诸子百家:先秦至汉初各个学派的总称。诸子,指各学派的代表人物及其著作。百家,指各种学术流派。《汉书·艺文志》分各学派为儒、道、阴阳、法、名、墨、纵横、杂、农、小说十家,又著录各家著作"凡诸子百八十九家,四千三百二十四篇"。同异之辩:指名家提出的坚白同异、万物毕同毕异等一类辩论命题。工巧组绣:像丝织品一样华美工致,这里指文章语言华丽、富于藻采。钻研离析:钻深研几,条分缕析。②喟(kuì)然太息:慨然

长叹。③薮(sǒu)泽：水草茂密的沼泽湖泊。④班输：即鲁公输班。一说，班，鲁班也，与公输氏为二人也，皆有巧艺。共工：即司空，管理百工的官，舜时命垂为共工。见《尚书·舜典》。⑤楹：厅堂前的柱子。桷(jué)：方形的椽子。轮：车轮，指有些木柴可以通过烘烤使之弯曲做车轮。轴：车轴。扰云霓：高耸入云。短者蔽牛马：低矮的树木可以遮蔽牛马。大者拥丘陵：大树可以覆盖丘陵。小者伏蓁(zhēn)莽：小的树木低伏在地上成为杂草丛莽。芟(shān)夷蹶(jué)取：砍伐拔取。⑥鲛鼍(tuó)：蛟龙、鼋鼍。⑦纷纷籍籍：纷乱杂多的样子。折翅捩(liè)足：折断、扭下鸟的翅膀、腿足。捩，扭转。⑧鳞鬣(liè)委顿：形容水族受伤疲困的样子。鬣，鱼、龙等的鳍。委顿，疲惫衰弱的样子。⑨肉登鼎俎(zǔ)：煮熟的肉放在祭祀用的礼器鼎和俎上。膏润砧几：油膏滋润了砧板和几案。⑩随侯夜光：随侯珠、夜光珠，都是古代传说中著名的宝珠。《淮南子·览冥训》："譬如隋侯之珠，和氏之璧，得之者富，失之者贫。"高诱注："隋侯，汉东之国，握姓诸侯也。隋侯见大蛇伤断，以药傅之。后蛇于江中衔大珠以报之，因曰隋侯之珠，盖明月珠也。"间以颣(lèi)玭(pín)：颣：缺点，毛病。玭：珠子。这里指稍微有些瑕疵的次一等的珍珠。磊落：圆转之貌。的皪(lì)：亦作"的砾"，光洁鲜明的样子。⑪辉赫晃荡：光明闪烁，耀眼夺目。铿锵交戛(jiá)：金器碰撞发出的响亮声音。⑫三千人：《史记·孔子世家》："孔子以诗、书、礼、乐教，弟子盖三千焉。身通六艺者，七十有二人。""已而去鲁，斥乎齐，逐乎宋、卫，困于陈、蔡之间，于是反鲁。"⑬颜渊：颜回，鲁国人，是孔子最得意的学生，为孔门四科中德行之首，后世与孔子合称为"孔颜"。《论语·为政》："子曰：'吾与回言终日，不违，如愚。退而省其私，亦足以发，回也不愚。'"（孔子说："我整天和颜回讲学，他从不提反对意见和疑问，像个蠢人。等他退回去自己研究，却也能发挥，可见颜回并不愚蠢。"）⑭子路：仲由（前542—前480），字子路，卞（今山东泗水）人，曾为卫大夫孔悝的家宰，后死于卫难，以政事著称。子贡：姓端木，名赐（前520—?），字子贡，卫国人，曾仕于鲁国、卫国，以言语著称。冉有：冉求（前522—?），字子有，曾为鲁国大夫季氏宰，以政事著称。⑮邦巽(guīxùn)：字子敛，鲁人。孔忠：《孔子家语》云："忠，字子蔑，孔子兄之子。"公西舆：公西舆如，字子上。（苏

上两制诸公书　35

辙作公西舆,盖误记。)公西葴:《史记》作公西蒧(diǎn),字子上(或作子尚),鲁人。以上四人《史记》卷六七《仲尼弟子列传》作为"无年及不见书传者"列举。下第:下等弟子。窃窥:私下窥见,私下学习。有闻于议论之末:在末席听到一些议论学问之事。⑯田子方:《史记》卷一二一《儒林列传》:"自孔子卒后,七十子之徒散游诸侯。子夏居西河(山西汾州)。如田子方、段干木、吴起、禽滑厘之属,皆受业于子夏之伦,为王者师。"《史记》卷四四《魏世家》:"子击(后立为魏武侯)逢文侯之师田子方于朝歌,引车避,下谒,田子方不为礼。子击因问曰:'富贵者骄人乎?且贫贱者骄人乎?'子方曰:'亦贫贱者骄人耳。夫诸侯而骄人,则失其国;大夫而骄人,则失其家。贫贱者,行不合,言不用,则去之楚、越,若脱躧然,奈何其同之哉!'子击不怿而去。""魏成子以食禄千钟,什九在外,什一在内,是以东得卜子夏、田子方、段干木。此三人者,君皆师之。"段干木:《史记》卷四四《魏世家》:"文侯受子夏经艺,客段干木,过其闾,未尝不轼也。"皇甫谧《高士传》云:"本晋人也,守道不仕。魏文侯欲见,造其门,干木逾墙避之。文侯以客礼待之,出过其闾而轼。其仆曰:'君何轼?'曰:'段干木,贤者也。不趋势利,怀君子之道,隐处穷巷,声驰千里,吾安得勿轼?干木先乎德,寡人先乎势;干木富乎义,寡人富乎财。势不若德贵,财不若义高。'又请为相,不肯。后卑己固请见,与语,文侯立倦,不敢息。"虚无淡泊之说:田子方、段干木或隐居不仕,或傲视富贵,其思想近于老庄一派。⑰吴起:卫国人,战国初期政治家、军事家,曾从孔门弟子曾子学习,著有《吴起兵法》。事见《史记》卷六五《孙武吴起列传》。禽滑(gǔ)厘(lí):又作禽滑黎、禽滑牦,子夏弟子,一说为墨家弟子。《墨子·公输》:"然臣之弟子禽滑厘等三百人,已持臣守圉之器,在宋城上而待楚寇矣。"猖狂于战国:指吴起、禽滑厘的思想言论在战国时期颇有影响和力量。⑱杨朱:战国时期哲学家,主张贵生,反对兼爱。墨翟:即墨子,墨家学派创始人,主张兼爱、非攻。《孟子·滕文公下》:"圣王不作,诸侯放恣,处士横议。杨朱、墨翟之言盈天下。天下之言,不归杨则归墨。杨氏为我,是无君也。墨氏兼爱,是无父也。无父无君,是禽兽也。"庄周:即庄子,战国时道家学说代表人物,著有《庄子》一书。邹衍:齐人,为燕昭王师,居稷下,号谈天衍,著有《邹子》四十九篇,

《邹子终始》五十六篇，亡，属于阴阳家。田骈：齐人，游稷下，号天口骈，齐死生，等古今，著有《田子》二十五篇，亡，属于道家。慎到：早于韩非、申不害，申韩称之，著《慎子》四十二篇，属于法家。韩非：战国法家代表人物，有《韩非子》。申不害：相韩昭侯，终其身诸侯不敢侵韩，有《申子》六篇，属于法家。⑲皇皇惑乱：惶惑迷乱。茨：蒺藜。蹊隧：山间小路。通衢：四通八达的大路。⑳寤：醒悟、明了。不可执：不能驾驭、控制。㉑"今夫《易》者"一节：八物，即八卦，天、地、雷、风、水、日、山、泽八种事物。苏辙认为《周易》一书实际上是用八种自然界的事物的遇合摩荡来象征人世间的各种情感、吉凶、利害之间的矛盾转化。苏辙《亡兄子瞻端明墓志铭》(《栾城后集》卷二二)云："先君晚岁读《易》，玩其爻象，得其刚柔远近、喜怒逆顺之情以观其词，皆迎刃而解。"说明如此来理解《周易》是苏氏父子的一贯思想。㉒王氏：王弼（226—249），字嗣宗，三国魏人。好老子，著有《周易注》、《老子注》。韩氏：韩康伯，东晋颍川长社（今河南长葛东）人。《晋书》卷七五有传。《周易注》中的上下经注及周易略例为王弼作，系辞、说卦、序卦、杂卦注为韩康伯注。至以老子之虚无：王弼《易》注是《周易》"玄理"学派的代表著作，用老子的思想来解释《周易》的义理。㉓京房（前77—前37）：字君明，东郡顿丘（今河南浚县）人。西汉今文易学"京氏学"的创始人，学《易》于焦延寿，今存《京氏易传》三卷。《汉书》卷七五有传。焦贡：即焦延寿，字赣，西汉梁人，专治《易》学，著有《焦氏易林》。阴阳灾异：焦延寿和京房的《易》学属于西汉《易》学中的阴阳占候灾异一派，用"天人感应"，借自然界的灾异来附会朝政得失的方法以解释《易》。㉔言《诗》者不言咏歌勤苦酒食燕乐之际，极欢极戚而不违于道：指《诗经》中的诗歌内容主要是劳作之辛苦、贵族的祭祀宴享活动等，所表达的感情则是"哀而不伤，乐而不淫"的无邪之思。㉕言五际子午卯酉之事：指西汉翼奉用阴阳五行学说来解释《诗经》以附会政事。《汉书》卷七五《翼奉传》："翼奉，字少君，东海下邳人也。治齐《诗》。""《诗》有五际。"孟康注："《诗内传》曰：'五际，卯酉午戌亥也。'阴阳终始际会之岁，于此则有变改之政也。"㉖言《书》者不言其君臣之欢，吁俞嗟叹，有以深感天下：吁俞，指《尚书》记载尧、舜、禹和大臣对答时所使用的感叹语气词。

《尚书·尧典》："帝曰：'吁，咈哉！'"又《尚书·益稷》："禹曰：'都！帝，慎乃在位。'帝曰：'俞！'"表示赞同，则曰都、俞；表示否定，则曰吁、咈。后来用"都俞吁咈"形容君臣论政问答，融洽雍睦。㉗论其《费誓》、《秦誓》之不当作：在《尚书》诸篇中，《费誓》、《秦誓》属于比较特殊的篇目，因为其他篇章都是天子之史记，而这两篇属于诸侯之史记，所以一般认为这两篇具有附录的性质。《尚书正义·费誓》孔安国传："鲁侯征之于费地而誓众也。诸侯之事而连帝王，孔子序《书》以鲁有治戎征讨之备，秦有悔过自誓之戒，足为世法，故录以备王事，犹《诗》录商鲁之《颂》。"㉘"仁者见之谓之仁"句：出《周易·系辞上》。㉙"子贡亦曰"句：出《论语·子张》。㉚效：发挥、尽力。致其小：得到那小的。㉛圣人之微言：即微言大义，隐约的语言包含深奥的意思。折之以一人之私意：用个人的见解来判定圣人的意旨。传疏之学：解释经典的学问。横放：各种异同之见放肆横行。㉜"《孟子》曰"一节：出《孟子·离娄下》。深造：谓深入学习，达到精深的境地。资：资借、积蓄。左右逢其原：即左右逢源，得心应手。㉝伏：伏案。㉞"扬雄"句：《汉书·扬雄传》："自有大度，非圣哲之书不好也。"㉟知道：通晓儒家大道。邪词入之而不能荡，诐（bì）词犯之而不能诈：《孟子·公孙丑上》："'何谓知言？'曰：'诐辞知其所蔽，淫辞知其所陷，邪辞知其所离，遁辞知其所穷。'"（偏颇片面的话，我知道它的偏颇片面之处；言过其实的话，我知道它的缺失之处；邪曲的话，我知道它离开正义之处；躲躲闪闪的话，我知道它理屈词穷之处。）荡，迷惑。诐词，偏颇、邪僻的话。㊱爵禄不能使之骄，贫贱不能使之辱：《孟子·滕文公下》："富贵不能淫，贫贱不能移，威武不能屈，此之谓大丈夫。"淫，乱其心也；移，易其行也；屈，挫其志也。㊲闒茸（tà）：内室。兀然颓然：昏沉颓靡的样子。腐儒：迂腐的儒生。㊳伯夷隘，柳下惠不恭：《孟子·公孙丑上》："孟子曰：'伯夷隘，柳下惠不恭。隘与不恭，君子不由也。'"注：伯夷隘，惧人之污来及己，故无所含容，言其太隘狭也。柳下惠轻忽时人，禽兽畜之，无欲弹正之心，言其大不恭敬也。圣人之道不取于此，故曰君子不由也。伯夷：商末孤竹君长子。父死，伯夷与其弟叔齐相互推让王位。商亡，二人隐居首阳山，不食周粟而死。详见《史记》卷六一《伯夷列传》。柳下惠：即展禽，春秋时鲁国大夫，食邑柳下，谥惠，故又称柳下惠。《孟子·公孙丑上》："柳下惠，不羞污君，不卑小官。进不隐贤，必以其道。遗佚而不怨，阨穷而不悯。故曰：'尔为尔，我为我。虽袒裼裸裎于我侧，尔焉能浼我哉！'"㊴"孔子曰"一节：出于《论语·微子》。虞仲、夷逸、少连：都是古代的隐逸高士，言行多已不可考。言中伦：言语合乎法度。行中虑：行为经过考虑。放言：放肆直言。身中清：谓其身不仕浊世，合于纯洁。废中权：谓遭世乱，自废弃以免患，合于权变。㊵孟子所谓孔子集大成者：《孟子·万章下》："孟子曰：'伯夷，圣之清者也；伊尹，圣之任者也；柳下惠，圣之和者也；孔子，圣之时者也。孔子之谓集大成。集大成也者，金声而玉振之也。金声也者，始条理也。玉振之也者，终条理也。'"注：孔子时行则行，时止则止。孔子集先圣之大道，以成己之圣德者也。清：清高。任：负责任，任大事。和：随和。时：识时务。㊶孟子恶乡原之败俗：乡原，同"乡愿"，貌似谨厚而实与流俗同流合污的人。愿：谨善。《论语·阳货》："子曰：乡愿，德之贼也。"（没有真是非的好好先生是足以败坏道德的小人。）《孟子·尽心下》也说："阉然媚于世也者，是乡原也。"又说："非之无举也，刺之无刺也。同乎流俗，合乎污世。居之似忠信，行之似廉洁。众皆悦之，自以为是，而不可与入尧舜之道。故曰'德之贼'也。"阉然：曲意逢迎貌。媚：爱也，故阉然大见爱于世也。㊷知于陵仲子之不可常：于陵仲子，即陈仲子，居于于陵，故称。其兄享万钟之禄，陈仲子以其不义，故不食，避居于外，遂饿死。孟子认为陈仲子的行为过分孤傲，算不上廉洁，这种行为是无法持久的。见《孟子·滕文公下》。㊸"美禹、稷之汲汲于天下"两句：《孟子·离娄下》："禹、稷当平世，三过其门而不入，孔子贤之。颜子当乱世，居于陋巷，一箪食，一瓢饮，人不堪其忧，颜子不改其乐，孔子贤之。孟子曰：'禹、稷、颜回同道。禹思天下有溺者，由己溺之也，稷思天下有饥者，由己饥之也，是以如是其急也。禹、稷、颜子易地则皆然。'"禹：大禹。稷：后稷。汲汲：心情急切的样子。颜氏子：颜回。非固：不能长久不变。㊹"知天下之诸侯其所取之为盗"两句：《孟子·万章下》："子以为有王者作，将比今之诸侯而诛之乎？其教之不改而后诛之乎？夫谓非其有而取之者盗也，充类至义之尽也。"王：以仁义得天下、行仁政的圣王。比：同，不加区分。充类至义：充其类、至其义，谓提高到极高的原则来说。㊺"知贤者之不可召"两句:孟子认为对于贤者,不能召之即来,将大有为者,必有不可召之臣。但是如果要召来服役,那就要来,因为那是庶民的义务。见《孟子·万章下》。㊻皎然其有以折之者:分明可以用来进行判断、区分的。㊼"今年春"一节:《栾城集》卷一八《杨乐道龙图哀辞并叙》:"嘉祐五年三月,辙始以选人至流内铨。是时,杨公乐道以天章阁待制调铨之官吏,见予于稠人中,曰:'闻子求举直言,若必无人,畋愿得备数。'辙曰:'唯。'"求直言:即贤良方正能直言极谏科制举考试。杨公,即杨畋(1007—1062),字乐道,新泰人,历官龙图阁直学士,知谏院。《宋史》卷三〇有传。五十篇:参加制举考试的人要先进纳文章五十篇。包括进论二十五篇、进策二十五篇,见苏辙《应诏集》卷一至卷十。㊽从中而下:指进纳的五十篇文章由朝中下发给两制诸公审查评阅。

[译文]

苏辙我读书读到诸子百家不同学说之间纷纭复杂的辩难争论,以及后代那些精心编织、华丽工巧、钻深研几、条分缕析的学说,曾经为之慨然长叹,认为圣人的道就像高山大海湖泊沼泽那样深奥莫测,人们凡是进入其中,没有不能够得到他所希望得到的东西,使自己填充饱满的,并且每个人都会认为自己绰绰有余,再也不用羡慕外面的什么东西了。

有如大匠公输班和百工的头领共工二人,早晨起来手持刀斧走进那丛林里,砍取大树用来做厅堂前的柱子,砍取小树用来做方形的椽子,圆形的用来做车轮,挺直的用来做车轴。高大的树木耸入云霄,低矮的树木也能遮蔽住牛马,树冠大的能遮盖山丘,小的则匍匐在地上像丛莽。他们斧劈刀砍,脚推手拿,都自以为把山林里稀有罕见的东西全得到了。而那些猎人和渔夫,结好鱼网,备好鱼饵,左手持着强弓,右手拿着毒箭,在陆地上打猎则把大象、犀牛击毙,在江湖中撒网则把蛟龙鼋鼍收入网底。得到熊罴虎豹的皮毛,鼋龟犀兕的骨与革,上至天上的各种飞鸟,下至地上的各种走兽昆虫,纷纷扰扰,有的折断翅膀,有的扭断腿脚，鱼龙的鳞鳍也都疲困得不再动弹，纵躺横卧，罗列满目。它们的肉摆放在鼎俎上用来祭祀，它们的脂膏滋润了砧板和几案。至于它们的皮革、牙齿与骨头，则被分劈开来，制成各种器皿用具。那些采集珍珠的工人，则获得隋侯珠、夜光珠，夹杂着偶有瑕疵的各种珠子，珠圆玉润，光明闪烁，堆满其家。那些寻求金子的工人，把光明闪烁、耀眼夺目、叮当作响的金属全部制成衣帽、腰带和餐具上的装饰品。这几类人，他们自己都以为能够尽得山海的珍宝。然而，山海所蕴藏的珍宝却始终都是满满的，没人能看到它有穷尽的时候。

过去赶上孔夫子活着并且跟随他游学的人，大盖有三千多人。这三千多人，莫不从他们的老师那里有所收获。所以，他们跟随孔子到处奔波周旋，在宋国和鲁国遭到驱逐，在陈国、蔡国曾绝粮挨饿，处于困境却没有人离开他，这说明这些人确实是从他那里有所收获的。颜渊见过孔子，出来后对人说："我能领会夫子的话。"子路、子贡和冉有出来后对人也说："我们能领会夫子的话。"学生中往下数到邾巽、孔忠、公西舆如、公西葳，这几位都是孔子门人中最下等的，他们只能远远地望一望孔夫子道德的光华，坐在远处听一听人家的议论。但即使如此，他们也因受业于夫子而感到获益匪浅。这之后，田子方、段干木一班人，对夫子的学说研究不能详尽深入，于是就私自倡导起虚无淡泊的学说来；而吴起、禽滑厘一伙人，又以猖狂纷披的学说横行于战国时代。孔夫子的学说分散于四面八方，后来的人多少得到他的一点流风余韵的，就能达到这种程度。而杨朱、墨翟、庄周、邹衍、田骈、慎到、韩非、申不害这些人，则没有见过孔夫子博大的学说，惶惑迷乱，就好像被困在大沼泽的岸边，荆棘丛莽，无路可寻，想使自己走上四通八达的大道，却也做不到，于是就胡乱地冒着蒺藜，踩踏峡谷，在崎岖不平的道路上弯来绕去，不能停止。为什么呢？因为他们也都自以为获得了大道。

　　苏辙我曾经觉得奇怪，古代的圣人既然一切都清楚了，却不明明白白地告诉天下的人，清清楚楚地在六经里写出来。六经里的学说都只是稍微显露出了一点端倪，而不能用来解除天下人的疑惑，让人一看就彻底醒悟，所以弄得世上有德有才的人们众说纷纭到了这种程度而不能控制。实际上，《易经》只是圣人用来穷尽天下人所具有的刚柔喜怒的感情和勇敢畏惧的本性，把它寄托在八种事物的图形里，凭借八种事物的遇合，预示出某种吉凶得失，并且以此来教导天下的人们懂得趋利避害，不过如此而已。而世上解释《易经》的人，王弼、韩康伯竟至于用老子的虚无学说来阐述，而京房、焦贡竟至于用阴阳灾变的术数来加以附会。讲《诗经》的人，不谈其中吟咏到劳动的艰辛或饮宴的快乐，即使是欢乐至极或者悲伤至极也不违背正道，却用阴阳五行学说来解释《诗经》以附会政事。讲《尚书》的人，不谈书里表现出来的君臣融洽关系，在赞叹可否中足以深深感动天下的人，却只知道指责《费誓》、《秦誓》两篇不应当存在。孔子难道不知道后世的人们会走到这种极端吗？他的意思不过是，恐怕后来的学者缺乏凭借感发，以便发挥出自己的才能来，所以才制作六经，让人们从中探求；而又希望他们经过自己的深思熟虑后有所得，所以才不把话说得明白显著，希望天下的人各凭自己的特长去探求。因此说："有仁德的人见到它就认为是'仁'，有智慧的人见到它就认为是'智'。"而子贡也说："大道散在世间，贤能的人便抓住大处，不贤能的人只抓些末节。"假使有仁德的人发挥其"仁"的天性，有智慧的人发挥其"智"的本领，能掌握大的，推究明白大的方面而又不遗漏小的方面，只能理解小的也乐于获得小的方面而又自觉地依附于大的方面，各人都凭借自己的才能而竭尽全力，来探求经典中最细微隐秘的境地，那么，天下的人们就会终身孜孜求学而不会倦怠了。到了后世，人们不明白圣人的意思，他们担心不同学说太多，求学的人难以明白圣人的本意，于是就把圣人那些隐微的话按照自己的一己私见加以解释。因而传注、疏释一类学问就遍布横行于天下。而求学的人们因此就更加懈怠，圣人的学说因此也就越发晦暗不明了。如果让天下的人借着不同的学说，能够广泛地阅览，自己去辨别孰是孰非，讨论孰可孰不可，推究那些学说的粗浅精深，而后逐步达到那细微隐秘之处，这样，讲求应当会更加深入，坚持的也就会愈加牢固。孟子说："君子依循正确的方法来得到高深的造诣，就是要求他自觉地有所得。自觉地有所得，就能牢固地掌握它而不动摇；牢固地掌握它而不动摇，就能积蓄很深，积蓄很深便能取之不竭，左右逢源，所以君子要自觉地有所得。"

以前，苏辙我刚开始学习的时候，得到一本经书，就伏在案上阅读，并不去寻找传注之类的书，而只阅读经文本身。自己探求没有收获，就翻来覆去思考，直到思考一整天也没有什么发现，这才退一步找来传注的书看。为什么呢？我是害怕如果很轻易地就理解了，那么以后就不会很牢固地记住。等到年龄大了，才开始阅读诸子百家的著作，众说纷纭，莫衷一是，使人高兴的、使人惊愕的，无所不读，结果却使自己飘飘忽忽，无所适从。后来阅读了《孟子》一书，然后再回过头来阅读诸子百家的书籍，就再也不感到迷乱了。可是，世上一些人却说：求学的人不应该阅读天下那些不纯正的杂说，如果万一不幸看到了，那么，旁门左道、异端邪说就会钻了空子进入心中。即使是像扬雄这样的人也是如此，说什么"我不读不合圣人之道的书"。他们认为世上贤能的人用来保养自己的心的方法，就像保护家里弱小年幼的子弟，不应该把他们带出来放在纷纭繁华、扰攘杂乱的地方。这实在是太缺乏考虑了！古代的所谓明晓大道的人，接触了邪僻不正的话也不会受到迷惑，受到偏颇怪异的言论的侵扰也不会被欺骗；爵位利禄不能使他们变得骄横傲慢，贫困低贱也不能使他们感到屈辱。如果使他们深居自闭在深室内宅，不与外界接触，整天一副浑然无知、委靡不振的样子，而嘴里却念念有词，说自己"懂得大道、懂得大道"，这只不过是人们所说的迂腐的读书人罢了。

　　古代的伯夷狭隘偏执，柳下惠对人不恭敬。狭隘偏执和对人不恭敬，这些都是君子不去做的。但孔子却说："伯夷、叔齐不动摇自己的意志，不辱没自己的身份。柳下惠、少连降低自己的意志，屈辱自己的身份，可是言语合乎法度。虞仲、夷逸逃世隐居，放肆直言，行为廉洁，被废弃也是他的权术。我就和他们这些人不同，没有什么可以，也没有什么不可以。"伯夷、柳下惠的行为，是君子不愿意做的，但孔子却并不完全否定，这正是孟子所说的孔子是一位集大成的人。至于孟子，厌恶乡愿那种虚伪的言行会败坏风俗，但是也知道于陵仲子那种过分自洁的行为不可能持久；赞美大禹、后稷急急切切地为天下人奔忙，但是也知道颜回自得其乐的做法不会固定不变；知道天下的诸侯所索取的都是不义之财，但是也知道即使有王者出来，也不会将他们全都杀戮；明白贤能的人是不应该受人召见的，但也认为应召去服徭役是符合大义的。所以，读书人谈起学问来，无不推举孔、孟。为什么呢？因为他们真正掌握了大道啊！

　　苏辙我是山林草野中的一个普通人，才能技艺也没有什么可以大大超过中等智能的人的地方，哪里敢自我攀附于孟子呢？不过，我广泛地观览天下各种不同的学说，分析夏、商、周三代以来历朝兴亡治乱的原因，能够清清楚楚地判断它们的是非，原因就在于我的学问源于《孟子》，这是不能欺瞒的。今年春天，皇上要搜求敢于直言的人士，苏辙我正好来到京师等待选官，中书舍人杨公不知道我的不贤，拿了我五十篇粗浅的文章向皇上推荐，使我得以备位其末参加制科考试。诸位大人都是当今的伟人、朝廷的名臣，道德事业覆盖四方，声气风采照耀天下，谁不想拜见，以便奉献浅薄的技艺呢？我的那五十篇文章，朝廷会下发，恐怕大人们已经见到了，所以不敢再奉献，姑且讲述一下我求学的态度与方法，希望大人们能抽空看一看。

上刘长安书

辙闻之：物之所受于天者异，则其自处必高，自处既高，则必趯然有所不合于世俗。①盖猛虎处于深山，向风长鸣，则百兽震恐而不敢出。松柏生于高冈，散柯布叶而草木为之不殖。②非吾则尔拒，而尔则不吾抗也。故夫才不同则无朋，而势远绝则失众，③才高者身之累也，势异者众之弃也。

昔者伯夷、叔齐已尝试之矣，与其乡人立，以其冠之不正也，舍而去之。④夫以其冠之不正也，舍之而去，则天下无乃无可与共处者耶？举天下而无可与共处，则是其势岂可以久也？苟其势不可以久，则吾无乃亦将病之？与其病而后反也，不若其素与之之为善也。伯夷、叔齐惟其往而不反，是以为天下之弃人也。以伯夷之不吾屑而弃伯夷者，是固天下之罪矣。而以吾之洁清而不屑天下，是伯夷亦有过耳。⑤古语有之曰："大辩若讷，大巧若拙。"⑥何者？惧天下之以吾辩而以辩乘我，以吾巧而以巧困我。⑦故以拙养巧，以讷养辩，此又非独善保身也，亦将以使天下之不吾忌，而其道可长久也。

今夫天下之士，辙已略观之矣：于此有所不足，则于彼有所长；于此有所蔽，则于彼有所见。其势然矣。仄闻执事之风，⑧明俊雄辩，天下无有敌者，而高亮刚果，⑨士之进于前者，莫不振栗而自失,⑩退而仰望才业之辉光,莫不逡巡而自愧。⑪盖天下之士已大服矣,而辙愿执事有以少下之,⑫使天下乐进于前而无恐,而辙亦得进见左右,以听议论之末。⑬幸幸甚甚。

[题解]

本文是苏辙的一封干谒性质的书信,上书的对象是刘长安。长安也就是宋代的京兆府,是永兴军路的路治所在地。考北宋嘉祐以后知永兴军的刘姓官员有刘敞、刘庠。刘敞于嘉祐五年(1060)九月知永兴军(《长编》卷一九二),刘庠于元丰五年(1082)五月知永兴军(《长编》卷三二六)。根据本文的语气,应该是写给刘敞的求见书信。苏辙守母丧终制后,于嘉祐五年二月抵达京师。《长编》卷一九二:"(刘)敞以九月丁亥朔除侍读知永兴,十二月初始到任。"据此可知本文写作的时间应在本年九月以后,十二月以前。

刘敞(1019—1068),字原父,号公是先生,临江新喻(今江西新余)人,庆历六年进士,历知制诰、知永兴军等职。"学问渊博,自佛老、卜筮、天文、方药、山经、地志,皆究知大略。""朝廷每有礼乐之事,必就其家以取决焉。为文尤赡敏。""欧阳修每于书有疑,折简来问,对其使挥笔,答之不停手,修服其博。长于《春秋》,为书四十卷行于时。"(《宋史》卷三一九本传)与其弟刘攽合称清江二刘。有《公是集》五十四卷等存世,生平事迹详《宋史》本传、刘攽《刘公行状》(《彭城集》卷三五)、欧阳修《刘公墓志铭》(《欧阳文忠公文集》卷三五)。

作为一篇干谒求见达官贵人的文章,本文丝毫不露求乞的痕迹,反而带有谏诤规劝的色彩,在此类文章中可谓别开生面。要明了这样写的原因,我们需要知道当时刘敞外任永兴军的背景。刘敞从至和元年(1054)任知制诰以来,屡次驳回一些官员的任命词头,和当时的执政大臣不和。谏官纷纷上章弹劾。有人以刘敞所草制词中的一些话来攻击他:"(吴)中复既唱其端,随者翕然。执政诸公虽知其不直,然亦恶公数正言异己,欲因事挤之。""公为人亮直正固,其处己明甚,循理蹈义,志之所充,乃形于言,不以纤毫异内外也。""与世多不合,其夫人尝谓公曰:'人以君为傲,宜有以接俗弭谤。'公曰:'吾何傲也哉!老者吾尊之,少者吾宾之,贵者吾严之,贱者吾安之,自谓宜矣。世俗之人又欲其足之、随之、谄之、狎之,然则是乡原已,吾不为也。'"

（刘敛《刘公行状》）我们从其弟为其所作的行状中，可以看出一方面刘敞当时在朝廷屡受攻击，不容于时。另一方面性格上又与世俗不合，给人以高傲的印象。通过这些材料，我们就可以理解苏辙本文的写作可谓对症下药、有的放矢了。

　　文章本身也表现了很高的写作技巧。首先提出"所受于天者异，则其自处必高"的观点，然后举出自然界的猛虎、松柏为例，说明自处太高则无朋、失众。又举出古代高士伯夷的例子，从反面说明孤高不群则容易沦为天下的弃人。接着又引用老子的格言"大辩若讷，大巧若拙"，说明欲要长久行道，就要善于含蓄闭藏。如此层层深入，最后才引到文章正题，既赞扬刘敞的高才雄辩、天下无匹，又规劝其能够稍稍下人，容众纳士，点出希望刘敞能够接见自己的用意来。本文既有苏辙散文一贯的委婉曲折的风格特色，又有"气岸自别"（茅坤语）、"文气峭劲，笔锋犀利"（张伯行语）的少作锋芒。

[注释]

　　①趯（tì）然：飘然远引的样子。②散柯布叶：枝繁叶茂。不殖：指大树下面小草不能繁殖生长。③无朋：没有同类，无与伦比。势远绝：形势地位相差很远。④"昔者伯夷、叔齐"句：语出《孟子·公孙丑上》："孟子曰：'伯夷非其君不事，非其友不友。不立于恶人之朝，不与恶人言。立于恶人之朝，与恶人言，如以朝衣朝冠坐于涂炭。推恶恶之心，思与乡人立，其冠不正，望望然而去之，若将浼（měi）焉。'"意谓伯夷把这种憎恶坏人的心思推广开去，他感到要跟一个乡下人站在一起，乡下人的帽子歪歪斜斜地戴在头上，他便要撇下乡下人不理睬，径直走开去，好像自己要被这个乡下人玷污了似的。伯夷、叔齐，商末孤竹君之二子，父死后相互推让王位。商亡，二人耻食周粟，采薇而食，最终饿死于首阳山。是儒家推崇的义士。详见《史记》卷六一《伯夷列传》。⑤屑：洁。不吾屑：认为我不清洁、不干净，也指不义。⑥大辩若讷，大巧若拙：语出《老子》第四十五章。王弼注："大辩因物而言，己无所造，故若讷也。""大巧因自然以成器，不造为异端，故若拙也。"⑦乘：进攻，追击。困：困窘，窘迫。⑧仄闻：侧闻，从旁听说，谦辞。⑨高亮刚果：坦率爽朗，刚毅果断。⑩振栗：颤抖，惊恐。⑪逡（qūn）巡：因为有所顾虑而徘徊不前。⑫少下之：稍稍降低姿态。⑬以听议论之末：能够

列在末席听到一些高论。

[译文]

苏辙我听说：事物从上天接受的禀赋特异，那它自处必然高远。自处既然高远，就必然会飘然远举有不能合于世俗的地方。猛虎处在深山中，向风长啸，那百兽都会震惊恐怖不敢出来。松柏生长在高冈之上，枝繁叶茂，下面的草木因此都不会繁殖兴旺。不是我拒绝你们，是你们不能和我抗衡。因此才能出众就会无与伦比，而形势悬绝就会与众隔绝。才能高超会成为自身的累赘，地位与众不同就会被众人抛弃。

过去伯夷、叔齐已经尝试过这种事了，和那些乡下人站在一起，因为他们帽子戴得不正，就丢开这些人独自离去。因为他们帽子不正就丢开他们独自离去，那全天下恐怕是没有可以共处的人了吧？整个天下没有可以共处的人，那这种情形难道可以长久吗？假使这种情形不能够长久，那我自己恐怕也会为此担忧吧？与其因为担忧然后才返回来，不如平时就和众人相处为好啊。伯夷、叔齐只知道远行而不知道返回，因而成了天下人所抛弃的人。因为伯夷不屑和我们为伍而抛弃伯夷，这固然是天下人的过错。然而因为我的高洁清净就不屑于和天下人为伍，这一点伯夷也有过错啊！

古语说："真正善辩的看起来好像很木讷，真正巧妙的看起来好像很笨拙。"为什么呢？害怕天下人因为我善辩就用善辩来攻击我，因为我巧妙就用巧妙来困窘我。所以用笨拙来涵容巧妙，用木讷来培护善辩，这又不仅仅是善于保存自身，也将以此来使天下人不嫉恨我，然后那道路才可以长久。

现在天下的士人，苏辙我已经大概观察过了：在这一方面有所不足的，则在另一方面有所特长；在这一方面有所遮蔽的，则在另一方面有所识见。那情势就是这样的。听说大人您的风采，明智俊逸雄词善辩，天下没有能够匹敌的；而又高明俊爽刚毅果断，靠近您跟前的士人，无不震惊战栗惊慌失措，退下来仰望您才学事业的光明辉耀，无不徘徊不前自惭形秽。天下的士人已经非常诚心佩服了，然而苏辙我希望大人您能够稍稍放下姿态，使天下的士人乐于来到您的跟前而不恐惧，而我也能够得以进见，列于末席聆听您的高论。幸运之至！幸运之至！

上昭文富丞相书

辙西蜀之人,行年二十有二,幸得天子一命之爵,①饥寒穷困之忧不至于心,其身又无力役劳苦之患,其所任职不过簿书米盐之间,②而且未获从事以得自尽。③方其闲居,不胜思虑之多,不忍自弃,以为天子宽惠,与天下无所忌讳,而辙不于其强壮闲暇之时早有所发明以自致其志,而复何事?恭惟天子设制策之科,将以待天下豪俊魁垒之人。④是以辙不自量,而自与于此。⑤盖天下之事,上自三王以来以至于今世,其所论述亦已略备矣,而犹有所不释于心。

夫古之帝王,岂必多才而自为之?为之有要,而居之有道。是故以汉高皇帝之恢廓慢易,而足以吞项氏之强;⑥汉文皇帝之宽厚长者,而足以服天下之奸诈。⑦何者?任人而人为之用也,是以不劳而功成。至于武帝,材力有余,聪明睿智过于高、文,然而施之天下,时有所折而不遂。⑧何者?不委之人而自为用也。由此观之,则夫天子之责亦在任人而已。窃惟当今天下之人,其所谓有才而可大用者,非明公而谁?推之公卿之间而最为有功;列之士民之上而最为有德;播之夷狄之域而最为有勇。⑨是三者亦非明公而谁?而明公实为宰相,则夫吾君之所以为君之事,盖已毕矣。古之圣人,高拱无为,而望夫百世之后,以为明主贤君者，盖亦如是而可也。

然而天下之未治，则果谁耶？下而求之郡县之吏，则曰："非我能。"上而求之朝廷百官，则曰："非我责。"明公之立于此也，其又将何辞？嗟夫！盖亦尝有以秦越人之事说明公者欤？⑩昔者秦越人以医闻天下，天下之人皆以越人为命。越人不在，则有病而死者，莫不自以为吾病之非真病，而死之非真死也。他日，有病者焉，遇越人而属之曰："吾捐身以予子，子自为子之才治之，而无为我治之也。"越人曰："嗟夫，难哉！夫子之病，虽不至于死，而难以愈。急治之，则伤子之四支；而缓治之，则劳苦而不肯去。⑪吾非不能去也，而畏是二者。夫伤子之四支，而后可以除子之病，则天下以我为不工；而病之不去，则天下以我为非医。此二者，所以交战于吾心而不释也。"既而见其人，其人曰："夫子则知医之医，而未知非医之医欤？⑫今夫非医之医者，有所冒行而不顾，是以能应变于无穷。⑬今子守法密微而用意于万全者，则是子犹知医之医而已。"天下之事，急之则丧，缓之则得，而过缓则无及。孔子曰："道之难行也，我知之矣。知者过之，不肖者不及也。"⑭夫天下患于不知，而又有知而过之者，则是道之果难行也。昔者，世之贤人，患夫世之爱其爵禄，而不忍以其身尝试于艰难也。故其上之人，奋不顾身以搏天下之公利而忘其私。在下者亦不敢自爱，叫号纷呶，以攻讦其上之短。⑮是二者可谓贤于天下之士矣，而犹未免为不知。何者？不知自安其身之为安天下之人，自重其发之为重君子之势，而轻用之于寻常之事，则是犹匹夫之亮耳。⑯伏自明公执政，于今五年，⑰天下不闻慷慨激烈之名，而日闻敦厚之声。意者明公其知之矣，而犹有越人之病也。辙读《三国志》，尝见曹公与袁绍相持久而不决，以问贾诩，诩曰："公明胜绍，勇胜绍，用人胜绍,决机胜绍。绍兵百倍于公,公画地而与之相守,半年而绍不得战,则公之胜形已可见矣。而久不决,意者顾万全之过耳。"⑱夫事有不同,而其意相似。今天下之所以仰首而望明公者,岂亦此之故欤?明公其略思其说,当有以解天下之望者。不宣。⑲辙再拜。

[题解]

嘉祐五年(1060)苏辙受到推荐,获准参加制举考试以后,上书宰相富弼,表述自己的政治见解,希望获得富弼的重视。富弼(1004—1083),字彦国,洛阳人。天圣八年(1030)中茂才异等科,官至宰相,是北宋著名的政治家,事迹见《宋史》卷三一三本传。据《长编》卷一八〇:至和二年(1055)六月戊戌,"宣徽南院使、判并州富弼为户部侍郎、平章事、集贤殿大学士。"这时富弼是次相。《长编》卷一八七:嘉祐三年(1058)六月丙午"户部侍郎、平章事、集贤殿大学士富弼加礼部尚书、昭文馆大学士。"此时富弼为首相。

《宋史》本传称富弼任宰相七年以来"守典故,行故事,而傅以公议,无容心于其间。当是时,百官任职,天下无事"。虽然予以褒赞,但也可以看出其为政方面缺乏积极的措施,朝政比较雍缓。苏辙本文就在这一点上来讽喻富弼,行事太缓,过求万全,因而使天下失望。希望富弼能够担当天下大任,奋力任事,激扬风采。但富弼毕竟是一代名相,而苏辙上书实有希望得到富弼赏识和垂青的用意,所以在行文措辞方面颇为斟酌。文章分为三个部分,第一部分比较简要地介绍了自己的情况,讲到自己要参加制举考试,对于朝政得失颇多考虑,希望有所建白。第二部分从古今治乱之要说起,通过汉高祖、汉文帝和汉武帝的例子,从正反两方面论述了"天子之责在任人"的帝王高拱而治的要术,其用意则在下文。下文说到富弼,颂扬富弼有才而可大用,是宰相的最佳人选,而皇帝也确实任命富弼为相,委以重任。因此,当今圣上确实尽到了一个明主贤君的责任。然后笔锋一转,说当今天下未治,其责又在谁呢?这是本文的主体部分,其矛头指向宰相富弼。富弼有大才又受重用,而天下未治,原因究竟何在?苏辙并未道破缘由,而是叙述了秦越人治病的寓言故事,意在说明保守陈规,意在完全之弊。接着引用孔子的话,说明过和不及都不能行道，然其重点则在讲"急之则丧"的道理，这是含蓄地反衬"过缓则不及"的道理。最后引用《三国志》官渡之战中曹操过求万全，以致不能决胜的事例，说明行事迟缓，过求万全之失。文章委备曲折，婉而多讽，既充分顾及富弼的身份、地位，又鲜明地亮明自己的观点，表现了苏辙直言敢谏的作风。

[注释]

①一命之爵：最低等的官爵。爵，爵位。命，官阶。周代官阶从一命到九命，一命为最低一级。这里指苏辙进士及第后，参加铨选，被任命为河南府渑池县主簿。主簿为从九品，是当时最低级别的官品。②簿书米盐：管理记录财物出纳的簿书以及收税卖盐之类的杂事。③未获从事：没有获得职事。自尽：效力，竭力。这里指苏辙虽然注授主簿一职，但并没有赴任。④制策之科：宋代科举项目的一种，又称制科、制举。《宋史·选举志一》："宋之科目，有进士，有诸科，有武举。常选之外，又有制科，有童子举。"《选举志二》："制举无常科，所以待天下之才杰，天子每亲策之。然宋之得才，多由进士，而以是科应诏者少。"魁垒：雄伟。⑤"辙不自量"句：指苏辙被推荐参加贤良方正能直言极谏科制举考试一事。《避暑录话》卷下："故事，制科必先用从官二人举，上其所为文五十篇，考于学士院，中选而后召试，得召不过三之一。"苏轼、苏辙是由天章阁待制、中书舍人杨畋和礼部侍郎欧阳修举荐的。《栾城集》卷一八《杨乐道龙图哀辞并叙》："嘉祐五年三月，辙始以选人至流内铨。是时，杨公乐道以天章阁待制调铨之官吏，见予于稠人中，曰：'闻子求举直言，若必无人，畋愿得备数。'辙曰：'唯。'"卷二二《上两制诸公书》："今年春，天子将求直言之士，而辙适来调官京师，舍人杨公不知其不肖，取其鄙野之文五十篇而荐之，俾与明诏之末。"《欧阳文忠公文集·奏议集》卷一六有《举苏轼应制科状》。⑥汉高皇帝：汉高祖刘邦。恢廓慢易：宽宏大量但轻慢无礼。《史记》卷八《高祖本纪》：高祖"仁而爱人，喜施，意豁如也，常有大度。"王陵说高祖"慢而侮人"。著名的例子如《史记》卷九七《郦生列传》所记："郦生见谓之曰：'吾闻沛公慢而易人，多大略……'骑士曰：'沛公不好儒，诸客冠儒冠来者，沛公辄解其冠溲溺其中。与人言，常大骂。未可以儒生说也……'郦生至，入谒。沛公方倨床，使两女子洗足而见郦。"项氏：项羽。⑦汉文皇帝：西汉孝文帝刘恒。宽厚长者：宽厚仁

慈,有长者之风。这里指文帝即位后,奉行黄老之术,与民休息,以德化民,海内殷富,兴于礼义,几致刑措。⑧武帝:汉武帝刘彻。有所折而不遂:虽然武帝具有雄才大略,然而好大喜功,黩武开边,使国家空虚,最终受到挫折而不能成大功。⑨"摧之夷狄"句:指富弼出使契丹,挫折敌国阴谋之事。庆历二年,契丹派使节来要求宋廷归还关南十县之地,朝廷选任可使敌国者,群臣皆惮行。富弼临危受命,两次出使契丹,断然拒绝割地一事,又不同意用献、纳二字称宋给契丹之岁币。以死拒敌,使敌人气折。详见《长编》卷一三五至卷一三七。⑩秦越人:即扁鹊,姓秦名越人,战国时期著名的神医。生平事迹见《史记》卷一〇五《扁鹊列传》。说(shuì):游说。⑪四支:四肢。劳苦:辛苦费力。⑫医之医、非医之医:前者指按照正规的医术来治病的方法,也就是下文所说的"守法密微而用意于万全";后者则是超越常规来治病的方法,也就是下文所说的"有所冒行而不顾,是以能应变于无穷"。⑬冒行而不顾:敢于打破常规冒险行事而不瞻前顾后。⑭"孔子曰"句:语见《礼记·中庸》,稍有出入。意思是:中庸之道之所以不能实行,我知道其中的缘由了:聪明人的言行越过了中道,愚笨人的言行又达不到中道。⑮叫号纷呶(náo):大声呼叫,纷杂喧哗。攻讦(jié):揭发别人的过失或隐私而加以攻击。⑯匹夫之亮:寻常人所抱有的小节、小信、小见识。亮,通"谅",直节。⑰明公执政,于今五年:《长编》卷一八〇:"(至和二年六月戊戌)宣徽南院使、判并州富弼为户部侍郎、平章事、集贤殿大学士。"从至和二年(1055)拜相到本文写作的嘉祐五年(1060)已经五年了。⑱"辙读《三国志》"一节:见《三国志·魏书·贾诩传》。所述就是官渡之战一事。贾诩,字文和,武威姑臧人也。归曹操,为其谋臣,为曹丕画策稳定太子地位,曹丕称帝后,拜太尉。史称其"算无遗策,经达权变,(张)良、(陈)平之亚"。⑲不宣:不一一细说,是旧时书信末尾的套语。

[译文]

苏辙我是西蜀人,生年二十二岁,有幸得到天子赐予的初等品位,心中不用担忧饥寒穷困,身体也没有辛苦服劳役的忧患,所担任的职务不过是处理出纳的簿书和收税卖盐一类的杂务,并且还没有赴任以尽心效力。当我闲居的时候,禁不住思虑纷纭,不甘心自我放弃，认为天子宽厚仁惠，和天下人没有忌讳的地方，而苏辙我不趁年轻力壮多有闲暇的时候赶紧有所建白，又要做些什么事呢？敬思天子设立制策这一考试，准备用来招纳天下的豪杰俊士高超特出之才。因此苏辙我不自量力，也要来参加这个考试。

　　天下的大事，上自夏商周三代以来到当今之世，那讨论讲述的也已经大略具备了，然而仍然有不能释怀的地方。古代的帝王，难道一定得富有才干并且自己亲自来做吗？治理国家有关键，居于王位有道术。因此，像汉高祖那样豁达大度但又轻慢无礼的人，却足以吞并强大的项羽；像汉文帝那样的宽厚仁慈长者，却能制伏天下的奸诈之徒。为什么呢？善于用人而人又为他所用，因此能够不费力而成大功。至于汉武帝，有超群的才能，聪明睿智胜过高祖和文帝，然而用来治理天下，不时遭到挫折而不能成大功。为什么呢？因他不把事情委任给他人而要自己亲自来做。由此看来，那天子的责任也在于善于用人罢了。

　　我私自认为当今天下的人，可以称为有才能可以大用的，除了大人您还有谁啊？推举公卿中间最有功勋的，列处士人民众的上面最有德行的，传播到蛮族之中最为勇敢的，有这三项的，除了大人您还有谁呢？并且大人您的确在宰相之位，那我们君主作为君主要做的事，就已经做完了。古代的圣人，拱手高坐，无为而治，推想百世之后，要成为明主贤君的，大概像这样也就可以了。

　　然而天下之所以没有大治，那究竟是谁的责任呢？向下责求郡县官吏，则会说："不是我所能做的。"向上责求朝廷百官，则会说："不是我的责任。"大人您处于这样的地位，那又怎能推辞呢？唉！也曾经有人拿秦越人的故事来游说大人您吗？往昔秦越人以医术名闻天下，天下之人都把秦越人当做救命的人。如果秦越人不在，那有病而死的，无不自认为自己的病并不是真的病，而自己的死并不是真的死。后来，有一个生病的人，遇到秦越人就把自己托付给他，说："我把身子捐献给您，您只管用您的才能来治疗它，而不要当做是我来治疗它。"秦越人说："唉！困难啊！您的病，虽然还不至于会死，然而却难以治愈。治得快了，就会伤害您的四肢，但治得慢了，那就徒然费力却不能除去病根。我不是不能除去您的疾病，但却担心这两点。如果损害您的四肢，然后能够除去您的疾病，那天下人就会认为我医术不高明；但如果病根去不掉，那天下人就会认为我不是合格的医生。这两种担心，在我的心里交战使我不能忘怀。"不久见到那个人，那人说："您只知道医家的医术，难道不知道不是医家的医术吗？那些使用非医家医术的，敢于冒险行事而不瞻前顾后，因此能够应对各种各样的变化。现在您严密细致地遵守医家的规矩，用心于万无一失的办法，这说明您尚且仅仅知道医家的医术罢了。"天下的事，急于求成就会失去，慢慢去做就会得到，然而太缓慢了就会赶不及。孔子说："中庸之道之所以不能实行，我知道其中的缘由了：聪明人的言行越过了中道，愚笨人的言行又达不到中道。"天下的事怕的是不聪明，然而又有聪明过头的，因此，大道果真是难以实行的了。

过去，世上的贤能的人，担心世人贪恋他们的爵位俸禄，不愿意用他们自己本身来尝试做困难的事情。因此那在上面的人，奋不顾身来谋取天下的公利而忘记了自己的私利。在下面的人也不敢爱惜自己，大声疾呼争论不休，来指责攻击在上者的缺失。这两种人可以称得上比天下的士人贤能的了，但仍不免是不聪明的。为什么呢？不知道使自身安稳就是使天下安定的人，慎重自己的一举一动就是加重君子的威势，却轻率地用在寻常小事上，这不过是匹夫的见识罢了。

自从大人您执政到现在有五年时间了，天下人听不到关于您的慷慨激烈的名声，却天天听到关于您的敦朴宽厚的声望。料想大人您已经知道了，然而尚且有秦越人那样的问题。苏辙我阅读《三国志》,曾经看到曹操和袁绍在官渡相持,长久而不能决胜,曹操拿这件事来问谋士贾诩,贾诩说:"曹公您贤明胜过袁绍,勇敢胜过袁绍,用人胜过袁绍,决断战机胜过袁绍,袁绍的军队是您的百倍,您划界和他相持,半年时间袁绍不能和您交战,这说明您胜利的形势已经可以看到了。但是长久不能决胜,想来是顾及万全造成的过失吧。"事情会有不一样,但那道理是相似的。现在天下人仰首企盼大人您,难道也是这个缘故吗?大人您稍稍考虑一下这里所说的,应当有满足天下人期望的办法。不一一细说。苏辙再次叩拜。

答黄庭坚书

辙之不肖，何足以求交于鲁直？①然家兄子瞻与鲁直往还甚久，②辙与鲁直舅氏公择相知不疏，③读君之文，诵其诗，愿一见者久矣。性拙且懒，终不能奉咫尺之书，致殷勤于左右，④乃使鲁直以书先之，其为愧恨可量也。⑤

自废弃以来，⑥颓然自放，顽鄙愈甚，见者往往嗤笑，而鲁直犹有以取之。观鲁直之书，所以见爱者，与辙之爱鲁直无异也。然则书之先后，不君则我，未足以为恨也。

比闻鲁直吏事之余，独居而蔬食，陶然自得。盖古之君子不用于世，必寄于物以自遣。阮籍以酒，嵇康以琴。阮无酒，嵇无琴，则其食草木而友麋鹿，有不安者矣。⑦独颜氏子饮水啜菽，居于陋巷，无假于外，而不改其乐，此孔子所以叹其不可及也。⑧今鲁直目不求色，口不求味，此其中所有过人远矣，而犹以问人，何也？闻鲁直喜与禅僧语，盖聊以是探其有无耶？渐寒，比日起居甚安，惟以时自重。⑨

[题解]

本文是苏辙写给黄庭坚的回信，时间当在元丰四年（1081）秋冬之际。这是子由和山谷交往的开始，当时苏辙因受苏轼乌台诗案的牵连，贬官江西筠州监盐酒税；而在本年春，山谷也到江西吉州太和县任知县。两地临近，山谷写信向子由问安并请教，苏辙回信致意。

黄庭坚在来信中赞美苏辙"治气养心之美，大德不逾，小物不废，沉潜而乐易，致曲以遂直"，所以要向他请教。又说自己"不裕于学，方羊尘垢之外，朴拙无所用"，请苏辙指教自己"独不知于道得少分否"，苏辙的回信就是对这些问题的回应。文章写得非常委婉，表面上像家常絮语，然而却一波三折，摇曳多姿。首先叙述鲁直和子瞻的交情，又叙述自己和李常的交情，表达对鲁直的倾慕，然后对自己没有首先写信表示愧疚。进而递进一层，写两个人彼此欣赏，互相爱重，其原因是相同的，因此，书信的孰先孰后也就不重要了，自己也可以不必引以为恨。这是对第一段问题的消解。最后回到正题，回答黄庭坚来信中关于"于道得少分否"的问题，赞美鲁直已经得道。这段先用阮籍借酒、嵇康借琴寓怀作反衬，又用颜回作正面的比照，含蓄地说明鲁直已经过常人远甚，达到了颜回那种不假外物，常得其乐的有道者的境界。说明两人彼此之间是气味相投，以道遇合。

[注释]

①不肖：不才，谦辞。鲁直：即黄庭坚（1045—1105），字鲁直，号山谷道人、涪翁，江西洪州分宁人，治平四年（1067）进士及第，苏门四学士之一，宋代著名的诗人，江西诗派的领袖，宋代四大书法家之一。有《豫章黄先生文集》等传世。②"然家兄"句：指苏轼和黄庭坚的交游。根据现有史料，苏黄的交游始于元丰元年（1078）春。黄庭坚作有《古风二首上苏子瞻》和《上苏子瞻书》，苏轼有和答诗和回信。但苏轼早在熙宁五年（1072）于湖州孙觉（莘老，黄庭坚岳父）座上已经读到黄庭坚的诗，"耸然异之，以为非今世之人也"；后于熙宁十年（1077）在济南李常（黄庭坚舅父）那里再次读到黄庭坚的诗文作品，"意其超逸绝尘，独立万物之表，驭风骑气，以与造物者游"（《苏轼文集》卷五二《答黄鲁直》第一简）。所以可以说苏黄神交时间甚久。③公择：即李常（1027—1090），字公择，建昌（今江西永修）人。皇祐元年进士及第，历户部尚书、御史中丞兼侍读学士。《宋史》卷三四四有传。李常为黄庭坚舅父。苏辙在熙宁初在京任三司条例司检详官时和李常就开始交往。④咫尺之书：即书信。古代写书信之木简长盈尺，所以称为尺牍。致殷勤于左右：向对方表达心意。⑤愧恨可量：惭愧悔恨可想而知。⑥自废弃以

来：元丰二年（1079）苏轼因作诗非议新法被逮捕入御史台狱，苏辙上书愿以在身官，以赎兄罪。十二月，苏轼被贬为黄州团练副使，苏辙被贬为监筠州盐酒税。苏辙大致于元丰三年七月左右到达筠州。筠州属江南西路，治所在高安县。⑦阮籍以酒：阮籍（210—263），字嗣宗，陈留尉氏人，曾为步兵校尉，世称阮步兵。有《阮籍集》。《晋书》卷四九《阮籍传》："嗜酒，能啸，善弹琴。""籍闻步兵厨营人善酿，有贮酒三百斛，乃求为步兵校尉。"嵇康以琴：嵇康（223—262），字叔夜，谯国铚人，曾官中散大夫，世称嵇中散。有《嵇康集》。《晋书》卷四九《嵇康传》：嵇康善弹琴咏诗，临刑前"顾视日影，索琴弹之，曰：'昔袁孝尼尝从吾学《广陵散》，吾每靳固之，《广陵散》于今绝矣！'"⑧颜氏子：即颜回。《论语·雍也》："子曰：'贤哉，回也！一箪食，一瓢饮，在陋巷，人不堪其忧，回也不改其乐。贤哉，回也！'"饮水啜菽：以菽为粥而啜之饮水。语出《礼记·檀弓下》。⑨比日：近日，近来。起居甚安：生活作息安康。惟以时自重：希望随时珍重身体。这些都是旧时书信常用套语。

[译文]

苏辙不才，怎敢要求和鲁直交朋友呢？然而家兄子瞻和鲁直来回交往很长时间了，苏辙我和鲁直的舅父公择先生早就相知，关系不疏远，读你的文章，诵你的诗歌，希望见一面的愿望也很久了。性情笨拙并且很疏懒，始终没能奉上一封书信向你表达殷切的心意，反倒使鲁直先写来书信，这使我感到愧疚悔恨，可想而知。

自从得罪贬斥以来，颓废自放，更加顽钝鄙陋，见到我的人常常嗤笑，然而鲁直还认为有可取之处。从鲁直的来信中可以看出我受到见爱的原因，这和我爱重鲁直的原因没有什么区别啊！既然这样，那么书信的谁先谁后，不是你就是我，也就不值得引以为恨了。

近来听说鲁直政事余暇，独居素食，陶然自得。大概古来的君子，不为世所用，必定寄托在某些事物上来自我遣怀。阮籍靠酒，嵇康靠琴。假使阮籍没有酒，嵇康没有琴，那他们以草木为食，以麋鹿为友，这样生活也难于安心啊。只有颜回能够饮清水食豆粥，住在僻陋的小巷里,不需要借助于外在的事物,却不改变他内心的快乐,这是孔子感叹颜回人所难及的原因啊。现在鲁直你眼不求看到美色,口不求尝到美味,这说明你胸中所有胜过常人很远了,然而还要向别人请教,这是为什么呢?听说鲁直你喜欢和禅僧谈话,大概是姑且以此来探寻他们心中究竟有没有识见吧?天气渐冷,近来生活安好,希望你随时珍重身体。

附　寄苏子由书　黄庭坚

庭坚顿首再拜。诵执事之文章而愿见二十余年矣。官学饱系一州辄数岁,迄无参对之幸。每得于师友昆弟间,知执事治气养心之美,大德不逾,小物不废,沉潜而乐易,致曲以遂直。欲亲之不可媟,欲疏之不能忘。虽形迹阔疏,而生平咏叹如千载寂寥闻伯夷、柳下惠之风而动心者。

然惟小人不裕于学,方羊尘垢之外,朴拙无所可用。既已成就,虽造物之炉锤不能使之工也。得邑极南,幸执事在旁郡。且当承教,为发万金良药,使痼疾少愈。而到官以来,能薄不胜事剧,陆沉簿领中,救过不暇。笔墨不足以写心之精微,故欲作记而中休。时因过宾有高安行李,必问动静。以其所言,参其所不能言,承典司管库之钥,率职不怠,怀璧混贫,舍者争席,良以自慰。

比得报伯氏书诗,过辱不遗,绪言见及。敢问不肖既全于拙矣,于事无亲疏,不干人之爱憎,人谓我疏愚,非所恤,独不知于道得少分否?恭惟闻道先我,为世和、扁,有病于此,初固闻而知之,因来尚赐药石之诲。抱疾呻吟,仁者哀悯。向冷,不审体力何如?惟强饭自重。(《山谷集》卷一九)

贺文太师致仕启

右某启：伏审得谢中朝，归老西洛。①位极师保，②望隆古今；止足之风，③中外所叹。伏惟致政太师，躬夔、皋之伟业，④兼方、召之壮猷，⑤翼亮三朝，始终一节。⑥百辟共传于遗事，⑦四夷想闻于风声。⑧民恃以安，士思为用。尚父虽老，而鹰扬未衰；⑨猛虎在山，而藜藿不采。⑩况复坐而论道，本无黄发之嫌；⑪出以济时，何负赤松之约？⑫而能去如脱屣，名重太山，⑬近世以来，一人而已。方将翱翔嵩、少之下，溯回伊、洛之间。⑭身寄白云，堂开绿野。⑮释鼎钟之重负，收竹帛之余光。⑯虽使图之丹青，奉以尸祝，众之所愿，谁复间然。⑰某蚤以空疏，误辱知奖。⑱尝欲借润于河海，庶几自效于锱铢。⑲而蹇拙多艰，漂流历岁。⑳誓将归扫坟墓，绝意功名。罪籍得除，或成过洛之幸；旧恩未弃，尚许登门之游。㉑一听话言，永毕微愿。犹能作为歌颂，传示无穷。俯慰平生，仰答恩遇。瞻望台屏，不胜区区，谨奉启陈贺。㉒

[题解]

本文是祝贺文彦博致仕的贺信，《长编》卷三四一：元丰六年十一月"甲寅，河东节度使、守太尉、开府仪同三司、判河南府、潞国公文彦博为河东、永兴节度使、守太师、开府仪同三司致仕"。《长编》卷三四四：元丰七年三月"辛丑，赐文彦博燕于琼林苑，上制诗以赐之"。由此可知，本文的写作时间当在元丰六年（1083）底或七年初，当时苏辙还在筠州贬所。文彦博（1006—1097），字宽夫，汾州介休（今属山西）人。天圣五年（1027）进士及第。庆历七年拜枢密副使，改参知政事。八年，拜集贤相。至和二年，拜昭文相。熙宁三年，再入为枢密使。元丰六年致仕，元祐初，再起为平章军国重事。文彦博连事宋仁宗、英宗、神宗、哲宗四朝，出将入相五十年，为北宋时期的名相。

本文的体裁为"启"，是骈文的一种。本文祝贺文彦博致仕，用典述事密切结合文彦博的地位和身份，充分表现了文彦博卓绝的功业和谦退的风范，又恰切地表现了自己对于文彦博的感激和怀念。非常得体，雍容典致。张伯行《唐宋八大家文钞》评本文说："尚父虽劳而鹰扬未衰，猛虎在山而藜藿不采，确是文潞公气概。疏宕之中，饶有蕴藉。小启之绝佳者。"

[注释]

①得谢：允许致仕。中朝：内朝，高级官员和皇帝议政的会议。西洛：西京洛阳。②位极师保：太师、太保，古代官职中最高的级别，在宋代是加官，没有实际职掌。③止足之风：《老子》："知足不辱，知止不殆。"④夔、皋之伟业：夔，舜时的乐官。皋，舜时的刑法官。两人居官皆有政绩。后因以借指贤明的辅弼大臣。⑤方、召之壮猷：方，方叔，周宣王时大臣，曾率兵攻楚，获胜。召，召虎，即召伯虎，召公奭的后代，曾拥立周宣王，并率兵战胜淮夷。壮猷：宏大的谋略。⑥翼亮：辅佐。三朝：指文彦博辅佐仁宗、英宗、神宗三朝帝王。⑦百辟共传于遗事：百官共同传诵遗留下的丰功伟业。⑧四夷想闻于风声：四方夷族想望风采。《宋史》卷三一三《文彦博传》："文彦博立朝端重，顾盼有威。远人来朝，仰望风采。其德望固足以折冲御侮于千里之表矣。"⑨尚父虽老，而鹰扬未衰：尚父：即太公望，吕尚，姓姜名子牙。辅佐周武王灭商，建立周朝，被尊为师尚父，分封于齐。事见《史记》卷四《周本纪》、卷三二《齐太公世家》。《诗经·大雅·大明》："维师尚父，时维鹰扬。"鹰扬，如鹰之飞扬而将击，言其猛也。⑩猛虎在山，而藜藿不采：《汉书》卷七七《盖宽饶传》："山有猛兽，藜藿为之不采；国有忠臣，奸邪为之不起。"称扬文彦博立朝端重，奸邪不能为害。⑪坐而论道：指王公大臣陪侍帝王议论政事。《周礼·考工记序》："坐而论道，谓之王公；作而行之，谓之

士大夫。"郑玄注："论道，谓谋虑治国之政令也。"黄发：高寿之人头发由白变黄。这两句的意思是说文彦博虽然已经是高寿之人，但是可以和帝王坐而论道，谋划国家大计，不必要去具体实施。⑫赤松之约：指归隐山林，远离朝政。《史记》卷五五《留侯世家》记载西汉建立以后，留侯张良说："家世相韩，及韩灭，不爱万金之资，为韩报雠强秦，天下振动。今以三寸舌为帝者师，封万户，位列侯，此布衣之极，于良足矣。愿弃人间事，欲从赤松子游耳。"乃学辟谷，道引轻身。赤松子：传说中神农时雨师，能入火自烧，昆仑山上随风雨上下也。⑬去如脱屣：舍去功名就像脱掉鞋子一样容易。《汉书》卷二五上《郊祀志上》：汉武帝听说黄帝铸鼎升天之事后说："嗟乎！诚得如黄帝，吾视去妻子如脱屣耳！"名重太山：名望重如泰山。⑭溯回伊、洛之间：在伊水、洛水之间溯回游玩。这两条河流经洛阳，这里代指洛阳山水。⑮身寄白云：白云表示隐居山野之意。南朝齐梁时期陶弘景隐居茅山华阳洞天，"齐高祖（萧道成）问之曰：'山中何所有？'弘景赋诗以答之，词曰：'山中何所有？岭上多白云。只可自怡悦，不堪持寄君。'高祖赏之。"（《太平广记》卷二〇二）堂开绿野：绿野堂是唐代名相裴度退居洛阳时所修建的园林。《旧唐书》卷一〇七《裴度传》："东都立第于集贤里，筑山穿池，竹木丛萃，有风亭水榭，梯桥架阁，岛屿回环，极都城之胜概。又于午桥创别墅，花木万株，中起凉台暑馆，名曰绿野堂，引甘水贯其中，酾引脉分，映带左右。度视事之隙，与诗人白居易、刘禹锡酬晏终日，高歌放言，以诗酒琴书自乐。"⑯释鼎钟之重负，收竹帛之余光：鼎、钟皆国之重器，这里指代功名事业。竹帛，古代书于竹帛，这里指代图史书籍。这两句说文彦博卸去国家重任，晚年以耽玩图籍为乐。⑰图之丹青：用丹青来图画。唐太宗曾命令图画司徒赵国公长孙无忌等勋臣二十四人于凌烟阁。奉以尸祝：被立为神像或神主受到崇拜。间然：异议、非议。⑱蚤以空疏，误辱知奖：自己早年以浅薄空疏之才承蒙文彦博的知遇赏识。文彦博于熙宁六年四月自枢密使罢为河东节度使判河阳，辟苏辙为学官，后因故未赴。苏辙有《谢文公启》（《栾城集》卷五〇）："尺书自达，方怀冒进之忧；奏牍上闻，遽辱见收之请。庠斋闲暇，既深便于冗材；德宇崇深，固足安于一介。仰惭伯乐之顾，自知驽马之姿。虽取信之无疑，犹恐难于必售。"⑲借润于河海：受到河海的滋润，指希望受到文彦博的提携。锱铢：极为微小。⑳蹇拙多艰，漂流历岁：指受乌台诗案牵连贬谪筠州监盐酒税一事。苏辙自元丰二年十二月遭到贬谪到写作本文的元丰六、七年之际，已历时四年多。㉑罪籍得除，或成过洛之幸：指自己等到免除罪责，或许可以到洛阳去拜访文彦博。㉒台屏：台屏，屏风，这里是对对方府第的敬称。不胜区区：禁不住拳拳敬仰之心。

[译文]

苏辙敬启：得知大人内朝慨允致仕，归养于西京洛阳。大人位极人臣，荣为太师，声望古今莫于比隆。知止知足的高风，中外朝野叹为观止。致仕的太师大人，成就夔、皋陶那样的伟业，兼有方叔、召虎那样的宏谋大略，辅佐三朝帝王，忠心如一，百官都传诵您留下的事迹，四海蛮夷都想望您的风采。民众依靠您而安定，君子都想为您所引荐。尚父虽已高年，但如雄鹰搏击威力未衰；就像猛虎守着山林，野菜因此无人采摘。何况您与天子坐而论道，本来没有年高之嫌；出来济世安民，又怎算得辜负了和赤松子的旧约？然而却能够视富贵如脱屣，名望重于泰山；近世以来，您是唯一的一位。准备在嵩山、少室山下遨游，在伊水、洛水中泛舟。寄身于白云之中，建造名为绿野的厅堂。卸掉国事的重任，在图籍中消磨余下的时光。即使画图于凌烟高阁，奉祀于享堂之上，都是大家共同的心愿，谁又会有异议呢？苏辙我早年以浅薄空疏之才，承蒙您的知遇奖赏。曾经想借助您河海般的滋润，希望能够奉献微薄的力量。然而命蹇性拙，历经艰难，漂泊流离，多历年所。发誓要归乡洒扫坟墓，不再希求功名利禄。假使我的罪名能够除去，或许有幸到洛阳一游；如果大人不弃对我的知遇之恩，或能允许登门拜谒。如果能够听到大人一席教诲，方能永远了结微小的心愿。我尚能写成颂歌，传到无穷的后代。下能宽慰平素的思念，上能报答大人的恩遇。仰望大人的府第，禁不住拳拳的怀想。谨此奉上启事予以祝贺。

六国论

愚读六国世家,①窃怪天下之诸侯,以五倍之地、十倍之众,②发愤西向,以攻山西千里之秦,③而不免于灭亡。常为之深思远虑,以为必有可以自安之计。盖未尝不咎其当时之士虑患之疏而见利之浅,且不知天下之势也。

夫秦之所与诸侯争天下者,不在齐、楚、燕、赵也,而在韩、魏之郊;诸侯之所与秦争天下者,不在齐、楚、燕、赵也,而在韩、魏之野。秦之有韩、魏,譬如人之有腹心之疾也。韩、魏塞秦之冲,④而蔽山东之诸侯,故夫天下之所重者,莫如韩、魏也。昔者范雎用于秦而收韩,⑤商鞅用于秦而收魏。⑥昭王未得韩、魏之心,而出兵以攻齐之刚、寿,而范雎以为忧。⑦然则秦之所忌者,可以见矣。秦之用兵于燕、赵,秦之危事也。越韩过魏而攻人之国都,燕、赵拒之于前,而韩、魏乘之于后,⑧此危道也。而秦之攻燕、赵,未尝有韩、魏之忧,则韩、魏之附秦故也。

夫韩、魏,诸侯之障,而使秦人得出入于其间,此岂知天下之势邪?委区区之韩、魏,以当强虎狼之秦,彼安得不折而入于秦哉!韩、魏折而入于秦,⑨然后秦人得通其兵于东诸侯,而使天下遍受其祸。夫韩、魏不能独当秦,而天下之诸侯藉之以蔽其西，故莫如厚韩亲魏以摈秦。⑩秦人不敢逾韩、魏以窥齐、楚、燕、赵之国，而齐、楚、燕、赵之国，因得以自完于其间矣。以四无事之国，佐当寇之韩、魏，使韩、魏无东顾之忧，而为天下出身以当秦兵。以二国委秦，而四国休息于内，以阴助其急。⑪若此，可以应夫无穷，彼秦者将何为哉？不知出此，而乃贪疆场尺寸之利，⑫背盟败约，以自相屠灭，秦兵未出，而天下诸侯已自困矣，至使秦人得间其隙，以取其国，可不悲哉！

[题解]

《六国论》是苏辙嘉祐五年（1060）应制举考试时所进献的五十篇策论之一，也是他进献给参加政事曾公亮的十二篇《历代论》之一。五十篇策论有进论二十五篇，进策二十五篇，收在苏辙的《栾城应诏集》卷一至卷十。

苏洵和苏辙都有《六国论》的文章，又都是本人的名作，对于六国灭亡的原因，苏洵认为是"六国破灭，非兵不利，战不善，弊在赂秦"，观点极其鲜明，分析也是鞭辟入里，令人信服。而苏辙则另辟蹊径，认为六国的破灭乃是"不知天下之势"。他认为当时的天下大势就在于韩魏，韩魏对于秦国而言是其心腹之患；对于其他四国而言则是它们的屏障。因此韩魏的倾向决定了天下大势的走向。而四国不知道厚结韩魏、暗助韩魏，却使韩魏独挡秦兵，最终归附于秦，导致六国的覆亡。储欣评论这两篇文章就说："老泉论六国之弊在赂秦，盖借以规宋也，故其言激切而淋漓。颍滨论天下之势在韩、魏，直设身处地为六国谋矣，故其言笃实而明着。两作未易议优劣也。"实际上不仅苏洵的文章针对着北宋时期的现实问题，苏辙也同样如此。这是苏氏文章写作的共同点。苏辙在《历代论引》中说："先君，予师也；亡兄子瞻，予师友也；父兄之学，皆以古今成败得失为议论之要"，以期"有补于国"（《亡兄子瞻端明墓志铭》）。

本文的观点是从战国纵横家的言论引申而来，但论析更加了然，而文笔足以达之。金圣叹分析本文的特色说："看得透，写得快，笔如骏马下坂，云腾风卷而下，只为留足不住故也。"道出了本文行文爽朗、刚健的特点。

[注释]

①六国世家：指《史记》中关于韩、魏、齐、楚、燕、赵六个诸侯国的

历史记载。世家是《史记》中的关于诸侯王家世、传承的历史传记。②五倍之地、十倍之众：概指东方六国的军队、地域均远远超过秦国。贾谊《过秦论》中说：东方诸国"尝以十倍之地，百万之众，叩关而攻秦"。③山西：战国、秦、汉时代，通称崤山（今河南洛宁西）或华山以西为山西，以东为山东。④韩、魏塞秦之冲：当时的地理形势是秦处于西部，燕、赵处于今天河北一带，楚国处于南部，齐国处于东部，而韩国、魏国处于今天河南、山西一带，和秦国密尔交界，正当秦国东扩的要冲之地。冲，交通要道。⑤范雎用于秦而收韩：《史记》卷七九《范雎蔡泽列传》："范雎者，魏人也，字叔。"后游说秦昭王，建议昭王远交而近攻，他说："今夫韩、魏，中国之处而天下之枢也。王其欲霸，必亲中国以为天下枢，以威楚、赵。楚强则附赵，赵强则附楚。楚、赵皆附，齐必惧矣。齐惧，必卑辞重币以事秦。齐附而韩魏因可虏也。"又提出收附韩国之策："秦韩之地形，相错如绣。秦之有韩也，譬如木之有蠹也，人之有心腹之病也。天下无变则已，天下有变，其为秦患者，孰大于韩乎！不如收韩。"范雎后为秦国相，辅助昭王施行统一天下之策略。⑥商鞅用于秦而收魏：商鞅，姓公孙名鞅，为卫国的远支的公子，后入秦事孝公，变法令，富国强兵，为秦相，秦封于商，故号商君，史称商鞅。有《商君书》。《史记》卷六八《商君列传》："卫鞅说孝公曰：'秦之与魏，譬若人之有腹心疾。非魏并秦，秦即并魏。何者？魏居岭厄之西，都安邑，与秦界河而独擅山东之利。利则西侵秦，病则东收地。今以君之贤圣，国赖以盛。而魏往年大破于齐，诸侯畔之，可因此时伐魏。魏不支秦，必东徙。东徙，秦据河山之固，东乡以制诸侯，此帝王之业也。'孝公以为然。使卫鞅将而伐魏，魏使公子卬将而击之。军既相距，卫鞅遗魏将公子卬书曰：'吾始与公子欢，今俱为两国将，不忍相攻，可与公子面相见，盟，乐饮而罢兵，以安秦、魏。'魏公子卬以为然。会盟已，饮，而卫鞅伏甲士而袭虏魏公子卬，因攻其军，尽破之以归。……卫鞅既破魏，还，秦封之于商十五邑，号为商君。"⑦"昭王未得韩、魏之心"句：昭王时，穰侯欲攻打齐国刚（纲）、寿之地，范雎劝告昭王越过韩、魏而去攻打齐国，对秦国不利，最终使昭王放弃了这次行动。刚（纲）、寿：在今天山东东平一带。⑧乘：即压，薄，迫近，以大军掩压而胜之。⑨折：掉头，折转方向。⑩摈（bìn）：排斥，弃绝。⑪阴助：暗中相助。

⑫疆埸（yì）：边界、疆界。

[译文]

我曾经阅读六国世家的历史，私下奇怪天下的诸侯国，以五倍于秦国的地方、十倍于秦国的兵力，满怀愤慨向西进攻区区千里秦国，却不免最终被秦国灭亡。曾经为六国深思远虑，认为一定有可以自安的计策。未尝不归咎于当时的士大夫们考虑灾患过于疏略，只见到眼前的小利，却不知天下的大势。

秦国和天下诸侯争夺的地方，不是齐、楚、燕、赵这些国家，而是韩、魏的领地。天下诸侯和秦争夺天下的关键所在，也不是在齐、楚、燕、赵本身，而是在韩、魏的国土。秦国有韩、魏的存在，好比人患有心腹的疾病。韩国、魏国正当秦国东向的要冲，并且掩护着山东的诸侯国，所以天下地势最重要的，莫过于韩国、魏国。过去范雎被秦国重用就帮助秦国收附了韩国，商鞅被秦国重用就帮助秦国收附了魏国。昭王没有使韩、秦心服就要出兵攻打齐国的刚、寿两地，范雎认为这很让人担忧。由此可见秦国真正顾忌什么了。秦国对燕国、赵国用兵，对于秦国而言是危险的事情。越过韩国和魏国去进攻别国的都城，燕国和赵国在前面抵抗，而韩国、魏国又在后面窥伺，这是危险的做法。然而秦国敢于进攻燕国和赵国，而不用担忧后面的韩国和魏国，是因为韩国和魏国归附于秦国的缘故。

韩国和魏国是诸侯国的屏障，却让秦国能够自由地进进出出，这哪里是知道天下的大势啊？委弃小小的韩、魏，使它们单独抵挡虎狼一样的秦国，那它们怎能不掉转头归附于秦国呢？韩国、魏国掉转头归附秦国，然后秦国得以通行无阻地向东方诸侯出兵，这样使整个天下的诸侯国都受到灾祸。韩、魏不能单独抵挡秦国，然而天下的诸侯却要借助它们来掩护西部，所以不如厚待韩、魏来排斥秦国。这样秦国不敢越过韩、魏来窥伺齐、楚、燕、赵，于是齐、楚、燕、赵才得以保全自己，那四个安然无事的国家来佐助韩国、魏国，使韩国、魏国没有东顾之忧，而替天下诸侯国挺身而出抵挡秦兵，用两个国家和秦国打仗，而让其他四个国家得以休养生息，来暗中帮助韩国、魏国应对急难。如果这样就可以应对无穷之变，那秦国又能有何作为呢？不知道使用这样的计谋，却贪图边境尺寸的利益，背弃盟誓撕毁条约，来自相残杀，秦兵还未出战，而天下的诸侯国已经自己陷入困境了，以至于让秦国得以钻了空子，灭取他们的国家，这岂不令人悲哀！

三国论

　　天下皆怯而独勇，则勇者胜；皆暗而独智，则智者胜。勇而遇勇，则勇者不足恃也；智而遇智，则智者不足用也。夫唯智勇之不足以定天下，是以天下之难蜂起而难平。盖尝闻之，古者英雄之君，其遇智勇也，以不智不勇，而后真智大勇乃可得而见也。

　　悲夫！世之英雄，其处于世，亦有幸不幸邪。汉高祖、唐太宗，是以智勇独过天下而得之者也；曹公、孙、刘是以智勇相遇而失之者也。以智攻智，以勇击勇，此譬如两虎相捽，①齿牙气力，无以相胜，其势足以相扰，而不足以相毙。当此之时，惜乎无有以汉高帝之事制之者也。

　　昔者项籍乘百战百胜之威，而执诸侯之柄，咄嗟叱咤，奋其暴怒，西向以逆高祖，其势飘忽震荡，如风雨之至。②天下之人，以为遂无汉矣。然高帝以其不智不勇之身，横塞其冲，徘徊而不进，其顽钝椎鲁，足以为笑于天下，而卒能摧折项氏而待其死，此其故何也？③夫人之勇力，用而不已，则必有所耗竭；而其智虑，久而无成，则亦必有所倦怠而不举。彼欲就其所长以制我于一时，而我闭而拒之，使之失其所求，逡巡求去而不能去，④而项籍固已败矣。

今夫曹公、孙权、刘备，此三人者，皆知以其才相取，而未知以不才取人也。世之言者曰：孙不如曹，而刘不如孙。刘备唯智短而勇不足，故有所不若于二人者，而不知因其所不足以求胜，则亦已惑矣。盖刘备之才，近似于高祖，而不知所以用之之术。昔高祖之所以自用其才者，其道有三焉耳：先据势胜之地，以示天下之形；⑤广收信、越出奇之将，以自辅其所不逮；⑥有果锐刚猛之气而不用，以深折项籍猖狂之势。⑦此三事者，三国之君，其才皆无有能行之者。独有一刘备近之而未至，其中犹有翘然自喜之心，⑧欲为椎鲁而不能纯，欲为果锐而不能达，二者交战于中，而未有所定。是故所为而不成，所欲而不遂。弃天下而入巴蜀，则非地也；⑨用诸葛孔明治国之才，而当纷纭征伐之冲，则非将也；⑩不忍忿忿之心，犯其所短，而自将以攻人，则是其气不足尚也。⑪嗟夫！方其奔走于二袁之间，困于吕布而狼狈于荆州，⑫百败而其志不折，不可谓无高祖之风矣，⑬而终不知所以自用之方。夫古之英雄，唯汉高帝为不可及也夫。

[题解]

本文的写作背景和上篇一样，是苏辙嘉祐五年（1060）应制举考试时所进献的五十篇策论之一。本文论三国时事的得失，但重点却在论刘备，曹操和孙权只是陪衬；而论刘备的得失，却用高祖刘邦来相形，也就是作对比和反衬。其中心观点是当智勇相遇时，大智大勇者恰恰用其不智不勇来取胜。这样的观点相当新颖，但也不乏历史依据，反映的是老子柔弱胜刚强、大智若愚的辩证思想。

本文除了立论新颖之外，在艺术技巧方面同样也是高超的。宋代学者吕祖谦说："此篇要看开合抑扬法。"（《古文关键》卷二）清人吕留良说："此文抑扬予夺，出入转捩，不可捉搦，深得驭题之法。"（《唐宋八大家古文精选》卷三）都指出本文的特点在于结构巧妙，布局别具一格。文章首先提出中心论点，然后举出两方面的例证，但在下文具体展开论证时，却撇开唐太宗、曹操、孙权不说，只说汉高祖和刘备。说汉高祖，把楚汉争雄说得气势淋漓，以见高祖之大智大勇足以胜过项王；说刘备时，却把汉高祖之"三得"和刘备之"三失"拿来作一番相形，以见得刘备虽稍具汉高之风，但却不能贯彻不智不勇的策略，最后落败下来。苏辙通过这些历史教训，以充分交足题面，完成对主题的论证。

[注释]

①相捽（zuó）：相抵触、相冲突。②"昔者项籍"句：《史记》卷七《项羽本纪》：在巨鹿之战中，项羽九战，大破秦军，"于是已破秦军，项羽召见诸侯将，诸侯将入辕门，无不膝行而前，莫敢仰视。项羽由是始为诸侯上将军，诸侯皆属焉。"当时刘邦先入关，项羽大怒，西入函谷关，军戏上，刘邦军霸上，项羽摆下鸿门宴，欲问刘邦之罪，刘邦处境极其危险，赖张良等的计谋，方才虎口脱险。咄嗟叱咤（duōjiēchìzhà）：发怒时大声呵斥、吆喝。《史记》卷九二《淮阴侯列传》："项王喑恶（怀怒气）叱咤（发怒声），千人皆废。然不能任贤将，此特匹夫之勇耳。"逆：迎击。③"然高帝以其不智不勇"一节：高祖刘邦在和项羽的战争中多次战败，但采取坚壁高垒的策略，在广武鸿沟（今河南荥阳）一带和项羽相持，避免和项羽决战，最终耗尽项羽的力量，在垓下打败项羽。《史记》卷七《项羽本纪》："楚汉久相持未决，丁壮苦军旅，老弱罢转漕。项王谓汉王曰：'天下匈匈数岁者，徒以吾两人耳，愿与汉王挑战，决雌雄，毋徒苦天下之民父子为也。'汉王笑谢曰：'吾宁斗智不能斗力。'"顽钝椎鲁：愚笨迟钝的样子。④逡巡：因为有所顾虑而徘徊不前。⑤"先据势胜之地"句：指刘邦先入关中，占据有利的地形。古来关中皆兵家必争之地，得关中者方能制天下。苏洵《项籍论》："若夫秦、汉之故都，沃土千里，洪河大山，真可以控天下。"⑥广收信、越出奇之将：指刘邦重用韩信、彭越等智勇双全的将领。《史记》卷八《高祖本纪》：刘邦说："夫运筹策帷帐之中，决胜于千里之外，吾不如子房。镇国家，抚百姓，给馈饷，不绝粮道，吾不如萧何。连百万之军，战必胜，攻必取，吾不如韩信。此三者，皆人杰也，吾能用之，此吾所以取天下也。"⑦"有果锐刚猛之气"句：指刘邦不与项羽斗勇，最终打败项羽之事。果锐刚猛：果断敏锐刚强勇猛。猖狂：纷披横肆。⑧翘然自喜：高傲自满的样子。⑨弃天下而入巴

蜀：指刘备采用诸葛亮等计策由荆州而入据巴蜀，失去了争胜的地利。苏洵《项籍论》："诸葛孔明弃荆州而就西蜀，吾知其无能为也。且彼未尝见大险也，彼以为剑门者可以不亡也。吾尝观蜀之险，其守不可出，其出不可继，兢兢而自完犹且不给，而何足以制中原哉。"⑩"用诸葛孔明治国之才"句：意为诸葛亮是治国之才，而非治兵之将。《三国志·蜀书·诸葛亮传》："可谓识治之良才，管（仲）、萧（何）之亚匹矣。然连年动众，未能成功，盖应变将略，非其所长欤！"⑪不忍忿忿之心：指刘备为关羽复仇，亲自率兵攻打东吴，大败之事。⑫奔走于二袁之间，困于吕布而狼狈于荆州：二袁，袁绍、袁术兄弟。当刘备刚起兵争战时，袁术攻击刘备，刘备与袁术相持经月，吕布乘虚袭刘备据点下邳，虏其妻子。刘备求和于吕布，吕布还其妻子。刘备还小沛，复合兵得万余人。吕布恶之，自出兵攻之，刘备败走，投奔曹操。后来刘备投靠荆州刘表，曹操破袁绍以后，率兵击刘备。刘表卒后，其子刘琮降操。刘备率众十余万，辎重数千辆遁逃，日行十余里。曹操将精兵五千追之，刘备弃妻子，与数十骑逃走，曹操大获其辎重。⑬百败而其志不折，不可谓无高祖之风：《三国志·蜀书·先主传》："先主之弘毅宽厚，知人待士，盖有高祖之风，英雄之器焉。""折而不挠，终不为下。"

[译文]

　　天下人都怯弱而独有一个人勇敢，那么勇敢的人就会取胜；天下人都愚暗而独有一个人聪明，那么聪明的人就会取胜。但是当勇敢者遇到勇敢者，那么勇敢也就不足依靠了；当聪明者遇到聪明者，那么聪明也就不足以使用了。正因为聪明、勇敢不足以安定天下，因此天下的灾难蜂起而难以平定。我曾经听说：古代有雄才大略的君主，他们遇到聪明勇敢的，用不勇敢、不聪明来对付，然后真正的聪明、真正的勇敢才得到显现的机会。

　　可悲啊！世上的英雄，他们生在世上，也有幸和不幸啊！汉高祖、唐太宗，是因为他们过人的智慧和勇敢取得天下的；曹操、孙权、刘备，是因为智慧和智慧相遇、勇敢和勇敢相遇而失掉天下的。用智慧对付智慧，用勇敢对付勇敢，这好像两只老虎相斗，锋利的爪牙、巨大的气力都相当，没有取胜的办法，他们的势力可以互相困扰，却不可以击毙对方。在这种时候，可惜的是没有用汉高祖刘邦的办法来制胜。

过去项羽乘着百战百胜的威势，掌握着号令诸侯的权柄，咄嗟叱咤，满怀怒气，向西迎击高祖刘邦，那形势迅疾震荡，像暴雨疾风呼啸而至。天下都认为刘汉将不复存在。然而汉高祖刘邦用他那不聪明也不勇敢的形象，占据要冲之地，深沟高垒，相持不前，那愚笨迟钝的样子，足以让天下人耻笑，然而最终却能够摧折困扰项羽而等待他自取灭亡，原因在哪里呢？因为一个人的勇气力量不断地使用不知道休歇，那肯定会有所消耗枯竭；一个人的智能思虑如果长时间使用却没有成效，那也必定会有所疲倦懈怠而不能再振起。对方想用他的长处来一下子制服我，然而我却闭门来抗拒他，使他得不到他想要的，徘徊犹豫想离开却不能离开，这样项籍注定就要失败了。

现在曹操、孙权、刘备这三个人，都知道用他们的才智互相争斗，却不知道用他们的不才来战胜对方。世上的评论者说：孙权不如曹操，刘备不如孙权。刘备只是智术短浅而勇敢不够，所以有不如这两个人的地方，却不知道借着自己的短处来求得胜利，那也够糊涂了。大概刘备的才性，和高祖刘邦接近，却不知道如何使用它的办法。过去高祖刘邦自己使用自己的才能，方法有三个：先占据有利的地势，来显示天下的趋势；广泛收用像韩信、彭越等能出奇制胜的大将，来弥补自己的不足；有果敢勇猛的力气却不使用，来深深挫折项羽猖狂的气势。这三点，三国时候的君主，他们的才能都不能够施行，只有一个刘备比较能够做到却没有做成，而他心中却在沾沾自喜，想要做出愚笨的样子却不能做得纯正，想要做出果敢锋利的样子却不能达到。愚笨和果敢在心中翻腾，却不能确定下来，因此他想做的做不成，想达到的也达不到。他丢弃天下形胜之地而入据巴蜀,那就失去了地利;使用诸葛孔明这样的治国之才来带兵打仗,应对纷纭变化的战局,那就是不会用将;不能约束自己内心的愤怒,犯了用自己的短处的错误,亲自带兵攻打东吴,那就是他的勇气不值得推崇。唉!当他在袁绍、袁术之间东奔西走,被吕布所围困,在荆州狼狈不堪的时候,虽然屡经失败,但他的志气丝毫没有摧挫,不能说他没有高祖刘邦的风度,但终究不知道如何使用自己能力的方法。所以古来的英雄,只有汉高祖刘邦是不可企及的啊!

隋 论

人之于物,听其自附,而信其自去,则人重而物轻。人重而物轻,则物之附人也坚。物之所以去人,分裂四出而不可禁者,物重而人轻也。古之圣人,其取天下,非其驱而来之也;其守天下,非其劫而留之也。使天下自附,不得已而为之长,吾不役天下之利,而天下自至。夫是以去就之权在君,而不在民,是之谓人重而物轻。且夫吾之于人,己求而得之,则不若使之求我而后从之;己守而固之,则不若使之不忍去我,而后与之。故夫智者或可与取天下矣,而不可与守天下。守天下则必有大度者也。何者?非有大度之人,则常恐天下之去我,而以术留天下。以术留天下,而天下始去之矣。

昔者三代之君,享国长远,后世莫能及。①然而亡国之暴,未有如秦、隋之速,二世而亡者也。②秦、隋之亡,其弊果安在哉?自周失其政,诸侯用事,而秦独得山西之地,不过千里。韩、魏压其冲,楚胁其肩,燕、赵伺其北,而齐掉其东。③秦人被甲持兵,七世而不得解,寸攘尺取,至始皇然后合而为一。④秦见其取天下若此其难也,而以为不急持之,则后世且复割裂以为敌国。是以销名城,杀豪杰,铸锋镝,以绝天下之望。⑤其所以备虑而固守之者甚密如此,然而海内愁苦无聊,莫有不忍去之意。⑥是以陈胜、项籍因民之不服,长呼起兵,而山泽皆应。由此观之，岂非其重失天下而防之太过之弊欤？

今夫隋文之世，其亦见天下之久不定，而重失其定也。盖自东晋以来，刘聪、石勒、慕容、苻坚、姚兴、赫连之徒，纷纷而起者，不可胜数。⑦至于元氏，并吞灭取，略已尽矣，而南方未服。⑧元氏自分而为周、齐。⑨周并齐而授之隋。⑩隋文取梁灭陈，而后天下为一。⑪彼亦见天下之久不定也，是以既得天下之众，而恐其失之；享天下之乐，而惧其不久；立于万民之上，而常有猜防不安之心。以为举世之人，皆有曩者英雄割据之怀，制为严法峻令，以杜天下之变。谋臣旧将，诛灭略尽，独死于杨素之手，以及于大故。⑫终于炀帝之际，天下大乱，涂地而莫之救。⑬由此观之，则夫隋之所以亡者，无以异于秦也。

悲夫！古之圣人，修德以来天下，天下之所为去就者，莫不在我，故其视失天下甚轻。夫惟视失天下甚轻，是故其心舒缓，而其为政也宽。宽者生于无忧，而惨急者生于无聊耳。⑭昔尝闻之，周之兴，太王避狄于岐，豳之人民扶老携幼，而归之岐山之下，累累而不绝，丧失其旧国，而卒以大兴。⑮及观秦、隋，唯不忍失之而至于亡，然后知圣人之为是宽缓不速之行者，乃其所以深取天下者也。

[题解]

本文的写作背景和上篇一样，是苏辙嘉祐五年（1060）应制举考试时所进献的五十篇策论之一。本文讨论的主题是隋朝丧失天下的原因。苏辙认为严法峻令是导致隋朝二世而亡的原因；再深一层来讲，之所以实施严法峻令则是由于统治者缺乏仁圣大度之心，视民众如仇雠，孤立无援，丧失民心。这样的结论虽然不能说就是隋朝灭亡的真正原因，但是对于施政者而言，仍然具有一定的现实意义。

本文在论证结构上和上一篇《三国论》有相似之处。文章第一段是个冒头，提出"人重而物轻"的观点，貌似和正题没有什么关联，但读至文章结尾我们就知道这实际上是本文论证问题的逻辑起点，或者说是后面论证历史问题的一个哲学基础。冒头部分从正反两个方面分析人和外物的关系，然后又加以引申，论述取天下和守天下的过程中，君主和民众的关系就像人和外物的关系一样，只有做到人重而物轻，才能使民众心悦诚服；反之，想方设法劫持民众，只能得到众叛亲离的结局。由此缓缓引入文章的正题：隋朝失天下的根源何在？但作者并没有立即讨论隋朝失天下的原因，而是首先拿秦朝丧失天下的原因来作对比，认为秦和隋同样二世而亡，其失天下的原因也极其相似，两相照应，使主旨更加鲜明有力。文章结尾部分又举出了一个正面的例子，通过西周太王古公亶父的兴周之举，说明宽缓不苛的仁政才是真正能够保持天下长期安定、繁荣兴旺的办法。

苏辙这类文章远远引起，缓缓进入，结论又能够宕开一笔，使文章的主旨得到深化和升华，余味悠长。因此徐扬贡非常精到地谈到小苏散文艺术上的特色，他说："盖文定之文，远处是其近处，澹处是其浓处，且宽处是紧，徐处是疾。此可为知者道耳。"

[注释]

①昔者三代之君，享国长远：指夏商周三代，统治时代长久，其中夏代十七君十四世，四百七十一年；商代三十一世，六百余年；周凡三十七王，八百六十七年。②"然而亡国之暴"句：暴，暴烈、突然、猝然。秦始皇统一天下，二世而亡；隋文帝统一天下，至隋炀帝二世而亡。③"自周失其政"一节：周平王东迁以后，中国历史进入春秋战国时代，周失其鼎，群雄逐鹿，而秦国得到关中一带土地。七国争雄，韩、魏处于秦国东扩的冲要位置；楚国处于秦国东南，与其交邻，威胁其国；燕、赵处于北方；齐国处于东方，势力雄大，能够震动其势。④"秦人被甲持兵"一节：指秦人从孝公开始扩张，历经秦惠文王、悼武王、昭襄王、孝文王、庄襄公到秦始皇七世，兵不得休，通过强取豪夺，蚕食天下，最终完成统一大业。⑤是以销名城，杀豪杰，铸锋镝，以绝天下之望：《史记》卷六《秦始皇本纪》："收天下兵聚之咸阳，销锋铸镰，以为金人十二，以弱黔首之民。""徙天下豪富于咸阳十二万户。诸庙及章台、上林皆在渭南。秦每破诸侯，写放其宫室，作之咸阳北阪上。"又贾谊《过秦论》："隳名城，杀豪杰，收天下之兵，聚之咸阳，销锋镝铸，以为

金人十二，以弱天下首之民。"⑥无聊：无所依赖，无以为生。不忍去：留恋不舍。⑦刘聪（？—318），字玄明，匈奴族人，十六国时期前赵皇帝。永嘉四年，其父刘渊死，他杀兄自立。310年至318年在位，骄奢淫暴。石勒：字世龙，羯族人。杀前赵皇帝刘曜后称帝，史称后赵。319年至333年在位。慕容：此指前燕的创建者慕容皝（huàng），字符真，鲜卑人，337年至348在位。苻坚：字永固，氐族人，前秦皇帝，357年自立为大秦天王，383年在淝水之战中大败，后被杀。姚兴：字子略，羌人，后秦国君，394年至416年在位。赫连：此指赫连勃勃，字屈子，匈奴人。仕后秦姚兴，后自称大夏天王，407年至425年在位。⑧"至于元氏"句：元氏，即拓跋氏，此指北魏孝文帝拓跋宏。他于493年迁都洛阳，改姓元氏，并进行一系列政治改革，基本上统一了北方，471年至499年在位。⑨元氏自分而为周、齐：534年北魏分裂为东魏和西魏。550年，东魏齐王高洋逼东魏孝静帝禅位，建立北齐。557年，西魏恭帝禅位给宇文觉，建立北周。⑩周并齐而授之隋：557年，北周灭北齐，统一北方。后北周外戚杨坚夺取北周政权，于581年建立隋朝。⑪隋文取梁灭陈：开皇七年（587）隋文帝灭后梁，开皇九年（589）灭陈，结束南北朝分立局面，统一全国。⑫"制为严法峻令"一节：《隋书》卷二《高祖本纪二》："（文帝）天性沉猜，素无学术，好为小数，不达大体，故忠臣义士，莫得尽心竭辞。其草创元勋及有功诸将，诛夷罪退，罕有存者。又不悦诗书，废除学校，唯妇言是用，废黜诸子。逮于暮年，持法尤峻，喜怒不常，过于杀戮。"杨素（544—606）：字处道，弘农华阴人。佐杨坚夺取政权，杨坚称帝，迁尚书左仆射，封越国公。后又帮助杨广夺取太子之位。杨广即位，封楚国公，位至司徒。⑬"终于炀帝之际"句：隋炀帝杨广（569—618），文帝次子，初封晋王，后夺取太子之位，即位后荒淫无道，大兴工役，导致天下分崩离析，隋朝灭亡。⑭惨急：严刑酷法。无聊：困苦无以自存。⑮"周之兴"一节：太王即古公亶（dǎn）父，古代周部族领袖，文王的祖父。他原居豳地，复兴后稷、公刘之业，发展农业，以仁义治民，积德行义，国人皆爱戴之。后来戎狄来进攻，欲夺其土地，国人欲战，他不忍因土地而使百姓受到伤害，乃迁居岐山之下周原，百姓扶老携幼追随他来到岐山。周族因此更加兴旺，为后来文王兴起，统一天下奠定了良好的基础。事详《史记》卷四《周本纪》。

[译文]

　　人对于外物，听任它自己来依附，听任它自己离去，这样就会使人重而物轻。如果人重而物轻，那么外物依附于人就会坚定。外物之所以会离人而去，分裂四散却不能禁止的原因，是由于物重而人轻。古代的圣人，他们取得天下，并非驱赶天下人使他们来归附；他们守护天下，也不是劫持天下人使他们留下来。而是使天下人自己来依附，不得已才做了天下的君主。我不役使天下的利益，而天下的利益自己却来到。因此离散和归附的主动权在君主自己，而不在民众。这就叫做人重而物轻。况且我和他人之间，自己去求他们然后得到他们，那就不如使他们来求我然后我顺从他们。自己守护着使关系稳固，那就不如使人们不愿意离开我，然后给予他们。所以聪明人或许可以和他一块儿夺取天下，但却不能和他一块儿持守天下。持守天下必须有宏大的气度，为什么呢？没有宏大气魄的人就会经常害怕天下的人离自己而去，因而用术数来使人留下来。用术数使人留下来，然而天下就会开始离开他了。

　　过去夏商周三代的君主，享有国家时间久远，后代没有能比得上的。然而亡国的迅疾，没有像秦代、隋代那样快速的，传了两代皇帝国家就灭亡了。秦代、隋代的灭亡，它们的弊病究竟在哪里呢？自从周天子失去对政治的控制以后，诸侯王掌握了权力，秦国独自拥有了崤山以西的土地，地方不过一千里。韩国、魏国阻塞在它向东扩展的冲要上，楚国威胁着它的东南，燕国、赵国在它的北部，齐国大摇大摆地盘踞在它的东面。秦国人披着铠甲手执武器，七代君王都不能够休战，一尺一寸地攘夺别国的土地，到秦始皇时才统一了天下。秦国君主见它夺取天下如此艰难，就认为如果不紧紧地抓住，那天下后世将会再次分割破裂成为敌国。因此毁掉著名的城池，诛杀天下的英雄豪杰，把刀剑箭镞熔化铸成铜钟，以断绝天下人反叛的希望。他们用来考虑防备的办法这样严密，然而海内民众感到生活愁苦、百无聊赖，没有依恋不舍的心意。因此陈胜、项羽借着人们不愿臣服的心意，振臂高呼，揭竿而起，于是山河沼泽都在响应。由此看来，岂不是他们过分重视丧失天下，因而防范太过严密的弊病吗？

至于隋文帝的时代，他也是看到天下长久动乱不定，而过分重视以致失去安定。大概从东晋以来，像刘聪、石勒、慕容皝、苻坚、姚兴、赫连勃勃这类人，纷纷然起来争夺政权的，数不胜数。到了拓跋宏，并吞灭取小的割据势力，已差不多快完了，只有江南一带没有服从。拓跋魏自己分裂为北周和北齐。后来北周吞并北齐，北齐又被隋朝所取代。隋文帝征服南朝梁，灭掉南朝陈，然后天下重新统一。他也是见到天下长久不安定，因此得到广大天下之后，又害怕失去它；享有天下的快乐，又怕不能长久；位于万民之上，又常常怀着猜忌不安的心情。认为全天下的人，都有以前英雄割据的心思，因此制定严峻的法令，来杜绝天下发生变乱。过去辅佐他打天下的谋士、将领诛杀殆尽，他却偏偏死在宠臣杨素的手里，以至于引来大的变故。到了炀帝的时候，天下大乱，一败涂地而没有办法挽救。由此看来，那隋朝灭亡的原因，和秦没有什么不同的啊。

多么可悲啊！古代的圣人，修养自己的品德以使天下人来归，天下的离去和亲附，无不在于我自己，所以他们把丧失天下看得很轻。正因为把丧失天下看得很轻，因此他们的心情非常舒畅悠然，他们管理国家非常宽松。宽松来源于没有什么担忧，法令严酷来源于觉得无所依靠。过去曾经听说，周兴起的时候，太王古公亶父避开戎狄的侵扰迁徙到岐山下面的周原，原来豳地的人民扶老携幼，跟随着他来到岐山，一路上人马连绵不绝，虽然失去了原来的国家，然而最终却极大地兴起。回过头来看秦朝和隋朝，只因为不忍心失掉天下却导致了灭亡，然后才知道圣人所施行的宽松舒缓的政策，才是他们用来更有效地获取天下的办法。

唐 论

　　天下之变,常伏于其所偏重而不举之处,故内重则为内忧,外重则为外患。古者聚兵京师,外无强臣,天下之事,皆制于内。当此之时,谓之内重。内重之弊,奸臣内擅而外无所忌,匹夫横行于四海而莫之能禁。其乱不起于左右之大臣,则生于山林小民之英雄。故夫天下之重,不可使专在内也。古者诸侯大国,或数百里,①兵足以战,食足以守,而其权足以生杀,②然后能使四夷、盗贼之患不至于内,天子之大臣有所畏忌,而内患不作。当此之时,谓之外重。外重之弊,诸侯拥兵,而内无以制。由此观之,则天下之重,固不可使在内,而亦不可使在外也。

　　自周之衰,齐、晋、秦、楚,绵地千里,③内不胜于其外,以至于灭亡而不救。秦人患其外之已重而至于此也,于是收天下之兵而聚之关中,夷灭其城池,杀戮其豪杰,使天下之命皆制于天子。④然至于二世之时,陈胜、吴广大呼起兵,而郡县之吏,熟视而走,无敢谁何。⑤赵高擅权于内,颐指如意,虽李斯为相,备五刑而死于道路。⑥其子李由守三川,拥山河之固,而不敢校也。⑦此二患者,皆始于外之不足而无有以制之也。至于汉兴,惩秦孤立之弊,乃大封侯王。而高帝之世,反者九起,⑧其遗孽余烈,至于文、景而为淮南、济北、吴、楚之乱。⑨于是武帝分裂诸侯,⑩以惩大国之祸,而其后百年之间,王莽遂得以奋其志于天下,⑪而刘氏子孙无复龃龉。⑫魏晋之世,乃益侵削诸侯,四方微弱,不复为乱,而朝廷之权臣、山林之匹夫,常为天下之大患。此数君者,其所以制其内外轻重之际,皆有以自取其乱而莫之或知也。

夫天下之重,在内,则为内忧;在外,则为外患。而秦汉之间,不求其势之本末,⑬而更相惩戒,以就一偏之利,故其祸循环无穷,而不可解也。且夫天子之于天下,非如妇人孺子之爱其所有也。⑭得天下而谨守之,不忍以分于人,此匹夫之所谓智也,而不知其无成者,未始不自不分始。故夫圣人将有所大定于天下,非外之有权臣,则不足以镇之也。而后世之君,乃欲去其爪牙,翦其股肱,而责其成功,⑮亦已过矣。愚尝以为天下之势,内无重,则无以威外之强臣;外无重,则无以服内之大臣而绝奸民之心。此二者,其势相持而后成,而不可一轻者也。

昔唐太宗既平天下,分四方之地,尽以沿边为节度府,而范阳、朔方之军,皆带甲十万,⑯上足以制夷狄之难,下足以备匹夫之乱,内足以禁大臣之变。而其将帅之臣常不至于叛者,内有重兵之势,以预制之也。贞观之际,天下之兵八百余府,而在关中者五百,⑰举天下之众,而后能当关中之半。然而朝廷之臣亦不至于乘间衅以邀大利者,外有节度之权以破其心也。故外之节度,有周之诸侯外重之势,而易置从命,⑱得以择其贤不肖之才。是以人君无征伐之劳,而天下无世臣暴虐之患。内之府兵,有秦之关中内重之势,而左右谨饬,莫敢为不义之行。是以上无逼夺之危,下无诛绝之祸。

盖周之诸侯,内无府兵之威,故陷于逆乱而不能自止。秦之关中,外无节度之援,故胁于大臣而不能以自立。有周秦之利,而无周秦之害，形格势禁，⑲内之不敢为变，而外之不敢为乱，未有如唐制之得者也。而天下之士不究利害之本末，猥以成败之遗踪而论计之得失，⑳徒见开元之后，强兵之将皆为天下之大患，而遂以太宗之制为猖狂不审之计。㉑

　　夫论天下，论其胜败之形，以定其法制之得失，则不若穷其所由胜败之处。盖天宝之际，府兵四出，萃于范阳，㉒而德宗之世，禁兵皆成赵、魏，㉓是以禄山、朱泚得至于京师，㉔而莫之能禁，一乱涂地。终于昭宗，而天下卒无宁岁。㉕内之强臣，虽有辅国、元振、守澄、士良之徒，㉖而卒不能制唐之命，诛王涯，杀贾餗，㉗自以为威震四方，然刘从谏为之一言，而震慑自敛，不敢复肆。㉘其后崔昌遐倚朱温之兵以诛宦官，去天下之监军，而无一人敢与抗者。㉙由此观之，唐之衰，其弊在于外重，而外重之弊，起于府兵之在外，非所谓制之失，而后世之不用也。

[题解]

　　本文的写作背景和上篇一样，是苏辙嘉祐五年（1060）应制举考试时所进献的五十篇策论之一。本文的主旨是探讨太宗所制定的内府兵外军镇的政治制度的得失。苏辙认为凡是国家要长治久安，内外之势必须"相持而后成，而不可一轻者也"。而历览各代之制度，无如唐太宗所定之善者。然而后世论者以成败论得失，不究根源，误以为藩镇割据是唐代制度的大缺陷，于是就大力削减藩镇力量，造成内重外轻之势。苏辙认为唐代藩镇割据，是府兵制被破坏所造成的，恰恰是因为不能够贯彻唐太宗所定的制度才造成的，而非制度本身的缺陷。苏辙所论，一方面涉及历代统治政策的要害之处，另一方面又是对于宋代本身重文轻武、内重外轻制度的检讨和反思，因而具有强烈的现实针对性。所以吕留良说本文："见识高，论事有原委，极有关系文字。"孙琮也评本文说："立意精警，用笔复尔雄健，真杰然名世之篇。"

[注释]

　　①诸侯大国，或数百里：《孟子·万章下》："天子之制，地方千里，公侯皆方百里，伯七十里，子、男五十里，凡四等。" ②其权足以生杀：有生杀

大权。③绵地千里:连绵千里的疆土。④"秦人患其外之已重"句:贾谊《过秦论》:"隳名城,杀豪杰,收天下之兵,聚之咸阳,销锋镝铸,以为金人十二,以弱天下之民。"⑤熟视而走:看到就当没有看见一样,只顾逃命。无敢谁何:不敢询问。谁何,稽察诘问、喝问。⑥赵高:秦始皇时的宦者,始皇崩,矫诏立胡亥为二世,指鹿为马,专擅朝政。颐指如意:谓以下巴的动向示意而指挥人,形容指挥别人时的傲慢态度。《汉书·贾谊传》:"今陛下力制天下,颐指如意,高拱以成六国之祸,难以言智。"李斯(?—前208):帮助秦始皇统一六国,为丞相,后被赵高所杀。五刑:秦汉时的五种刑罚,即黥、劓(yì)、斩左右趾、枭首、菹(zū)其骨肉。《史记》卷八七《李斯列传》:"二世二年七月,具斯五刑,论腰斩咸阳市。斯出狱,与其中子俱执,顾谓其中子曰:'吾欲与若复牵黄犬俱出上蔡东门逐狡兔,岂可得乎!'遂父子相哭,而夷三族。"⑦李由:李斯长子,为三川郡守,赵高诬其和起义军勾结,欲按问之,已被项梁兵所杀。三川郡:即今天的洛阳,黄河、伊水、洛水所经。校:抗衡、较量。⑧高帝之世,反者九起:指汉初所封的异姓王(燕王臧荼、卢绾、楚王韩信、韩王信、赵王张敖、梁王彭越、淮南王英布)等先后谋反事。⑨遗孽余烈:残余势力。至于文、景而为淮南、济北、吴、楚之乱:指汉景帝时七个同姓诸侯国的叛乱。七国,吴王濞、楚王戊、赵王遂、胶西王卬、济南王辟光、淄川王贤、胶东王雄渠。在晁错提出削藩王的建议后,七国发动以"请诛晁错,以清君侧"为名的叛乱。景帝杀晁错以安抚,七国仍不止。后派大将窦婴、周亚夫讨平,七王皆死,废掉七国。⑩武帝分裂诸侯:指汉武帝施行的推恩令,借以削弱诸侯国的势力。《史记》卷一七《汉兴以来诸侯王年表》:"天子观于上古,然后加惠,使诸侯得推恩分子弟国邑,故齐分为七,赵分为六,梁分为五,淮南分三,及天子支庶子为王,王子支庶为侯,百有余焉。"⑪王莽(前45—23),字巨君,西汉外戚,公元8年篡汉建立新朝,公元23年为义军所杀。⑫龃龉(jǔyǔ):上下牙齿对不齐,比喻意见不合,互相抵触。⑬势之本末:指治乱大势的根本原因和后果。⑭孺子:小孩子。⑮爪牙:指君王的卫士,《诗经·小雅·祈父》:"祈父,予王之爪牙。"翦其股肱:翦灭他们的辅佐大臣。股肱,大腿和胳膊。⑯节度府:节度使府。范阳军:即范阳节度使所制之地,开元二年设幽州节度使,天宝元年更名为范阳节度使,

唐论 87

为玄宗时十节度使之一。辖境主要包括幽州、蓟州、燕州等地。兵额达九万一千人，马匹六千五百匹。朔方之军：即朔方节度使所制之地。唐玄宗时十节度使之一，又称灵武、灵州，开元元年改朔方行军大总管为节度使，治所为灵州（今宁夏灵武一带），兵额为六万四千人，马匹一万三千三百匹。⑰"贞观之际"句：陆贽《翰苑集》卷一一《论关中事宜状》："太宗文皇帝既定大业，万方厎义，犹务戎备，不忘虑危。列置府兵，分隶禁卫。大凡诸府八百余所，而在关中者殆五百焉。举天下不敌关中，则居重驭轻之意明矣。"⑱易置从命：对节度使的更换听从朝廷的命令。⑲形格势禁：谓受形势的阻碍或限制。⑳猥：苟且，随便。㉑猖狂不审：随心所欲，没有仔细考虑。㉒盖天宝之际，府兵四出，萃于范阳：《旧唐书》卷九：天宝十五载，"以郭子仪为灵武太守、朔方节度使。封常清自安西入奏，至行在。甲戌，以常清为范阳平卢节度使兼御史大夫，令募兵三万，以御逆胡。戊寅，还京，以羽林大将军王承业为太原尹，以卫尉卿张介然为陈留太守、河南节度采访使，以金吾将军程千里为潞州长史，并令讨贼。甲申，以京兆牧荣王琬为元帅，命高仙芝副之，于京城召募，号曰'天武军'，其众十万。丙戌，高仙芝等进军"。㉓德宗之世，禁兵皆戍赵、魏：《新唐书》卷五〇《兵志》："德宗即位，以白志贞代之。是时，神策兵虽处内，而多以禅将将兵征伐，往往有功。及李希烈反，河北盗且起，数出禁兵征伐，神策之士多斗死者。"德宗（742—805）：李适（kuò），779年至805年在位。禁兵：安史之乱后，代宗时期，神策军成为当时的禁军，除了守卫京城外，也外出戍守、征战。㉔禄山：安禄山叛乱，天宝十五载攻陷长安。朱泚（742—784），卢龙节度使，德宗建中四年，泾原兵变，德宗逃往奉天（今陕西干县），被拥立为大秦皇帝，后被部下所杀。㉕昭宗：唐昭宗李晔，889年至904年在位。㉖辅国：即李辅国（704—762），唐代宦官，安史之乱时，建策肃宗领兵至朔方，后肃宗即位后，任兵部尚书，与张皇后互为表里，把持朝政，后拥立代宗，被尊为尚父，政无巨细，皆委其参决，后被刺死。元振：即程元振（？—764），宦官，因拥立代宗受到宠信，总领禁兵，威震天下。广德元年，吐蕃犯京，诸道方镇畏其居中，兵皆不至，代宗出逃，后代宗削夺其官。守澄：即王守澄（？—835），宦官，弑宪宗，册立穆宗、文宗，进骠骑大将军。后被鸩杀。士良：即仇士良（？—843），宦官，太和九年（835）甘露事变中大肆杀戮公卿，后矫诏立武宗，封楚国公，擅权二十余年。㉗诛王涯，杀贾餗：王涯（？—835），字广津，贞元进士，元和十一年拜相，后在甘露事变中被宦官所杀。贾餗（？—835），字子美，贞元进士，太和九年为相，甘露事变中被杀。㉘"刘从谏为之一言"句：潞州节度使，甘露事变发生后，刘从谏上书问王涯被诛的罪名，并扬言要清君侧，宦官仇士良深忌惮之。震慑自敛：因畏惧而收敛。㉙"崔昌遐倚朱温之兵以诛宦官"句：崔昌遐，名胤，昭宗时官至知政事。朱温（852—912），曾随黄巢起兵，后降唐，赐名全忠，后废唐帝，建立后梁。《旧唐书》卷一七七《崔胤传》："胤与全忠奏罢左右神策、内诸司等使及诸道监军、副监、小使。内官三百余人，同日斩之于内侍省。诸道监军随处斩首以闻。"

[译文]

　　天下的变乱，往往隐藏在朝廷所过于偏重以至于无法驾驭的地方，所以，内部权力过重的时候便形成内忧，外部权力过重的时候便形成外患。古时候把重兵聚集在京师，地方上没有手握重兵的大臣，天下的事情都由中央来控制。在这种时候，就叫做内重。内重的弊端在于，一方面容易造成奸臣擅权而丝毫不用顾忌地方势力的反对，另一方面地方上的强人四处横行而不能禁止。这样一来，变乱不是由皇帝左右的大臣引起的，就是由山林老百姓中的英雄豪杰引起的。所以，国家力量的重心，决不可只集中在中央。古时候的诸侯大国，方圆数百里，它的军队足以应付战争，它的食物足以保证守卫，诸侯王又掌握着生杀大权，这样就可以使周边夷族和国内盗贼的祸乱不至于威胁到中央，而身处中央的大臣心里也有所畏惧，因而就不会有内乱发生。在这种时候，就叫做外重。外重的弊端在于，地方诸侯拥有重兵，而中央却没办法加以制服。由此看来，国家力量的重心固然不可以集中于中央，但也不能完全放在地方。

　　自从东周衰微之后，齐国、晋国、秦国、楚国，领土都绵延一千余里，中央的力量不敌地方的势力，以至于周朝灭亡却无法挽救。秦国人担忧地方力量已经过于偏重以致到了这个地步，于是就把全国各地的武器都收起来集中到关中，又把各地的大城池荡平，把各国的豪强杀死，从而使国家的命运完全控制在天子的手中。然而，到了秦二世皇帝的时候，陈胜、吴广振臂高呼，揭竿而起，郡县的官吏全都相顾仓皇逃走，不敢出来抵御。而赵高又在朝廷内部擅权，颐指气使，即使贵为丞相的李斯也受到五种酷刑而死在道路之上。李斯的儿子李由正据守在洛阳三川之地，拥有险要可以固守的地形，但也不敢同赵高对抗。这内外两种祸患，全是由于地方势力不足够强大，没有能力加以制止而造成的。到了西汉兴起以后，吸取秦国孤立无援的教训，于是就大封诸侯王。然而在汉高祖刘邦在位的时候，诸侯王反叛的就有九起，他们的残余势力，到了文帝、景帝时便终于爆发了以淮南王、济北王、吴王、楚王为首的"八王之乱"。于是，到了汉武帝的时候又施行推恩令，使原来的诸侯国越分越小，来吸取诸侯势力过分强大而发生祸乱的教训。但这样一来，只过了一百多年的时间，王莽就得以呈其窃夺之志篡取了汉家的天下，而刘氏的子孙后代却无能为力。到了魏、晋的时候，又进一步削弱诸侯的权力，地方势力越来越微弱，不能再发动叛乱了。然而，朝廷里的权臣、山野里的强人，便又经常给国家造成大祸。这几个帝王，他们处理内外轻重的办法，都有自取其乱的原因，但他们自己却并不明白。

　　天下力量的重心在内部，就会产生内忧；在外部，就会产生外患。然而，秦、汉两代，不去探讨事变发生的根源所在，而只是互相引以为戒，片面地追求偏重某一方面所得到的好处，所以他们的祸患便循环往复，无穷无尽，最终也无法解决。况且，帝王对于天下，不能像妇人、小孩子那样把它当成自己的东西来爱惜。夺取了天下以后，如果只是一味地谨慎守护着，不舍得把它分给别人，这只能算是所谓的没有见识的小智小慧。却不知道他们之所以不能最终永保成功,未尝不是从他们不愿把天下分给别人开始的。所以,那些圣帝明王,准备长久地使国家安定的,如果外面没有强大的地方势力,便不足以钳制内部企图专权的奸臣。而后代的君主们,却要去掉自己的爪牙,翦除自己的股肱,这样还责求能够成功,也实在大错特错了。天下的大势,如果内部力量不强大,便无法威慑地方上的强臣;而如果地方上势力不强大,便无法镇服中央掌握大权的重臣,从而杜绝想作奸犯科者的企图。这两个方面,势必互相牵制然后才能相反相成,而决不能出现一轻一重的局面。

从前,唐太宗平定了天下以后,将全国各地重新作了划分,把边防地区都划做节度使府的领地,其中范阳节度使、朔方节度使的军队,有十万人之多。他们对外就足以防备边境上的战争,对下就足以应付强人的造反作乱,对内又足以禁止朝廷大臣的事变。而这些在外的将帅们所以不至于拥兵叛乱,则又在于朝廷内部拥有重兵,在预先钳制着他们。唐太宗贞观年间,全国的府兵有八百多府,而在关中一带就有五百多府,这意味着拿全国的军队才相当于关中的一半。然而,朝廷里掌握大权的重臣也不敢趁机钻空子制造大的动乱,就因为外边的节度使势力强大,足以打掉他们心中的妄念。所以,唐代外部的节度使,有相当于周代诸侯那样的外部的强大力量,但是节度使的任免调动又全听朝廷的,使中央可以选贤任能,罢黜庸才。这样就使得君主不必再饱受征战的劳苦,而天下又杜绝了世袭权臣制造暴乱的祸患。唐代中央的府兵,有像秦代关中那样的内重的形势,百官谨慎自饬,谁也不敢有大逆不道的行为。因而,君主既没有受到逼迫的危险,而臣下也不存在被杀戮的祸患。

周朝时候的诸侯,因为朝廷内部没有府兵那样的重兵,所以违逆作乱而不能够自己止步。秦国关中的朝廷,由于没有像节度使那样的声援,因而受到大臣的胁迫而不能独立自主。既有周代、秦国的优长，又避免了周代、秦国的弊端，各种势力互相制约，内部的权臣不敢发动政变，地方势力也不敢制造动乱，还从来没有像唐代所实行的制度这么完善的。然而，天下的人们，不探究利害的根源，却随随便便地根据成败的历史陈迹来判断政策的得失。他们只看到开元以后节度使拥有重兵，成为国家的最大祸患，便认为唐太宗制定的是一种随意妄行、不够审慎的政策。

讨论天下大势，如果只根据表面的胜败形势，来认定它的法令制度的功过得失，则不如深究造成胜败结果的根本原因。实际上，唐玄宗天宝年间，国家的府兵四散调出，集中于范阳一带；唐德宗时，中央的禁军又全都屯戍在赵、魏一带。这才使安禄山、朱泚得以乘虚攻入京城，而中央却无力禁止，使唐王朝一败涂地。直到唐昭宗时代，国家再也没有一年安定过。中央朝廷内虽然有李辅国、程元振、王守澄、仇士良这样一班掌握重权的宦官，但最终也不能结束唐朝的国运，尽管他们诛杀了王涯、贾𫗇，自以为可以威震四方了，但潞州节度使刘从谏一发异议，他们便恐惧收敛，不敢再为所欲为。后来，崔昌遐依仗着节度使朱温的军队诛杀宦官，废除掉中央派到地方军队里的监军，结果竟没有一个人敢出来对抗。由此看来，唐王朝的衰败，弊病在于地方上的权势过重。然而，造成地方上权势过重的原因，却是由于府兵远离中央屯驻于外，而并不是制度本身有什么失误，只是后世不能用这种制度罢了。

管 仲

先君尝言:①管仲九合诸侯,一匡天下,以桓公伯,孔子称其仁,②而不能止五公子之乱,使桓公死不得葬,③曰:"管仲盖有以致此也哉!"

管仲身有三归,桓公内嬖如夫人者六人,④而不以为非,此固嫡庶争夺之祸所从起也。然桓公之老也,管仲与桓公为身后之计,知诸子之必争,乃属世子于宋襄公。⑤夫父子之间,至使他人与焉,智者盖至此乎。于乎!⑥三归、六嬖之害,溺于淫欲而不能自克,无已,则人乎!⑦《诗》曰:"无竞维人,四方其训之。"⑧四方且犹顺之,而况于家人乎?

《传》曰:"管仲病且死,桓公问谁可使相者。管仲曰:'知臣莫若君。'公曰:'易牙何如?'对曰:'杀子以适君,非人情,不可。'公曰:'开方何如?'曰:'倍亲以适君,非人情,难近。'公曰:'竖刁何如?'曰:'自宫以适君,非人情,难亲。'管仲死,桓公不用其言,卒近三子,二年而祸作。"⑨夫世未尝无小人也,有君子以间之,则小人不能奋其智。⑩《语》曰:"舜有天下,选于众,举皋陶,不仁者远矣。汤有天下,选于众,举伊尹,不仁者远矣。"⑪岂必人人而诛之!管仲知小人之不可用,而无以御之,⑫何益于事?

内既不能治身,外复不能用人,举易世之忧,而属之宋襄公,使祸既已成,而后宋人以干戈正之。⑬于乎殆哉!昔先君之论云尔。

[题解]

本文是苏辙《历代论》中的一篇,《历代论》共五卷四十五篇,收入《栾城后集》卷七至卷十一。苏辙在《历代论引》中说:"予少而力学,先君,予师也,亡兄子瞻,予师友也。父兄之学,皆以古今成败得失为议论之要。以为士生于世,治气养心,无恶于身,推是以施之人,不为苟生也。不幸不用,犹当以其所知,著之翰墨,使人有闻焉。予既壮而仕。仕宦之余,未尝废书,为《诗》、《春秋》集传,因古之遗文,而得圣贤处身临事之微意,喟然太息,知先儒昔有所未悟也。其后复作《古史》,所论益广,以为略备矣。元符庚辰(1100),蒙恩归自岭南,卜居颍川。身世相忘,俯仰六年,洗然无所用心,复自放图史之间。偶有所感,时复论著。然已老矣,目眩于观书,手战于执笔,心烦于虑事,其于平昔之文益以疏矣。然心所嗜,不能自已,辄存之于纸。凡四十有五篇,分五卷。"可见这组文章是苏辙晚年从贬谪之地遇赦退居颍川以后所作,是他晚年饱经世患以后,对于历史的反思。

茅坤曾说:"子由之文其奇峭处不如父,其雄伟处不如兄,而其疏宕袅娜处,亦自有一片烟波,似非诸家所及。予尝同荆川论之,荆川绝爱其文,然而间读《君术》、《臣事》、《民政》及《古史》等书,诚绝作也。《历代论》四十三首,盖子由于罢官颍上时,其年已老,其气已衰,无复向所为飘飘驰骤若云之出岫者、马之下坂者之态,然而阅世既久,于古今得失处参验已熟,虽无心于为文,而其折衷于道处,往往中肯綮、切事情,语所谓老人之言是已。"对于这组文章艺术特色的把握非常精到。

本文论管仲,其观点受之于其父苏洵的《管仲论》,所论稍有延伸,除了如苏洵所论管仲不能举贤任能之外,又指出管仲自己娶三姓女,不合礼义,又不能匡正桓公好内宠之弊,已经为后来的灾难埋下了祸根。文章简洁,没有枝蔓,虽不像苏洵《管仲论》那样醒目,但也颇能启人深思。

[注释]

①先君尝言：指苏辙父亲苏洵曾经写过《管仲论》一文，在该文中苏洵说："齐之治也，吾不曰管仲，而曰鲍叔；及其乱也，吾不曰竖刁、易牙、开方，而曰管仲。""顾其使桓公得用三子者，管仲也。"苏洵的观点一反常规，提出了对管仲的新颖的观点。管仲：春秋时齐国人，名夷吾，做了齐桓公的宰相，使他称霸诸侯。②"管仲九合诸侯"句：《史记》卷六二《管晏列传》："管仲既用，任政于齐。齐桓公以霸，九合诸侯，一匡天下，管仲之谋也。"匡：匡正。《论语·宪问》："子曰：'桓公九合诸侯，不以兵车，管仲之力也。如其仁，如其仁。'"（孔子道："齐桓公多次主持诸侯间的盟会，停止了战争，都是管仲的力量。这就是管仲的仁德，这就是管仲的仁德。"）③"而不能止五公子之乱"句：五公子：齐桓公和管仲立孝公昭为太子，管仲卒后，其余五公子无诡、惠公元、昭公潘、懿公商人、公子雍争立。桓公卒后，孝公昭奔宋，易牙等立无诡。《史记》卷三七《齐太公世家》："桓公病，五公子各树党争立。及桓公卒，遂相攻，以故宫中空，莫敢棺。桓公尸在床上六十七日，尸虫出于户。十二月乙亥，无诡立，乃棺赴。辛巳夜，敛殡。"④"管仲身有三归"句：《论语·八佾》："或曰：'管仲俭乎？'曰：'管氏有三归，官事不摄，焉得俭？'"（有人便问："他是不是很节俭呢？"孔子道："他收取了人民的大量市租，他手下的人员，[一人一职,] 从不兼差，如何能说是节俭呢？"）三归：有多种解释，《论语》此处讨论节俭，"三归"似应解释为，桓公既霸以后，遂把应当归于桓公自己的市租之常例赏赐给管仲。但在本文中，苏辙的理解仍然是传统的解释，《论语》包咸注曰："三归，娶三姓女。妇人谓嫁曰归。"桓公内嬖如夫人者六人：《史记》卷三七《齐太公世家》："桓公好内，多内宠，如夫人者六人。"内嬖（bì）：内宠，宠爱的女子。如夫人：地位同于夫人的女子。后世多指小妾。⑤属世子于宋襄公：指齐桓公和管仲把太子孝公昭托付给宋襄公一事。⑥于乎：同"呜呼"。⑦自克：自我克制。无已：不得已。则人乎：托付给他人。⑧"《诗》曰"句：《诗经·大雅·抑》和《周颂·烈文》都有这两句诗。意思是国家强盛惟在得到贤人，四方诸侯都会顺服。无：发语词。竞：强大。人：贤人。训：教化，驯顺。⑨"《传》曰"一节：《史记》卷三七《齐太公世家》："管仲病，桓公问曰：'群臣谁可相者？'

管仲曰：'知臣莫如君。'公曰：'易牙如何？'对曰：'杀子以适君，非人情，不可。'公曰：'开方如何？'对曰：'倍亲以适君，非人情，难近。'（《管子》云："卫公子开方，去其千乘之太子，而臣事君也。"）公曰：'竖刁如何？'对曰：'自宫以适君，非人情，难亲。'（颜师古云："竖刁、易牙，皆齐桓公臣。管仲有病，桓公往问之曰：'将何以教寡人？'管仲曰：'愿君远易牙、竖刁。'公曰：'易牙烹其子以快寡人，尚可疑耶？'对曰：'人之情，非不爱其子也。其子之忍，又将何爱于君？'公曰：'竖刁自宫以近寡人，犹尚疑耶？'对曰：'人之情，非不爱其身也。其身之忍，又将何有于君？'公曰：'诺。'"）管仲死而桓公不用管仲言，卒近用三子，三子专权。"适：使高兴。非人情：不近人情，违背常理。倍：背弃、背叛。自宫：自我阉割。⑩间：间隔、隔离。奋：发挥，肆意妄为。⑪"《语》曰"句：语见《论语·颜渊》。见《再论分别邪正札子》注⑥。⑫御：控制、约束、驾驭。⑬宋人以干戈正之：《史记》卷三七《齐太公世家》："孝公元年三月，宋襄公率诸侯兵送齐太子昭而伐齐。齐人恐，杀其君无诡。齐人将立太子昭，四公子之徒攻太子，太子走宋，宋遂与齐人四公子战。五月，宋败齐四公子师而立太子昭，是为齐孝公。宋以桓公与管仲属之太子，故来征之。"

[译文]

先父曾经说过：管仲九次集合诸侯，使天下得到匡正，使齐桓公得以称霸，孔子称赞他有仁德，但却不能阻止桓公的五个公子争夺王位，以至于桓公死了以后长时间得不到安葬。先父说："是管仲的原因导致了这样的结局啊！"

管仲自己娶了三姓的女子，桓公也多内宠，地位如同夫人的就有六个，却不以此为非礼，这本来就是嫡子、庶子争夺之祸的起因啊。然而桓公年老的时候，管仲和桓公为身后打算，知道这些公子们必然争夺，于是就把太子托付给宋襄公。父子之间的事情，竟至于使外人来参与，聪明人竟然会到这个地步吗？呜呼！娶三姓女，有六个如夫人的害处，沉溺于淫欲而不能自我克制，无可奈何，则只好托付他人！《诗经》里说："国家强盛惟在得到贤人，四方诸侯都会顺服。"四方诸侯尚且都会顺服,何况家人呢?

史传里说:"管仲病重快死了,桓公问管仲群臣中有谁可以担任宰相。管仲回答说:'最了解臣下的人就是君主您。'桓公说:'易牙怎么样?'管仲回答说:'杀死自己的儿子来满足国君的口欲,非人之常情,不可以重用。'桓公说:'开方怎么样?'管仲回答说:'为了服侍你,放弃卫国公子的地位,非人之常情,不可信任。'桓公说:'那竖刁怎么样?'管仲回答说:'竖刁阉割自己好进宫服侍国君,非人之常情,不可亲近。'管仲死后,桓公不听管仲的话,最终还是亲近这三个人,两年后祸乱就发生了。"世上什么时候都会有小人,但是只要有君子来把他们隔离开来,那么小人就不能施展他们的奸计。《论语》里说:"舜有了天下,在众人之中挑选,把皋陶提拔出来,坏人就难以存在了。汤有了天下,在众人之中挑选,把伊尹提拔出来,坏人也就难以存在了。"哪里需要把小人诛杀净尽呢?管仲知道小人不可任用,却没有办法防范他们,于事有何补呢?

管仲对内不能约束好自己,对外又不能举贤任能,把改朝换代的大难托付给宋襄公,致使祸难已经发生了,然后借用宋国的武力来纠正它。唉!危险啊!过去先父的文章里就是这样来议论管仲的。

唐太宗

唐太宗之贤，自西汉以来，一人而已。任贤使能，将相莫非其人，恭俭节用，天下几至刑措。①自三代以下，未见其比也。然传子至孙，遭武氏之乱，子孙为戮，不绝如线，②后世推原其故而不得。以吾观之，惜乎其未闻大道也哉！

昔楚昭王有疾，卜之曰："河为祟。"大夫请祭诸郊，王曰："三代命祀，祭不越望。江、汉、雎、漳，楚之望也。祸福之至，不是过也。不穀虽不德，河非所获罪也。"遂弗祭。及将死，有云如众赤乌，夹日以飞三日。王使问周史，史曰："其当王身乎！若禜之，可移于令尹、司马。"王曰："除腹心之疾，而置诸股肱，何益？不穀不有大过，天其夭诸？有罪受罚，又焉移之？"亦弗禜。孔子闻之曰："楚昭王知大道矣。其不失国也，宜哉！"③

吾观太宗所为，其不知道者众矣，其能免乎？

贞观之间，天下既平，征伐四夷，灭突厥，夷高昌，残吐谷浑，兵出四克，务胜而不知止。最后亲征高丽，大臣力争不从，仅而克之，④其贤于隋氏者，幸一胜耳。而帝安为之，原其意，亦欲夸当世、高后世耳。

太子承乾既立十余年，复宠魏王泰，使兄弟相倾。⑤承乾既废,晋王,嫡子也,欲立泰,而使异日传位晋王,疑不能决,至引佩刀自刺,大臣救之而止。⑥父子之间,以爱故轻予夺至于如此。

帝尝得秘谶,言唐后必中微,有女武代王。以问李淳风,欲求而杀之。淳风曰:"其兆既已成,在宫中矣。天之所命,不可去也。徒使疑似之戮,淫及无辜,且自今已往四十年,其人已老,老则仁。虽受终易姓,必不能绝李氏,若杀之复生壮者,多杀而逞,则子孙无遗类矣。"帝用其言而止。⑦然犹以疑似杀李君羡。⑧夫天命之不可易,惟修德或能已之,而帝欲以杀人弭之,⑨难哉!

帝之老也。将择大臣以辅少主。李勣起于布衣,⑩忠力劲果,有节侠之气,尝事李密,⑪友单雄信。⑫密败,不忍以其地求利。密死,不废旧君之礼。雄信将戮,以股肉啖之,使与俱死。帝以是为可用,疾革,谓高宗:"尔于勣无恩,今以事出之,我死,即授以仆射。"高宗从之。及废皇后,立武昭仪,召勣与长孙无忌、褚遂良计之,勣称疾不至。帝曰:"皇后无子,罪莫大于绝嗣,将废之。"遂良等不可。他日勣见,帝曰:"将立昭仪,而顾命大臣皆以为不可,今止矣。"曰:"此陛下家事,不须问外人。"由此废立之议遂定。⑬勣,匹夫之侠也,以死徇人不以为难,至于礼义之重,社稷所由安危,勣不知也。而帝以为可以属幼孤,寄天下,过矣!且使勣信贤,托国于父,竭忠力以报其子,可矣。何至父逐之,子复之,而后可哉!挟数以待臣下,⑭于义既已薄矣。

凡此皆不知道之过也。苟不知道,则凡所施于世,必有逆天理,失人心,而不自知者。故楚昭王惟知大道,虽失国而必复。太宗惟不知道,虽天下既安且治,而几至于绝灭。孔子之所以观国者如此。

[题解]

　　本文和上文一样,是苏辙晚年写作的《历代论》中的一篇。本文来讨论唐太宗李世民的施政得失。关于唐太宗的议论,历代多有,作为一代明君,太宗备受赞誉。但本文却一反常规,提出唐太宗"不知道"的鲜明观点,可以说是别出心裁,让人耳目一新。当然仅仅如此是不够的,关键在于如何自圆其说。于此,苏辙表现出了过人的洞察力,从一些历史事实中觉察到唐太宗的另一面。文章一开始先扬后抑,首先称赞太宗的贤能是"西汉以来,一人而已",又说他是"三代以下,未见其比也"。然后根据太宗身后唐王朝的兴废,断言太宗"未闻大道",对比鲜明,引起读者阅读的欲望。但文章并没有顺流而下,而是先宕开一笔,转而举出了文治武功都不足以和太宗相比的楚昭王的例子,从正面说明什么是"知大道"的君王。接着才进入正题,举出四件太宗处理不当、遗患无穷的例子,来证明太宗之"未闻大道"。这些例证确凿有力地支持着作者的观点,让读者不得不认同之。文章观点鲜明,逻辑结构相当清晰,如老吏断狱,鞭辟入里,具有很强的说服力,是议论文章的高明之作。

[注释]

　　①刑措:搁置刑法不用。指整个国家几乎没有犯罪需要用刑的人。②武氏之乱:指武则天以女主改唐为周,变乱李唐天下之事。武则天(624—705),高宗李治皇后,高宗死,废黜中宗和睿宗,改国号为周,登基为帝。子孙为戮,不绝如线:指武则天将李氏皇室子孙诛绝殆尽一事。据《旧唐书》卷六《则天皇后本纪》:"宗室诸王相继诛死者,殆将尽矣。其子孙年幼者咸配流岭外,诛其亲党数百余家。"③"昔楚昭王有疾"一节:文见《左传》昭公六年。河为祟:河(黄河)神为祟。望:祭祀之名,祭祀山川,遥望而祭。江、汉、睢(沮)、漳:皆水名,江经南郡、江夏、弋阳、安丰,汉经襄阳至江夏安陆县入江,睢经襄阳至南郡枝江县入江,漳经襄阳至南郡当阳县入江,是四水皆在楚界也。不穀:不善。古代君王自称的谦辞。周史:周天子的太史,掌管典籍。禜(yǒng):古代一种祈求神灵消除灾祸的祭祀。令尹:楚国官名,相当于诸侯国的相。司马:掌军政和军赋的官。④"贞观之间"一节:

唐太宗贞观（627—649）年间，频频和外族作战，贞观四年生擒颉利可汗，灭突厥；贞观九年，平吐谷浑；贞观十四年，平高昌；贞观十八年，不顾魏徵、褚遂良等劝谏，亲征高丽。仅而克之：仅仅是战胜而已。⑤太子承乾（？—645）：唐太宗嫡长子，母文德皇后。太宗即位，立为皇太子。太宗后宠爱魏王泰，惧被代立，谋变，事泄，废为庶人。魏王泰（618—652）：唐太宗第四子，母长孙皇后。好士，善文辞，受太宗宠幸，后因图谋太子位，被贬。与门下士合著《括地志》等。⑥晋王：即唐高宗李治（628—683），唐太宗第九子，母长孙皇后。贞观五年封晋王，十七年立为太子，650年至683年在位。引佩刀自刺：《新唐书》卷一〇五《长孙无忌传》："太子承乾废，帝欲立晋王，未决，坐两仪殿，群臣已罢，独留无忌、玄龄、勣言东宫事，因曰：'我三子一弟，未知所立，吾心亡聊。'即投床，取佩刀自向，无忌等惊，争抱持，夺刀授晋王，而请帝所欲立。"⑦"帝尝得秘谶"一节：事见《旧唐书》卷八三《李淳风传》。秘谶（chèn）：秘密流传的关于未来会应验的预言、预兆等。李淳风（602—670）：唐岐州雍县（今陕西凤翔）人，自幼研习天算星战之学，贞观初，入太史局，制造浑天黄道仪，编制《麟德历》，编写《晋书》、《隋书》的《天文志》、《律历志》。中微：中途衰微。淫及无辜：枉及无辜。淫，过分。受终易姓：承受帝位，改朝换代。无遗类：没有残存者。⑧以疑似杀李君羡：《旧唐书》卷七三《李君羡传》："李君羡者，洺州武安人也。""太宗即位，累迁华州刺史，封武连郡公。贞观初，太白频昼见，太史占曰：'女主昌。'又有谣言：'当有女武王者。'太宗恶之。时君羡为左武卫将军，在玄武门。太宗因武官内宴，作酒令，各言小名。君羡自称小名'五娘子'，太宗愕然，因大笑曰：'何物女子，如此勇猛！'又以君羡封邑及属县皆有'武'字，深恶之。会御史奏君羡与妖人员道信潜相谋结，将为不轨，遂下诏诛之。"⑨弭：消除。⑩李勣（594—669）：唐曹州离狐（今山东东明）人，本姓徐，名世勣，字懋功，后赐姓李，避太宗讳，单名勣。隋大业末，投奔瓦岗山，追随李密，后归唐。从李世民平窦建德、王世充，破刘黑闼、徐圆朗等，屡立战功，与李靖一起平颉利可汗。封英国公，任兵部尚书。高宗朝，任宰相。⑪李密（582—619）：隋京兆长安人。大业九年（613）反隋，后参加瓦岗山义兵，被推为主公，投唐，后又反唐，兵败被杀。李勣曾为其部下。

《旧唐书》卷七一《李勣传》:"李密反叛伏诛,高祖以勣旧经事密,遣使报其反状。勣表请收葬,诏许之。勣服衰绖,与旧僚吏将士葬密于黎山之南,坟高七仞,释服而散,朝野义之。"⑫单雄信(?—621):隋东郡(今河南滑县)人。随翟让起兵反隋,后归李密。兵败,降王世充,后被李世民所杀。李勣与其友善。《旧唐书》卷七一《李勣传》:"初平王世充,获其故人单雄信,依例处死,勣表称其武艺绝伦,若收之于合死之中,必大感恩,堪为国家尽命,请以官爵赎之。高祖不许,临将就戮,勣对之号恸,割股肉以啖之,曰:'生死永诀,此肉同归于土矣。'仍收养其子。"⑬疾革(jí):病情危急。仆射(yè):尚书省左右仆射,为尚书省长官,唐代前期为宰相。"及废皇后"一节:事见《旧唐书》卷八〇《褚遂良传》。褚遂良(596—658),字登善,钱塘(今浙江杭州)人,贞观中,迁谏议大夫,后拜中书令,受太宗顾命辅立高宗,封河南郡公。高宗朝为尚书右仆射,因反对废后立武昭仪,贬爱州刺史,卒。为初唐著名书法家,与虞世南、欧阳询、薛稷并称初唐书法四大家。长孙无忌(?—659),唐河南洛阳人。太宗长孙皇后兄,贞观中,拜尚书右仆射,封赵国公。后与褚遂良受诏辅立高宗,进太尉,同中书门下三品。反对立武昭仪,后被诬谋反,流黔州,逼令自缢。顾命大臣:顾命,本为《尚书》篇名,是周成王的临终遗命,顾命大臣指受先王的遗命辅佐新主的大臣。⑭挟数:使用权术。

[译文]

唐太宗的贤明,从西汉以来,没有人能够超过他。举贤任能,将相没有不称职的,恭敬节俭,天下几乎到了不用刑法的地步。从夏商周三代以来,没有见到可以比上他的。然而皇位传给儿子,到了孙子一辈,就遭遇了武则天的祸乱,子孙被杀戮殆尽,子嗣几乎断绝。后世推究其中的缘故却不明就里。在我看来,可惜的是他没有懂得治国的大道啊!

过去楚昭王害病,占卜的结果是:"河神作祟。"大夫们请求在郊野祭祀河神,楚王说:"三代时的祭祀礼仪规定,祭祀不超越本国的山川河流。江水、汉水、睢水、漳水,是楚国所要祭祀的河流。祸福的到来，不会越过这些地方。我即使没有德行，也不会得罪河神。"于是就没有进行祭祀。等他快要死的时候，有像红色鸟群一样的云彩绕着太阳飞了三天。楚王派人询问周天子的太史，太史说："那灾殃恐怕要落在大王自己身上了。如果禳祭，可以把灾殃转移到令尹或司马的身上。"楚王说："为了禳除心腹的疾病，却把它转移到大腿和胳膊上，有什么益处呢？我如果没有大的过错，上天难道会让我夭折吗？一定是我有大罪，上天才惩罚我，又能把过错转移到哪里呢？"也不进行禳祭。孔子听到这件事，就说："楚昭王懂得大道啊！他没有失去国家，是应该的啊！"

我看唐太宗的所作所为，那不合大道的地方多啦，他怎能免掉后患呢？

贞观年间，天下已经平定，太宗又开始征讨四周的夷族，灭掉突厥，荡平高昌，残破吐谷浑，军队四处克敌，务必取胜而不知道停止。最后亲自出征高丽，大臣竭力劝谏却不听从，仅仅能够取胜罢了，他比隋代文帝、炀帝强的，是侥幸取得一次胜利而已。然而太宗却安心这样去做，推究其中的原因，也不过想夸耀于当时，比高于后世罢了。

长子承乾立为太子已经十多年，太宗又宠爱魏王李泰，导致兄弟互相倾轧。太子承乾被废以后，晋王李治是嫡子。太宗想立魏王泰，却要他以后传位给晋王，心中犹豫不能决断，以至于拿佩刀自己刺杀自己，幸亏大臣及时相救才停下来。父子之间，因为宠爱的缘故，轻易地废立，以致到了这个地步。

太宗曾经得到一个秘密的预言，说唐朝以后必然中途衰微，有个武姓的女子要代替李氏称帝。太宗拿这来问李淳风，想找到这个人杀了她。李淳风说："那征兆已经形成了，已经在皇帝的宫中了。这是天命，是去不掉的。只会因为和谶言相似白白地杀人，累及无辜。况且从现在后推四十年，这个人已经年老了，年纪大了就会变得仁慈，即使登上帝位，改朝换代，必然不能断绝李氏的子嗣。如果杀了她又生出一个年轻力壮的，嗜杀成性，那李氏子孙就一个也活不了了。"太宗听从了他的话停止追查。但仍然因为怀疑李君羡和谶言相似而借机杀了他。天命不可改变，只有通过修养道德或许能够改变，然而太宗想通过杀人来消除天命，难啊！

太宗年老的时候，准备选择大臣来辅佐少主李治。李勣从平民布衣起家，忠诚有力，刚劲果敢，有侠义的气节，曾经跟随李密，和单雄信友好。李密兵败的时候，他不忍心拿李密占据的地方寻求私利。李密死了以后，李勣不废弃对于自己过去君主的礼节。单雄信临刑之前，李勣割下自己的大腿肉给他吃，表示自己和单雄信同死的意思。太宗因为这些事情认为李勣可以任用，病危时对高宗李治说："你对李勣没有恩德，现在我找一件事将他贬出去，我死了以后，你就任命他做仆射。"高宗听从了。等到高宗要废掉皇后，立武昭仪为皇后，召见李勣和长孙无忌、褚遂良来商议，李勣托病不来。高宗说："皇后没有子嗣，最大的罪过莫过于断绝子嗣，打算废掉皇后。"褚遂良等不同意。后来李勣来见高宗，高宗说："打算立武昭仪为皇后，但顾命大臣都认为不行，现在只好停下来。"李勣说："这是陛下家里的事，不必征求外人的同意。"因此废皇后立武昭仪的计划就这样确定了。李勣，不过是普通的侠客罢了，用死来报答恩人，这并不是多困难的事；至于事关国家安危的重要礼仪，李勣就不知道了。但太宗却认为可以把幼主、把天下托付给他，那就错啦！况且假使李勣真的贤能，父亲把国家托付给他，他竭尽忠心和力量来报答这位父亲的儿子，也就可以啦。何至于父亲驱逐他，然后让儿子来恢复他的职位，才可以尽忠于幼主呀！用权术来操纵臣下，那恩义就已经浅薄了。

以上这些都是太宗不知大道的过错啊！如果不懂得治国的大道，那凡是所施行的事情，必定有违背天理，失掉人心，然而自己却不知道的。所以楚昭王只因为懂得大道,即使曾经失掉了国家,也必然能复国。太宗只因为不懂得大道,即使天下已经安定大治,却几乎到了亡国的地步。孔子就是这样来观察一个国家的。

史官助赏罚论

域中有三权:①曰天,曰君,曰史官。圣人以此三权者制天下之是非,而使之更相助。

夫惟天之权而后能寿夭祸福天下之人,而使贤者无夭横穷困之灾,②不贤者无以享其富贵寿考之福。然而季次、原宪,古所谓贤人者也,伏于穷阎之下,布衣饘粥之不给。③盗跖、庄蹻,④横行于天下,食人之肝以为粮,而老死于牖下,不见兵革之祸。如此,则是天之权有时而有所不及也。故人君用其赏罚之权于天道所不及之间,以助天为治。然而赏罚者,又岂能尽天下之是非!而赏罚之于一时,犹惧其不能明著暴见于万世之下,⑤故君举而属之于其臣,⑥而名之曰"史官"。

盖史官之权,与天与君之权均,大抵三者更相助,以无遗天下之是非。故荀悦曰:"每于岁尽,举之尚书,以助赏罚。"⑦夫史官之兴,其来尚矣。⑧其最著者,在周曰佚,⑨在鲁曰克,⑩在齐曰南氏,⑪在晋曰董狐,⑫在楚曰倚相。⑬观其为人,以度其当时之所书,必有以助赏罚者。然而不获见其笔墨之所存,以不能尽其助治之意。独仲尼因鲁之史官左丘明而得其载籍,以作为《春秋》,是非二百四十二年,虽其名为经,而其实史之尤大章明者也。⑭故齐桓、晋文有功于王室,王赏之以侯伯之爵,征伐四国之权,而《春秋》又从而屡进之,此所以助乎赏之当于其功也。吴、楚、徐、越之僭,皆得罪于其君者也,而《春秋》又从而加之以斥绝摈弃不齿之辞,此所以助乎罚之当于其罪也。若夫当时赏罚之所不能及,则又为之明言其状,而使后世嗟叹痛惜之不已。

呜呼!贤人君子之功烈与夫乱臣贼子罪恶之状,于此皆可以无忧其无闻焉。是故古者圣人重史官。当汉之时,号曰太史令,而其权在丞相之上,郡国计吏,上计于太史,而后以其副上于丞相、御史。夫惟知其权之可以助赏罚也,故从而尊显之。然则后之史官,其可以忽哉!

[题解]

本文是苏辙应试时所写的举业文字,收入《栾城应诏集》卷一一中,原书标为《秘试论一》首。这一卷中另外收有《秘阁试论六首》,是苏辙参加制举考试时写作的试卷。虽然是应试的举业文字,历来不太受到重视,但本文仍然具有重要的意义。一方面表现了苏辙独到的见识,提出了史官的权力是可以和天权、君权相提并论的第三种权力,他说天的权力也有不能到达的地方,君主的权力同样也不是万能的,在天权和君权到达不了的地方,只有史官的权力才可以达到。这可以说是对史官权力作用的最高赞美。当然背后也有对天权、君权不公、无能的隐隐批判。实际上也是提出了有所谓一时的是非,更有万世的是非,权力可以判定一时的是非,而只有历史的权力才能判定万世的公是公非。这可以说是一种相当大胆的见解。另一方面,本文在表达上同样显示了苏辙高超的论述技巧。其中心是为了论述史权,但开头很大一部分却是论说天权和君权,而其重点又是在论述天权和君权的不及之处,这就为下文论述史权之重要性奠定了良好的基础。文章短小精悍,论证有力,所以王文濡评本文说:"子由举业文字中最有光焰者。"

[注释]

①域中:宇中,天地之间。《道德经》第二十五章:"域中有四大。"注:

四大,道、天、地、王也。②夭横:夭折、横祸。③季次、原宪:皆为孔子弟子。《史记》卷六七《仲尼弟子列传》:公皙哀,字季次。(《孔子家语》云齐人。《家语》作"公皙克"。)孔子曰:"天下无行,多为家臣,仕于都;唯季次未尝仕。"(《家语》云:未尝屈节为人臣,故子特赏叹之。)原宪(郑玄曰鲁人。《家语》云:宋人。少孔子三十六岁),字子思。孔子卒,原宪遂亡在草泽中。(《家语》云:隐居卫。)子贡相卫,而结驷连骑,排藜藿入穷阎,过谢原宪。宪摄敝衣冠见子贡。子贡耻之,曰:"夫子岂病乎?"原宪曰:"吾闻之,无财者谓之贫,学道而不能行者谓之病。若宪,贫也,非病也。"子贡惭,不怿而去,终身耻其言之过也。《史记》卷一二四《游侠列传》:"及若季次、原宪,闾巷人也,读书怀独行君子之德,义不苟合当世,当世亦笑之。故季次、原宪终身空室蓬户(《庄子》云:原宪处居环堵之室,蓬户不完。以桑为枢而瓮牖,上漏下湿,独坐而弦歌)也,褐衣疏食不厌(不餍。餍,饱也)。死而已四百余年,而弟子志之不倦。"穷阎:僻陋的闾阎小巷。饘(zhān)粥:厚粥,稠的粥。不给(jǐ):不能供给。④盗跖(zhí):春秋时期的大盗。先秦典籍中多有记载。《庄子》有《盗跖》一篇,乃寓言故事,不足尽信。其中说:"孔子与柳下季(即柳下惠)为友,柳下季之弟名曰盗跖。盗跖从卒九千人,横行天下,侵暴诸侯。穴室枢户,驱人牛马,取人妇女。贪得忘亲,不顾父母兄弟,不祭先祖。所过之邑,大国守城,小国入保,万民苦之。"庄蹻(jué):战国时期楚国人。先秦典籍中有不同记载。《史记》卷二三《礼书》:"庄蹻起,楚分而为四。"卷一一六《西南夷列传》:"始,楚威王时,使将军庄蹻将兵循江上略巴蜀黔中以西。庄蹻者,故楚庄王苗裔也。蹻至滇池,地方三百里,旁平地肥饶数千里,以兵威定属楚。欲归报,会秦击夺楚巴黔中郡,道塞不通,因还。以其众王滇,变服从其俗,以长之。"⑤明著暴见:清楚明白地显现。⑥举而属之:拿来交给,托付。⑦荀悦(148—209):字仲豫,颍川颍阴(今河南许昌)人,东汉末年的政论家和史学家,著有《申鉴》五篇,《汉纪》三十篇。《后汉书》卷六二《荀悦传》:"帝好典籍,常以班固《汉书》文繁难省,乃令悦依《左氏传》体以为《汉纪》三十篇,诏尚书给笔札。辞约事详,论辩多美。"本文所引的话见于本传,引用其《申鉴》中的话。其中讲到史之重要性:"又古者天子诸侯有事,必告于庙。

庙有二史，左史记言，右史书事。事为《春秋》，言为《尚书》。君举必记，善恶成败，无不存焉。下及士庶，苟有茂异，咸在载籍。或欲显而不得，或欲隐而名章。得失一朝，而荣辱千载。善人劝焉，淫人惧焉。宜于今者备置史官，掌其典文，纪其行事。每于岁尽，举之尚书。以助赏罚，以弘法教。"⑧史官之兴，其来尚矣：史官的设置，时间很悠久了。⑨在周曰佚：西周的史官尹佚。《国语·晋语》载胥臣曰："文王访于辛、尹（辛甲、尹佚，二人皆周太史）。"⑩在鲁曰克：春秋时期鲁国的史官，名叫克。《左传》文公十八年（前609）："公问其故，季文子使大史克对曰。"《诗经·鲁颂·駉》小序"《駉》，颂僖公也。僖公能遵伯禽之法，俭以足用，宽以爱民，务农重谷，牧于坰野，鲁人尊之。于是季孙行父请命于周，而史克作是颂。"郑玄笺云："季孙行父，季文子也。史克，鲁史也。"⑪在齐曰南氏：春秋时期齐国的良史。《左传》襄公二十五年（前548）：齐国大夫崔杼弑齐庄公，太史书曰："崔杼弑其君"，崔杼杀之；其弟又书，崔杼又杀之；其次弟又书，崔杼又杀之。齐国史氏有别居于南境曰南史氏者，闻太史迭为崔杼所杀，恐正义不伸，乃执简（古代史编削竹为之，大者曰策，小者曰简）入齐都，欲继言之，至都，则崔杼已止不杀，其弑君之罪，已得书矣，乃还南境。⑫在晋曰董狐：春秋时期晋国的良史。《左传》宣公二年（前607）：晋灵公欲杀赵盾，赵盾奔齐，其从子赵穿攻灵公于桃园，弑之，赵盾犹未出境，闻之而返，亦不讨赵穿弑君之罪，太史董狐记载说："赵盾弑其君"以示于朝。赵盾说："非我也，穿也。"董狐说："子为正卿，亡不出境，反不讨贼，非子弑君而何？"孔子说："董狐，古之良史也，书法不隐！"⑬在楚曰倚相：春秋时期楚国史官。《左传》昭公十二年（前530）："左史倚相趋过。王曰：'是良史也，子善视之。是能读《三坟》、《五典》、《八索》、《九丘》（注：皆古书名）。'"⑭"独仲尼因鲁之史官"一节：指孔子作《春秋》。语出《孟子·滕文公下》："世衰道微，邪说暴行有作，臣弑其君者有之，子弑其父者有之，孔子惧，作《春秋》。《春秋》，天子之事也。是故孔子曰：'知我者其惟《春秋》乎，罪我者其惟《春秋》乎？'""孔子成《春秋》而乱臣贼子惧。"

[译文]

　　天地之间有三种权力：天、君主、史官。圣人用这三种权力来裁断天下的是非，而且使他们互相更替制约。

只因有天这种权力的存在，所以能够使天下人或长寿或夭折，或享福或受灾，从而可以使那些贤能的人不遭遇夭折横祸贫穷困苦的灾祸，不贤能的人也不能享受富贵长寿的福分。然而像季次、原宪这样的古来所谓的贤人，退隐于穷街小巷，粗布衣、稠一点的粥都无法供给。而像盗跖、庄蹻这样的人却横行于天下，使用人肝作为食粮，然而却能无灾无祸，老死家中，没有受到惩罚。像这些，就是天的权力有时候也有达不到的地方。因此君主用他们赏罚的权力在天的权力到不了的地方，来帮助天的治理。然而君主的赏罚，难道就能穷尽天下的是非吗？何况赏罚只是一时的事情，还惧怕它不能够显露于万世之后，所以君主就把这个事情完全托付给他的臣子，而把这种官员称为"史官"。

因此，史官的权力和天、君主的权力相等，大致来说这三种权力互相更替补充，就可以使天下的是非无所遗漏。所以荀悦说："每到岁末，史官就把一年的记录上交给尚书省，来确定相关的赏罚。"史官一职的兴起，时间是很悠久的。其中最有名的，在周朝有叫做佚的史官，在鲁国有叫做克的史官，在齐国有叫做南氏的史官，在晋国有叫做董狐的史官，在楚国有叫做倚相的史官。看他们的为人，来猜度当时他们所记载的史事，必定有些方面能够帮助君主进行赏罚。然而现在已经看不到他们的记载了，因而也不能知道他们是如何尽到他们帮助君主赏罚的权力的。只有孔子借着鲁国史官左丘明所记载的鲁国史书，来写作《春秋》，对于这二百四十二年间的历史进行是非褒贬，虽然它的名字叫做经，而它实际上是尤为明显昭著的史书啊。因此，齐桓公、晋文公对周王室立下大功，周天子用侯爵、伯爵的爵位来赏赐他们，赋予他们征讨四方诸侯国的权力，而在《春秋》一书里又从而屡次地表彰他们，这就是史书帮助天子褒赏那些有功的。吴国、楚国、徐国、越国这些僭越的国家，都是得罪天子的，而在《春秋》一书中又从而对它们进行斥责、摈弃，不把它们列入同等的行列，这就是史书帮助天子来惩罚那些有罪的诸侯国。如果是当时的赏罚所没有来得及实行的，就在《春秋》里明白地记载他们的功过，使后世的人们为之感叹、义愤不已！

唉！贤人君子的丰功伟绩和那些乱臣贼子的罪恶行径，由此都可以不用担忧不传到后世了。因此古代的圣人非常重视史官。在汉代，史官名为太史令，他的权力还在丞相之上。郡国每年上报情况的官员，首先把各地的情况上报给太史令，然后才把那副本上报给丞相和御史大夫。只因为知道史官的权力可以用来帮助君主的赏罚，所以使他处于尊荣显耀的地位。既然如此，对于后代的史官，怎可以忽视呢？

君术策五

臣闻事有若缓而其变甚急者，天下之势是也。天下之人，幼而习之，长而成之，相咻而成风，①相比而成俗，纵横颠倒，纷纷而不知以自定。当此之时，其上之人刑之则惧，驱之则听，其势若无能为者。然及其为变，常至于破坏而不可御。故夫天子者，观天下之势而制其所向，以定其所归者也。

夫天下之人，弛而纵之，拱手而视其所为，则其势无所不至。其状如长江大河，日夜浑浑，趋于下而不能止，抵曲则激，激而无所泄，则咆勃溃乱，荡然而四出，坏堤防、包陵谷，汗漫而无所制。②故善治水者，因其所入而导之，则其势不至于激怒垒涌而不可收。③既激矣，又能徐徐而泄之，则其势不至于破决荡溢而不可止。然天下之人常狎其安流无事之不足畏也，而不为去其所激；观其激作相蹙，溃乱未发之际，④而以为不至于大惧，不能徐泄其怒，是以遂至横流于中原而不可卒治。

昔者天下既安，其人皆欲安坐而守之，循循以为敦厚，默默以为忠信。⑤忠臣义士之义愤闷而不得发，豪俊之士不忍其郁郁之心，起而振之。而世之士大夫好勇而轻进、喜气而不慑者，⑥皆乐从而群和之，直言忤世而不顾，直行犯上而不忌。今之君子累累而从事于此矣。然天下犹有所不从，其余风故俗犹众而未去，相与抗拒，而胜负之数未有所定，邪正相搏，曲直相犯，二者溃溃而不知其所终极，盖天下之势已小激矣。而上之人不从而遂决其壅，臣恐天下之贤人，不胜其忿而自决之也。夫惟天子之尊，有所欲为，而天下从之。今不为决之于上，听其自决，则天下之不同者，将悻然而不服。⑦而天下之豪俊，亦将奋踊不顾而决之，发而不中，故大者伤，小者死，横溃而不可救。譬如东汉之士，李膺、杜密、范滂、张俭之党，慷慨议论，本以矫拂世俗之弊，而当时之君，不为分别天下之邪正以快其气，而使天下之士发愤以自决之，而天下遂以大乱。⑧由此观之，则夫英雄之士，不可以不少遂其意也。⑨

是以治水者，惟能使之日夜流注而不息，则虽有蛟龙鲸鲵之患，⑩亦将顺流奔走，奋迅悦豫，⑪而不暇及于为变。苟其潴畜浑乱，壅闭而不决，则水之百怪皆将勃然放肆，求以自快其意而不可御。⑫故夫天下亦不可不为少决，以顺适其意也。

[题解]

《君术策五》是苏辙嘉祐五年（1060）应制举考试时所进献的五十篇策论之一。五十篇策论有进论二十五篇，进策二十五篇。收在苏辙的《栾城应诏集》卷一至卷十。其中进策包括《君术》五道，《臣事》十道，《民政》十道，反映了苏辙早期对于宋代政治状况及其对策的系统看法。

本文论述人君驾驭天下之术，在于善于把握天下的大势，并且要善于防微杜渐，将隐患消除于萌芽之时，否则，最终会造成天下横溃的严重局面。作者以水为喻，从两个方面来讲：一方面，当水安流无恙之时，要敏锐地觉察是否有阻碍水势畅通的暗礁山石，在水势一遇到阻碍，水流不畅的时候就要着手清除阻碍，不至于酿成大的溃决。另一方面，当水流已经潴积，危险迫在眉睫时，更不能视而不见，应该积极地疏导宣泄，将损失减到最小化。作者对水的描写实际上是在描写社会现象，特别是把水的壅塞比作社会上士气的郁积，正义的士气长期得不到疏导宣泄，必将导致社会的动荡不安。所以作者的结论是对于"英雄之士，不可以不少遂其意也"。"天下亦不可不为少决，以顺适其意也。"提醒统治者不应该无所作为，对于正义的呼声视而不见，更不应打击、压制正义的呼声。这种理论来自《国语》中的周厉王"弭谤"的故事，而在宋代重新提出，是具有积极的现实意义的。文章本身也气势充沛，浑浩流转，如长江大河，是苏辙为文提倡养气的一个体现。

[注释]

①相咻（xiū）：互相喧闹吵嚷。②抵曲：受到阻挡而转变流向。咆勃：咆哮。包陵谷：淹没丘陵山谷。汗漫：漫无边际，浩瀚无边。③坌（bèn）涌：奔涌，喷涌。④激作相蹙：互相撞击，互相蹙踏。蹙，通"蹴"，踩、踏。⑤循循以为敦厚，默默以为忠信：随顺世俗以为就是敦厚，默默不言以为就是忠实诚信。⑥不慑：不被震慑，不屈服。⑦悻然：怨恨愤怒的样子。⑧"譬如东汉之士"一节：指东汉末年以李膺等为代表的一批清议之士不满宦官专权，起而议政，表示反对，后遭到宦官的镇压和屠戮，大兴党锢之祸，最终造成汉末社会的大乱。李膺（110—169），字元礼，颍川襄城人。汉桓帝时累官至司隶校尉，后为宦官诬陷下狱。灵帝时又与陈蕃、窦武等谋诛宦官，事败被诛。杜密（？—169），字周甫，颍川阳城人。为地方官时曾捕治为非作歹的宦官子弟，与李膺齐名，陈蕃等谋诛宦官曹节、王甫，反为所杀。宦官杀膺等百余人，密自杀。范滂（137—169），字孟博，汝南征羌人。桓帝时为清诏使，每至州境，贪官污吏闻风离去。以得罪宦官，系黄门北寺狱，事释得归。灵帝建宁二年（169），大捕党人，诏下捕滂，自诣狱死。张俭（115—198），字元节，山阳高平人。桓帝时，请诛宦官侯览等，被诬结党，被迫亡命。望门投止，后李笃说外黄令毛钦送俭出塞。中平元年（184）党事解，得还乡里。⑨少遂其意：稍微地顺适他们的心意。⑩鲸鲵：即鲸鱼，雄曰鲸，雌曰鲵。⑪悦豫：喜乐。⑫潴（zhū）蓄：水流停聚蓄积。

[译文]

臣听说，有的事情看起来演化似乎很缓慢，但它一旦发生变化的时候，却又异常迅速。天下的大势就是这样的。天下人，幼年的时候让他们学习，长大以后教他们按照成人的标准行事。大家在彼此的喧闹呼叫声中慢慢养成一种风气，在相互随从当中逐渐造就一种习俗。但这样的群体却是涣散的。人们向各个方向涌动的都有，乱纷纷的一片，难以形成一股势力。在这种时候，那上面的统治者惩罚他们，他们就会恐惧；驱逐他们，他们就会顺从，那样子看起来好像不能有所作为。然而一旦等到他们出来变乱，常常至于破坏巨大而不可防御。所以，做天子的，应该是观察天下的趋势然后制定发展的方向，来确定天下归从的人。

那天下的人民，如果让他们宽弛而放纵，拱手不管，任其为所欲为，那他们势必会无所不至。那情形就像长江大河，日日夜夜，浑浩流转，流向下游不能止息。一旦受到阻挡，转变流向，就会激荡不已，激荡不已又得不到宣泄，就会向四处漫溢。结果，冲垮了堤岸，淹没了丘陵山谷，浩瀚汪洋，再也无法控制。

所以，善于治水的人，总是顺着水的流向而疏导它。这样，水流就不至于变得湍急奔涌而不可驾驭。而假如水流已经出现了湍急的情况，则又能够慢慢地让它排泄。这样，就不至于发生冲决堤岸、四处漫溢而不可控制的局面。然而天下的人们常常在长江大河安然流淌没有什么灾祸的时候，轻视狎玩，认为没有什么可怕的，而不去考虑去除那造成激荡的隐患；当看到水流相激荡，相蹙踏，还未发生溃乱的时候，认为不值得过于恐惧，这个时候不能缓缓地宣泄水流的怒气，因此最终造成了横流原野而无法根治。

过去天下安定以后，那些人想要安坐无为保守天下，把循规蹈矩当做敦厚，把默默无言当做忠信。使得忠臣义士的愤怒郁闷之气不得发泄，豪迈俊杰之士忍不住心中的郁怒，起来振作士气。而世上那些喜好勇敢轻于进取、气盛而不容易被震慑的士大夫都乐于跟从他们群起而唱和，正直敢言忤逆世俗而在所不顾，刚直而行触犯圣上而毫不忌讳。现今的君子成群结队地来做这种事。只不过天下的人们还没有全部起来响应他们。这是因为，旧的风俗习惯还在许多方面留存着，并没有完全消除。这样，新旧两种思想和势力就在社会上形成对抗，谁胜谁负，一时还难以预料。结果，那正曲直的双方互相搏击，互相冲突，两种力量交织在一起，乱作一团，谁也不知道最后将会出现什么局面。这种状况说明，天下的形势已经由平静而稍稍转向激荡了。然而，身居高位的人却不顺应趋势，对这种堵塞现象加以疏导。臣恐怕天下一些贤能的人将抑制不住他们的愤怒情绪，要自己起来冲决堵塞的障碍了。世上只有国君凭借自己的威严，想干什么事情的时候，天下的人们才会全部听从。现在上边不加疏导，却听任下边的人们自己冲突。这样，那部分并不赞同的人便会愤愤不平，心中不服；而天下的豪杰俊迈之士，也会奋勇不顾而冲决堤坝，怒气喷发如果不能成功，大的就会受伤，小的也会死亡，横然溃决无法挽救。比如，东汉时的李膺、杜密、范滂、张俭这些人，慷慨议论，本意只是想矫正世俗的弊病。然而，当时的国君却对那正和邪的势力不加区分，使正气得不到伸张，天下的有识之士不得不奋起而自行冲决障碍，结果便造成了天下大乱的局面。

由此看来，对于天下的英雄豪杰，是不能不适当地顺从他们的意愿的。

所以治水的人，只要能使水流日夜不停地流淌，那即使有蛟龙和鲸鲵那样巨大的怪物，也会顺流奔走，踊跃愉悦，没有工夫来得及制造变乱。即使水流蓄积浑浊，壅塞而不疏决，那水中各种各样的怪物都将会勃然兴起，放肆作怪，寻求自己的快意而致使水流不可阻挡。所以治理天下也不可不稍微地疏通民意，来使人们郁积的心情得到顺应和快适。

臣事策上一

臣闻天下有权臣,有重臣,二者其迹相近而难明。天下之人知恶夫权臣之为,而世之重臣亦遂不容于其间。夫权臣者,天下不可一日而有;而重臣者,天下不可一日而无也。天下徒见其外,而不察其中,见其皆侵天子之权,而不察其所为之不类,是以举皆嫉之而无所喜。此亦已太过也。

今夫权臣之所为者,重臣之所切齿,而重臣之所取者,权臣之所不顾也。将为权臣耶,必将内悦其君之心,委曲听顺,而无所违戾;①外窃其生杀予夺之柄,黜陟天下,②以见己之权,而没其君之威惠。内能使其君欢爱悦怿,无所不顺,而安为之上;外能使其公卿大夫、百官庶吏无所归命,③而争为之腹心。上爱下顺,合而为一,然后权臣之势遂成而不可拔。至于重臣则不然。君有所为,不可而必争;争之不能,而其事有所必不可听,则专行而不顾。待其成败之迹著,则上之心将释然而自解。其在朝廷之中,天子为之踧然而有所畏,④士大夫不敢安肆怠惰于其侧。爵禄庆赏,己得以议其可否,而不求以为己之私惠;刀锯斧钺,⑤己得以参其轻重,而不求以为己之私势。要以使天子有所不可必为,而群下有所震惧,而己不与其利。何者?为重臣者,不待天下之归己,而为权臣者,亦无所事天子之畏己也。故各因其行事而观其意之所在，则天下谁可欺者？臣故曰：为天下安可一日而无重臣也？且今使天下而无重臣，则朝廷之事，惟天子之所为而无所可否。虽使天子有纳谏之明，而百官畏惧战栗，无平昔尊重之势，谁肯触忌讳，冒罪戾，而为天下言者？惟其小小得失之际，乃敢上章欢哗而无所惮，⑥至于国之大事、安危存亡之所系，则将卷舌而去，谁敢发而受其祸？此人主之所大患也。悲夫！后世之君，徒见天下之权臣出入唯唯，以其有礼，而不知此乃所以潜溃其国；徒见天下之重臣，刚毅果敢，喜逆其意，则以为不逊，而不知其有社稷之虑。二者淆乱于心而不能辨其邪正，是以丧乱相仍而不悟，何足伤也！昔者卫太子聚兵以诛江充，武帝震怒，发兵而攻之京师，至使丞相、太子相与交战，不胜而走，又使天下极其所往，而蔪灭其迹。⑦当此之时，苟有重臣，出身而当之，拥护太子，以待上意之少解，徐发其所蔽而开其所怒，则其父子之际，尚可得而全也。惟无重臣，故天下皆能知之而不敢言。

臣愚以为，凡为天下，宜有以养其重臣之威，使天下百官有所畏忌，而缓急之间，能有所坚忍持重而不可夺者。窃观方今四海无变，非常之事宜其息而不作，然及今日而虑之，则可以无异日之患。不然者，谁能知其果无有也，而不为之计哉！抑臣闻之，今世之弊，弊在于法禁太密，一举足不如律令，法吏且以为言，而不问其意之所属。是以虽天子之大臣，亦安敢有所为于法律之外以安天下之大事？故为天子之计，莫若少宽其法，使大臣得有所守，而不为法之所夺。昔申屠嘉为丞相，至召天子之幸臣邓通，立之堂下而诘责其过。是时通几至于死而不救，天子知之，亦不为怪。而申屠嘉亦卒非汉之权臣。⑧由此观之，重臣何损于天下哉！

[题解]

《臣事策》是苏辙嘉祐五年（1060）应制举考试时所进献的五十篇策论中的一个部分，共十篇。本文是《臣事策》中的第一篇，中心在于论述国家不可一日无重臣，并且应该宽法度以使重臣能够养威持重，以便当天下缓急之间、遇非常之事时，能够坚忍持重，折冲御侮，置天下于磐石之安。由于重臣和权臣之间迹象相近，所以不易分辨清楚，因而为历代帝王所不喜，也为天下人所不容，这是封建时代一个极其敏感的问题，故而苏辙在文章前半部分着力分辨重臣和权臣之区别，认为通过观其所作所为，明察其意图心迹，重臣、权臣的区别是不难分辨的。然后举汉武帝时父子之间发生冲突，而没有重臣为之一言，最终酿成悲剧的事情再次说明国家不可一日无重臣的观点。文章后半部分则重在说明如何养成重臣的威严，关键在于宽法度，给重臣一定的专断的空间。又以汉文帝时丞相申屠嘉折辱文帝宠臣邓通为例，说明重臣之所作所为正是为了朝廷的尊严，于国家无损。

茅坤认为"子由重臣一议，则千古绝调"；《御选唐宋文醇》认为本文虽为场屋之文，然而"分剖确切，有补治道"。都对本文给予了较高的评价。说明本文所论，是具有比较重要的现实意义的。

[注释]

①违戾：抵触，不一致。②黜陟：进退，升降。③归命：归服，归顺。④踧（cù）然：恭敬小心的样子。⑤刀锯斧钺：皆为古代的刑具，这里代指刑罚。⑥欢哗：喧哗。⑦"昔者卫太子聚兵以诛江充"一节：卫太子（前128—前91），汉武帝长子刘据，卫皇后所生，元狩元年（前122）立为太子。武帝晚年多疑，以为左右多行巫蛊诅咒者，江充和太子有隙，诬告太子巫蛊事，太子惧，斩江充，发兵反，和丞相战，兵败逃亡，后自经而死。江充，汉赵郡人，本名齐，因畏罪逃亡，改名充，受到汉武帝宠幸，专治巫蛊事，被卫太子斩杀。事见《汉书》卷六三《戾太子传》、卷四五《江充传》。⑧"昔申屠嘉为丞相"一节：《汉书》卷四二《申屠嘉传》："是时，太中大夫邓通方爱幸，赏赐累巨万。文帝常燕饮通家，其宠如是。是时，嘉入朝而通居上旁，有怠慢之礼。嘉奏事毕，因言曰：'陛下幸爱群臣则富贵之，至于朝廷之礼，不可以不肃！'上曰：'君勿言，吾私（私下教戒）之。'罢朝坐府中，嘉为檄召

通诣丞相府,不来,且斩通。通恐,入言上。上曰:'汝第(但)往,吾今使人召若。'通至丞相府,免冠,徒跣,顿首谢嘉。嘉坐自如,弗为礼,责曰:'夫朝廷者,高皇帝之朝廷也,通小臣,戏殿上,大不敬,当斩。史(丞相府令史)今行斩之!'通顿首,首尽出血,不解。上度丞相已困通,使使持节召通,而谢丞相:'此语弄臣,君释之。'邓通既至,为上泣曰:'丞相几杀臣。'"申屠嘉(?—前155),梁(今河南商丘)人,曾随高皇帝征战,汉文帝时拜为丞相,为人廉直,景帝时,反对晁错变更法令,愤而呕血死。邓通,蜀郡南安(今四川乐山)人,受到汉文帝宠幸,赏赐无数,又将蜀地严道铜山赏赐给他,任其铸钱,景帝时,免归,后穷饿而死。《汉书》卷九三《佞幸列传》有传。

[译文]

臣听说,天下有所谓权臣,有所谓重臣,权臣和重臣的所作所为很接近因而难以分辨清楚。天下的人们都知道憎恶权臣的所作所为,从而使世上的重臣也就因此不能被人容忍。所谓的权臣,是天下一天也不能有的;而所谓的重臣,却是天下一天也不能没有的。天下的人徒然看见他们的外表,却不能洞察他们的内心;只看见他们都会侵夺天子的权力,却不能洞察他们的所作所为并不是同类的事情,因此对于权臣和重臣都一起嫉恨而不喜欢。这实在是大错特错了。

那权臣的所作所为,正是重臣所切齿痛恨的;而重臣所想达到的,也是权臣所不屑一顾的。想要做权臣的人,必定会对内博得皇帝的欢心,委屈恭顺,不敢有丝毫违背;对外则窃取皇帝的生杀予夺的大权,进退升降天下的官吏,以显示自己的大权,从而吞没了皇帝的威严与恩惠。对内能够使皇帝欢心喜悦,没有什么事情不被顺从,安心地在他上面当皇帝;对外又能够使那些公卿大夫、百官小吏无所依靠,只好争先恐后地投靠依附他。这样,上面的皇帝喜欢他,下面的百官顺从他,上下合在一起,然后权臣的威势就形成了,再也不可动摇了。至于那重臣却不是这样。皇帝要做什么事情,他认为不可行的,那就必定要据理力争;争而不得,而这件事情又是绝对不可听从的,那就会独断专行而不再顾及皇帝的命令。等到事情成败的迹象显著的时候,那皇帝的不悦也就会自然消除。他站立在朝廷之上,皇帝面对他也会恭敬谨慎,有所畏惧;士大夫们也不敢在他旁边安适放纵,懈怠偷懒了。对于功名利禄赏赐之事,他能够议论那是否可行,但不求把这当做自己个人的恩惠;对于刑罚处分,他能够参验其轻重是否得当,但不求把这当做自己个人的权势。他们的目的,关键是要使皇帝也不能为所欲为,百官臣僚都能有所畏惧,而自己却并不谋求什么私利。这是为什么呢?因为那做重臣的,用不着天下的人都归顺自己;而那做权臣的,也不需要让皇帝惧怕自己。所以,只要根据权臣、重臣的所作所为来观察他们的意图所在,那天下人有谁是可以欺骗的呢?所以臣说:治理国家,哪里可以一天没有重臣呢?况且假使如今治理国家却没有重臣,那么,朝廷里的事情,就只能是皇帝为所欲为,却不会有人来支持或反对。即使皇帝有采纳建议规劝的贤明之心,但百官心里畏惧,战战兢兢,没有重臣那种平时受尊重的威严和权势,谁愿意触犯忌讳、冒着罪责而为国家的利害说话呢?只有在那些无关紧要的小事情上,才敢呈上奏章,无所顾忌地喧哗吵闹一番。至于面对关系到国家安危存亡的大事,则都将闭口远离,谁敢站出来讲话而遭受灾祸呢?这才是皇帝最大的隐患啊。可悲啊!后代的帝王,只看到天下那些权臣进进出出都唯唯诺诺,以为恭顺有礼,却不知道这正是他们用来无形中破坏国家的伎俩;后代的帝王,只看到天下那些重臣刚毅果敢,总喜欢违背皇帝的意志,就认为他们桀骜不驯,却不知道他们正是为国家社稷考虑。这两者使帝王心里迷惑混淆,不能够分辨哪是邪佞的、哪是刚正的,因此亡国丧权的事情接连不断,却始终不能觉悟,哪里值得悲伤呢?从前,西汉的卫太子聚集军队诛杀江充,汉武帝暴怒,调遣军队到京师攻打他,以至于

臣事策上一

使丞相与太子互相交战，卫太子兵败逃走，武帝又使天下人穷究太子所在，来消灭他的势力。在这个时候，如果有重臣挺身而出，身当重任，保护太子，来等待武帝的怒意稍微宽解，慢慢地使他明白所受的蒙蔽，从而消除他的怒气，那么，他们父子之间的关系还是可以保全的。只因为当时国家没有重臣，所以天下的人尽管都知道事情的真相，却没有人敢出来说话。

愚臣认为，凡是治理国家的，应该有培养重臣尊严的办法，以便使天下大小官僚都有所畏惧忌惮，从而在紧急关头，能够坚毅不拔、忍辱负重而不改变志向。我暗自观察，当今国家没有什么变故，意外的事情理应不会发生。如果能趁现在及早谋划，就可以避免将来的祸患。如果不这样，谁能知道将来肯定不会有意外的事情发生，而不预作考虑呢？况且臣听说，现在国家的弊端，就在于法禁过于严密，一举一动不符合法令要求，执法的官吏就要出来干涉，而不管他的意图究竟是为了什么。因此，即使是皇帝的大臣，也哪里敢在法令之外有所作为，来做安定国家的大事呢？所以，为皇帝考虑，不如稍稍放宽一点法令，使大臣能够有所坚守，而不至于被法令所改变。从前，申屠嘉做丞相，甚至把汉文帝宠幸的大臣邓通召到丞相府，让他站立在堂下，诘问斥责他的罪过。当时，邓通差点被杀掉没救啦，汉文帝知道后也并不因此责怪丞相，而申屠嘉也最终没有成为汉朝的权臣。由此看来，重臣又何损于国家呢！

臣事策上四

臣闻天下之患,无常处也。惟见天下之患而去之,就其所安而从之,则可久而无忧。有浅丈夫见其生于东也,而尽力于东,以忘其西;见其起于外也,而锐意于外,以忘其中。是以祸生于无常,而变起于不测,莫能救也。

昔者西汉之祸,当文、景之世,天下莫不以为必起于诸侯之太强也。①然至武帝之时,七国之余,日以渐衰,天下坦然,四顾以为无虞。②而陵夷至于元、成之间,朝廷之强臣实制其命,而汉以不祀。③世祖、显宗即平天下,④以为世之所患,莫不在乎朝廷之强臣矣,而东汉之亡,其祸乃起于宦官。⑤由此观之,则天下之患安在其防之哉?人之将死也,或病于太劳,或病于饮酒。天下之人见其死于此也,而曰必无劳力与饮酒,则是不亦拘而害事哉?彼其死也,必有以启之,是以劳力而能为灾,饮酒而能为病,而天下之人,岂必皆死于此!

昔唐季五代之乱,⑥其乱果何在也?海内之兵,各隶其将,大者数十万人,而小者不下数万,抚循鞠养,⑦美衣丰食,同其甘苦而顺其好恶,甚者养以为子,而授之以其姓。⑧故当是时,军旅之士,各知其将,而不识天子之惠,君有所令不从,而听其将。而将之所为,虽有大奸不义,而无所违拒。故其乱也,奸臣擅命，拥兵而不可制。而方其不为乱也，所攻而必降，所守而必固。良将劲兵遍于天下，其所摧败破灭，足以上快天子郁郁之心，而外抗敌国窃发之难。何者？兵安其将，而乐为用命也。

然今世之人，遂以其乱为戒，而不收其功，举天下之兵数百万人，而不立素将，⑨将兵者无腹心亲爱之兵，而士卒亦无所附著而欲为之效命者。故命将之日，士卒不知其何人，皆莫敢仰视其面。夫莫敢仰视，是祸之本也。此其为祸，非有胁从骈起之殃。⑩缓则畏而怨之，而有急，则无不忍之意。⑪此二者，用兵之深忌，而当今之人，盖亦已知之矣。然而不敢改者，畏唐季五代之祸也。

而臣窃以为不然，天下之事，有此利也，则必有此害。天下之无全利，是圣人之所不能如之何也。而圣人之所能，要在不究其利。⑫利未究而变其方，使其害未至而事已迁，故能享天下之利，而不受其害。昔唐季五代之法，岂不大利于世？惟其利已尽而不知变，是以其害随之而生。故我太祖、太宗以为不可以长久而改易其政，以便一时之安。为将者去其兵权，而为兵者使不知将。⑬凡此皆所以杜天下之私恩而破其私计，其意以为足以变五代豪将之风，而非以为后世之可长用也。故臣以为，当今之势，不变其法，无以求成功。

且夫邀天下之大利，则必有所犯天下之危，欲享大利而顾其全安，则事不可成。而方今之弊，在乎不欲有所摇撼，而徒得天下之利，不欲有所劳苦，而遂致天下之安。

今夫欲人之成功，必先捐兵以与人。欲先捐兵以与人，则先事于择将。择将而得将，苟诚知其忠，虽举天下以与之而无忧，而况数万之兵哉！昔唐之乱，其为变者，非其所命之将也，皆其盗贼之人所不得已而以为将者。故夫将帅岂必尽疑其为奸，要以无畏其择之之劳而遂以破天下之大利,盖天下之患,夫岂必在此也?

[题解]

本文是苏辙嘉祐五年(1060)应制举考试时所进献的五十篇策论之一,为其中《臣事策》中的第四篇。

本文讨论的中心问题是关于宋代的军政。自宋太祖取得天下以后,杯酒释兵权,以文人主军政,造成将不知兵、兵不知将的局面,虽然有效地制止了藩镇割据、战乱频仍、王朝迅速更替的局面,但同时也造成了军事力量下降、冗兵、内重外轻等一系列的问题,宋廷军队在对外战争中胜少败多。针对这样的社会现实,苏辙以"变则通"的思想为指导原则,提出吸取五代军政的有益经验,大胆改革军政的对策。苏辙在论述自己的观点时,采取了层层深入,步步为营的办法,将问题论述得极为清晰。文章一上来并没有直奔主题,而是先提出了防患于未然、随时应变的理论,为以后的论述奠定理论上的根据,然后又用汉代朝政治乱兴亡的历史经验和治病防病的比喻来证明和巩固自己文章开头提出的随时应变的基本理论。之后才开始进入对于现实问题的讨论。而这一部分又是先讨论五代军队管理方面的利弊得失,苏辙认为五代战乱固然是因为将帅专权造成的,但是这种制度未必没有长处,那就是军队具有很强的战斗力、高度的一致性和团结性。然后论述宋代军队刻意限制武将的势力,造成将领和士兵的疏离,成为宋军的软肋。接着讨论太祖、太宗的祖宗之法,认为祖宗之法自是一时的便宜,而非万世不变的常法。世上本来就没有万全之策、不变之法,与时俱变才是应对现实问题的指南。文章至此方逼出苏辙真正想表明的对策,那就是"择将"。苏辙认为只要能选择出忠诚贤能的将领,就会得五代军政之长而无其弊端,这才是天下长久的大利。

文章充分表现了青年苏辙的变革精神和卓越的识见。而文章本身的论证逻辑又极为严密,具有强大的说服力。吕留良评本文说:"此篇用意极虚极活,翻腾旋转,不离个中,文之圆而神者。"高度评价了本文的写作技巧。

[注释]

①文、景之世:汉文帝、汉景帝的时代,同姓诸侯国力量日益强大,威胁到中央政府的安全,后酿成七国之乱。《史记》卷一一八《淮南衡山列传》:

"及孝文帝初即位,淮南王自以为最亲,骄蹇数不奉法。上以亲故,常宽赦之。三年,入朝,甚横,从上入苑囿猎,与上同车,常谓上大兄。厉王有材力,力能扛鼎,乃往请辟阳侯。辟阳侯出见之,即自袖铁椎椎辟阳侯,令从者魏敬刭之。""厉王以此归国,益骄恣,不用汉法,出入称警跸,称制,自为法令,拟于天子。""居处无度,为黄屋盖乘舆,出入拟于天子。""赦免罪人,死罪十八人,城旦舂以下五十八人。赐人爵,关内侯以下九十四人。"《史记》卷一〇六《吴王濞列传》:晁错说汉景帝云:"(吴王)即山铸钱,煮海水为盐,诱天下亡人,谋作乱。今削之亦反,不削之亦反。削之,其反亟,祸小;不削,反迟,祸大。"②武帝之时:汉武帝的时候,七国之乱既平,又施行推恩令,诸侯国的势力日渐衰微。参考苏辙《唐论》所述。无虞:无忧。③陵夷:由盛到衰,逐渐衰微。元、成之间:汉元帝(前48—前33年在位)、汉成帝(前32—前7年在位)时,宦官、外戚专权,特别是成帝时外戚王氏一家同日五人封侯,最终使王莽于公元8年篡位建立新朝。不祀:无人祭祀祖先,这里指国家灭亡。④世祖、显宗:指东汉光武帝刘秀(公元25—57年在位)和汉明帝刘庄(公元58—75年在位),世祖和显宗是他们的庙号。⑤"东汉之亡"句:指汉桓帝借宦官之力,诛杀外戚权臣梁冀,封宦官单超等五人为列侯,从此权归阉宦,朝政日乱,大兴党锢之祸,残杀忠良。汉灵帝即位后,封宦官曹节等六人为列侯,杀害清议之士,东汉最终灭亡在宦官之手。⑥唐季五代之乱:唐代后期,藩镇割据,拥兵自重,节度使朱温于天祐四年(907)废唐哀帝自立为皇帝,建立后梁,以后五十余年间,历后唐、后晋、后汉、后周共五个短命朝代,都是军阀割据篡权,改朝换代。⑦抚循鞠养:安抚养育。⑧养以为子,而授之以其姓:五代之时,为收拢人心,培养扩充势力,一些帝王、军阀经常将部下将领收为养子或赐以己姓。如《旧五代史》卷八:后梁贞明元年(915)"邠州留后李保衡以城归顺。保衡,杨崇本养子也。崇本,乃李茂贞养子,任邠州二十余年"。又如《新五代史》卷六:后唐"明宗圣德和武钦孝皇帝,世本夷狄,无姓氏。父霓,为雁门部将,生子邈佶烈,以骑射事太祖,为人质厚寡言,执事恭谨,太祖养以为子,赐名嗣源"。⑨素将:平素的、固定的将领。⑩胁从骈起:被胁迫一并起来作乱。⑪无不忍之意:没有不忍心而为将领卖命的意愿。⑫不究其利:不穷尽其中的利益。⑬"故我太祖、太宗"句：指宋朝的开创者宋太祖赵匡胤（960—976年在位）和其弟宋太宗赵光义（976—997年在位），鉴于五代藩镇割据之祸，通过解除高级将领的军权，逐渐改变五代以来的军事制度，以文官主军政，造成将不知兵、兵不知将的局面。《宋史》卷一八八《兵志》："先是，太祖惩藩镇之弊，分遣禁旅戍守边城，立更戍法，使往来道路，以习勤苦、均劳逸。故将不得专其兵，兵不至于骄惰。淳化、至道以来，持循益谨，虽无复难制之患，而更戍交错，旁午道路。议者以为徒使兵不知将，将不知兵，缓急恐不可恃。"

[译文]

臣听说天下灾患的发生，没有固定的地方和规律。只有见到天下的灾患就消除它，根据天下所安心的而顺从它，才可长久而没有忧患。见识短浅的人见到灾患发生在东方就竭力去东方消除它而忘记了西方，见到灾患从外部起来就锐意去外部消灭它而忘记了内部。因此，灾祸发生没有常规而事变出现不可预测，没有办法挽救。

往昔西汉时候的灾祸，在文帝、景帝的时候，天下人无不认为一定会因为诸侯国势力过于强大而引发。然而到了汉武帝的时候，七国的残余力量日渐衰弱，天下安定，人们四望认为没有什么忧患。然而国势逐渐衰微到了汉元帝、汉成帝的时候，朝廷中的强臣反倒挟制住了国家的命运，西汉社稷因而灭亡。东汉光武帝、明帝平定天下以后，认为国家的灾祸，全部在于朝廷的强臣，但是东汉的灭亡，那灾祸却是由宦官引起的。如此看来，天下的灾患哪里在于靠防范呢？人的死亡，有的是因为太劳累，有的是因为饮酒。天下人见他因此而死，就说一定不要过于劳累和饮酒，那这不是太拘泥而有害于事吗？那人的死亡，一定会有诱因，所以劳累能成为病因，饮酒能成为病因，但天下的人，难道一定都是死于饮酒和劳累吗？

过去晚唐五代的大乱，究竟乱在哪里？天下的军队，各自隶属于他的将领，大的拥兵数十万，小的也不下数万。他们对士兵慰劳抚养，使兵士丰衣足食，和他们同甘共苦而且顺其心意，甚至有将部下认为养子，并且把自己的姓氏赐给他们的。所以在这个时候，军队中的士兵，各自只知道遵从他们的将领，却不知道天子对他们的恩惠。皇帝有什么命令却不服从，反而只听从他们将帅的命令。而且对于将领的所作所为，即使大奸不义，也没有什么违背拒绝。所以一旦大乱，奸臣擅自发号施令，拥有重兵而无法制服。但是当他不作乱的时候，攻战必定能够制胜克敌，防守也必定能够坚固。良将劲兵遍布天下，他们能够冲锋陷阵，消灭敌人，足以上使天子快意而破除其郁闷之心，外能够抗拒敌国偷偷发起的战乱。为什么呢？因为士兵服从他们的将领而乐意为他效命啊。

然而今天的人们于是就以五代时候的动乱作为教训而不考虑它的功效，整个天下数百万大军却没有建立固定的将领，带兵的没有心腹亲近的士兵，士兵也没有可以依附而愿为效命的将领。所以任命将领的时候，士兵不知道他是什么人，都不敢抬头看他的面容。不敢抬头仰视，这就是祸乱的根源啊。这样造成的灾祸，并不是胁从并起那样的灾殃。没事时士兵畏惧怨恨将帅，而一旦有紧急情况，就没有不忍心而为将领卖命的意愿。这两点，是用兵之大忌，并且今天的人们也已经知道了。但是仍然不敢改变，是害怕发生唐末五代的灾祸啊。

但臣私下却认为并非如此，天下的事有利必有害，天下没有有利无弊的事，对此圣人也是无可奈何的。圣人所能做的是，不穷尽事情的好处。在事情的好处还没使尽的时候就改变策略，使得害处还没到来而事情已经改变了，所以才能安享天下的好处而不受其害。过去唐末五代的办法，难道不是对国家有很大的好处吗？只是因为好处已经穷尽却不知道变化，所以害处就随之而生。所以我们的太祖、太宗皇帝认为这种办法不能长久，于是就改变了晚唐五代的政策，来便利一时，使国家得到安定。做将领的没有调动士兵的权力，做士兵的不使他们深知他们的将领。所有这些都是用来杜绝私人的恩惠从而破除私人的计谋，它的用意是认为这足以改变五代将领的豪横之风，却并没认为后代可以长期沿用啊。所以臣认为当今的情势，不改变旧法，就无法取得成功。

况且想招致天下的大利，那就一定要冒天下大的危险。如果既要享受大利又要考虑万全，那事情就不可能成功。今天的弊病，就在于不想有所震动，只想白白得到天下的利益；不想有所劳动辛苦，就能够得到天下的安宁。

如今想要让人成大功，一定要先把军队授给别人。要把军队交给别人，就先要从事选择将领的工作。挑选将领并且得到了真正的人才，假使的确知道他是忠诚的，那即使把整个天下交给他也不用担忧，何况几万军队呢？过去晚唐的动乱，叛乱的都不是朝廷任命的将领，都是那些做盗贼的人，不得已才被任命为将领的。所以难道一定要怀疑那些将帅都是奸诈的吗？关键在于不要害怕那选择将领的辛劳，以至于破坏掉了整个天下的大利。因为天下的灾难，难道一定就在于此吗？

民政策上二

臣闻三代之盛时，天下之人，自匹夫以上，莫不务自修洁，以求为君子。父子相爱，兄弟相悦，孝悌忠信之美，发于士大夫之间，而下至于田亩，①朝夕从事，终身而不厌。至于战国，王道衰息，秦人驱其民，而纳之于耕耘战斗之中，天下翕然而从之。②南亩之民而皆争为干戈旗鼓之事，以首争首，③以力搏力，进则有死于战，退则有死于将，其患无所不至。夫周秦之间，其相去不数十百年。周之小民皆有好善之心，而秦人独喜于战攻，虽其死亡而不肯以自存，此二者，臣窃知其故也。

夫天下之人，不能尽知礼义之美，而亦不能奋不自顾以陷于死伤之地，其所以能至于此者，其上之人实使之然也。然而闾巷之民，劫而从之，则可以与之侥幸于一时之功，而不可以望其久远。而周秦之风俗，皆累世而不变，此不可不察其术也。盖周之制，使天下之士，孝悌忠信闻于乡党而达于国人者，皆得以登于有司。④而秦之法，使其武健壮勇、能斩捕甲首者，⑤得以自复其役，⑥上者优之以爵禄，而下者皆得役属其邻里。⑦天下之人，知其利之所在，则皆争为之，而尚安知其他？然周以之兴，而秦以之亡，天下遂皆尤秦之不能，⑧而不知秦之所以使天下者，亦无以异于周之所以使天下。何者？至便之势，所以奔走天下，万世之所不易也，而特论其所以使之者何如焉耳。

今者天下之患，实在于民昏而不知教，然臣以为，其罪不在于民，而上之所以使之者，或未至也。且天子之所求于天下者何也？天下之人，在家欲得其孝，而在国欲得其忠；弟兄欲其相与为爱，而朋友欲其相与为信；临财欲其思廉，而患难欲其思义，此诚天子之所欲于天下者。古之圣人，所欲而遂求之，求之以势，而使之自至。是以天下争为其所求，以求称其意。今有人使人为之牧其牛羊，将责之以其牛羊之肥，则因其肥瘠而制其利害。使夫牧者趋其所利而从之，则可以不劳而坐得其所欲。今求之以牛羊之肥瘠，而乃使之尽力于樵苏之事，⑨以其薪之多少而制其赏罚之轻重，则夫牧人将为牧邪？将为樵邪？为樵，则失牛羊之肥；而为牧，则无以得赏。故其人举皆为樵，而无事于牧。吾之所欲者牧也，而反樵之为得，此无足怪也。今夫天下之人，所以求利于上者果安在哉？士大夫为声病剽略之文，⑩而治苟且记问之学，⑪曳裾束带、俯仰周旋，⑫而皆有意于天子之爵禄。夫天子之所求于天下者岂在是也！然天子之所以求之者惟此，而人之所由以得者亦惟此。是以若此不可却也。

嗟夫！欲求天下忠信孝悌之人，而求之于一日之试，天下尚谁知忠信孝悌之可喜，而一日之试之可耻而不为者？《诗》云："无言不酬，无德不报。"⑬臣以为欲得其所求，宜遂以其所欲而求之，开之以利而作其怠，⑭则天下必有应者。今间岁而一收天下之才，⑮奇人善士固宜有起而入于其中。⑯然天下之人，不能深明天子之意，而以其所为求之者，止于其目之所见，是以尽力于科举，而不知自反于仁义。臣欲复古者孝悌之科，使州县得以与今之进士同举而皆进，⑰使天下之人，时获孝悌忠信之利，而明知天子之所欲。如此则天下宜可渐化，以副上之所求。然臣非谓孝悌之科必多得天下之贤才，而要以使天下知上意之所在，而各趋于其利，则庶乎其不待教而忠信之俗可以渐复。此亦周秦之所以使人之术欤！

[题解]

本文是苏辙嘉祐五年（1060）应制举考试时所进献的五十篇策论之一，为其中《民政策》中的第二篇。

本文的中心是反思宋代的科举考试，对以诗赋、经义取士提出质疑，认为取士的途径和取士的目的不相符合。国家的目的是得到孝悌忠信之士，进而使整个社会都得到仁义道德之教化。但是进士明经科的考试却仅仅要求士子们熟悉声病格律以及死记硬背而已，显然是和道德教化的目的背道而驰的。针对这样的问题，苏辙提出了恢复西汉时期开始施行的孝悌之科的对策。苏辙认为只有这样，才是手段和目的相一致，才能够有效地选拔人才，改进社会风俗，达到国家昌明的目的。

就苏辙提出的对策本身而言，应该说是比较缺乏现实可行性的，也算不上新鲜。但是作为一篇策论，本文非常典型地表现出了苏辙散文千回百折、虚实相映的特色。文章分为前后两个大的部分。前一部分论古，后一部分谈今。每部分又各分两层，各层虚实相映，摇曳吞吐，姿态万千。第一段写周和秦相去不远，但民风各不相同，此为实写；然后虚写一句"臣窃知其故"，却不肯道破，此为虚写。第二段写周秦民风的不同在于受其上层统治者的驱使，但是驱民有术，却又不肯直道出是何术，这是虚写；然后才实写驱民之术，其精彩之处在于认为无论是周还是秦，其驱民之术都是使用利益驱动机制，只是目的不同而已。而这一部分整体上又是全文虚写的部分。第三段写宋朝统治者不善驱民，却将放牧牛羊不得法来虚写，然后才实写宋朝科举取士之不当。第四段不先写如何才是恰当的取士方法，反倒先写要用利禄来吸引人才行仁义；最后才正式亮出自己的底牌：复孝悌之科。真可谓极尽逗引之术。正如刘大櫆所说："子由之文，其正意不肯一口道破，纡徐百折而后出之，于此篇可见。"

[注释]

①田亩：耕田种地的农民。②翕（xī）然：协调一致的样子。③以首争首：以自己的首级博得敌人的首级，即以命换命。杜牧《原十六卫》："斧钺

在前,爵赏在后,以首争首,以力搏力,飘暴交捽,岂暇异略?"④有司:古代设官分职,事各有专司,故称有司。⑤秦之法:指商鞅所制定的变法令。《史记》卷六八《商君列传》:"令民为什伍,而相牧司连坐。不告奸者腰斩,告奸者与斩敌首同赏,匿奸者与降敌同罚。民有二男以上不分异者,倍其赋。有军功者,各以率受上爵;为私斗者,各以轻重被刑大小。僇力本业,耕织致粟帛多者复其身。事末利及怠而贫者,举以为收孥。宗室非有军功论,不得为属籍。明尊卑爵秩等级,各以差次名田宅,臣妾衣服以家次。有功者显荣,无功者虽富无所芬华。"斩捕甲首:捕捉斩获甲士的首级。⑥自复其役:免除本身的徭役。⑦役属其邻里:有功的人可以役使邻里。⑧尤:归咎,责备。⑨樵苏:砍柴刈草。⑩声病剽略之文:声病即所谓的四声八病,指写作诗歌讲究的格律形式。剽略:指写作文章因袭模拟古人。这里泛指当时科举考试所采用的各种文体。⑪苟且记问之学:苟且,敷衍了事。记问,记诵经义知识。《宋史·选举志》:"凡进士,试诗、赋、论各一首,策五道,帖《论语》十帖,对《春秋》或《礼记》墨义十条。"⑫曳裾束带:拖着长长的衣襟,束着腰带,是儒生的打扮。俯仰周旋:俯仰鞠躬,周旋揖让,儒生的礼仪动作。这两句都是指做一个文儒,来博得功名利禄。⑬"《诗》云"句:出自《诗经·大雅·抑》。酬,《毛诗》做"雠",回答。这两句的意思是:你说好话,人们就用好话来回答你;你施恩德于人,人们就会努力工作来报答你。⑭作其怠:振作他们懈怠的精神。⑮间岁而一收天下之才:宋代科举考试太祖朝或每岁一次,太宗朝或间岁或三岁一次,庆历间至四岁一次,从英宗治平三年(1066)方确定为三岁一科。在本文写作的时候,以间岁一次为常例。⑯入于其中:指进入国家所设定的取人策略中。王定保《唐摭言》卷一五:"贞观初,放榜日,上私幸端门,见进士于榜下缀行而出,喜谓侍臣曰:'天下英雄入吾彀中矣。'"⑰孝悌之科:汉代选拔官吏的科目之一。《汉书》卷六《武帝纪》:"元光元年(前134)冬十一月,初令郡国举孝、廉各一人。"颜师古注:"孝谓善事父母者,廉谓清洁有廉隅者。"同举而皆进:一块举荐,同为国家任用。

[译文]

臣听说,在夏、商、周三代鼎盛的时候,天下的人们,从普通平民起,无不注意自身的修养,洁身自好,力求使自己成为一个有

民政策上二　133

才有德的君子。父子恩爱，兄弟和睦，孝悌忠信的美德，从士大夫中间产生，向下一直影响到耕田种地的农夫，大家每天从早到晚都这样做，终身都不感到厌倦。到了战国时代，仁义之道逐渐衰落消亡，秦国统治者把人民都驱赶纳入到耕地和战斗中，天下的人们都翕然顺从。于是，种田的农民都争着去当兵打仗。以命换命、以强斗强，前进就有可能死于战斗，后退就将被将领杀死，那灾祸无所不在。从周朝到秦国之间，相隔不过百数十年，周朝的普通平民都有乐于向善的心，而秦国的人们却只喜欢战斗攻击，即使战死也在所不惜。之所以会出现这两种情况，臣自以为知道其中的原因。

天下的人们，既不可能都懂得仁义礼乐的高尚美好，但也不会自己奋不顾身陷入死伤的危险境地，之所以会到这种地步，实在是那上面的统治者使他们成为这样的。但是，对于那些普通的老百姓，如果是胁迫着让他们听从，那就只能和他们侥幸获得一时的成功，却不可能指望他们长久这样。可是，周朝和秦国的风俗却延续几代人都保持不变，这就不能不仔细地考察他们各自所采取的办法了。周代制度，使天下的人们凡是孝悌忠信闻名于乡里，传到了诸侯王国的，都可以出来做官。而秦国的法律，使那些武勇壮健、能够斩获敌人甲士首级的，都可以免除其自身的徭役，上等的会得到优厚的爵位和利禄，下等的也都能役使他们的乡邻。天下的人们知道了利益所在，就会争先恐后地做，哪里还会顾上其他的呢？然而，周朝靠此而得以兴盛，秦国却因此而灭亡了，天下人就都归咎于秦国无能，但却不明白秦国驱使老百姓的办法，实际上与周朝驱使老百姓的办法也没有什么两样。为什么这样说呢？那最方便的办法，能够役使天下人们奔走追逐的，是永远都不会改变的，只不过应该看它驱使老百姓究竟是去干什么罢了。

现今国家的祸患，实质上在于老百姓愚昧无知却又没有教化，然而臣认为这个责任不在于老百姓，而是皇上驱使老百姓的办法有不完善的地方。那皇上对天下老百姓的要求是什么呢？是要求老百姓，在家里孝顺父母，对国家能忠诚；兄弟之间互相友爱，朋友之间彼此信任；面对财物能够廉洁，遇到患难不忘义气。这些才是皇上真正希望老百姓做到的。古代的圣人希望得到的东西就去追求它，用一种情势来追求它，从而使它自己到来。所以，老百姓就争着去做帝王希望做的事，以便让帝王称心如意。譬如有人雇人给他放牧牛羊，并且要求人家把他的牛羊放养得肥壮，那就根据牛羊养得肥瘠的程度来制定对牧人的赏罚，使那些牧人追求利益而顺从他的要求，这样主人就可以不用太劳累而得到他想得到的。如果本来想要的是牛羊的肥壮，却让牧人竭尽全力去干砍柴割草的事，并且按照柴草的多少来制定赏罚的轻重，那么牧人是会去放牧呢，还是会去砍柴？去砍柴，那牛羊就不可能养肥；去放牧，那就得不到奖赏。因此，那些人都会去砍柴而不去放牧。我所希望的是让人来放牧牛羊，但结果得到的却是砍柴，这不值得奇怪。现今天下的人，用来向皇上求取好处的手段究竟是什么呢？读书人写一些讲求声病格律、陈旧因袭的诗文，学一些敷衍塞责、死记硬背的学问，拖着长襟，束着腰带，俯仰鞠躬，周旋揖让，目的都是希望能够得到皇上的官爵利禄。皇上希望让天下人们做到的难道就是这些吗？皇上用来达到目的的办法只有这一种，人们用来获得利益的途径也只有这一种，因此像这样的做法也就不可避免了。

唉！想要得到天下那些孝悌忠信的人，却通过一天时间的考试去寻找，那天下的人谁会知道孝悌忠信的可喜可爱值得追求，一天时间的考试的可耻而放弃不做呢？《诗经》上说："你说好话，人们就用好话来回答你；你施恩德于人，人们就会努力工作来报答你。"臣下认为要得到想要的东西，就应该借着人们想要的来求得自己想要的。用利禄来引导人们从而使人们振作懈怠的精神，那么天下就必定会有响应的人。现在，国家每隔一年进行一次考试，来收取天下的人才，那些才能出众、道德高尚的人固然会有出来考试而被录取的。但是，天下的人不能深刻领会皇上的意思，反倒认为国家要得到的，也就是他们所看到的，因此就把全部精力都用在科举考试上，而不知道应该回到仁义道德上。臣希望能够恢复古代实行的举孝悌之科，让各州县能够在推举进士时一同推举孝悌之士并且使之得到任用，使天下的人能够常常得到孝悌忠信的好处，而明确知道皇上的意图所在。这样，天下人就应该会逐步得到教化，最终符合皇上的要求。当然臣并不是说推举孝悌忠信之士就一定能够多得到天下贤能的人才，但关键是这样做可以使天下的人们明白皇上的用意所在，因而去追求那可以得到的好处。这样，老百姓也许就可以不用等着教化而忠诚信义的社会风气就能渐渐得到恢复，这也正是周朝、秦国用来驱使老百姓的办法啊！

古今家诫叙

老子曰:"慈故能勇,俭故能广。"①或曰:慈则安能勇?曰:父母之于子也,爱之深,故其为之虑事也精。以深爱而行精虑,故其为之避害也速而就利也果,此慈之所以能勇也。非父母之贤于人,势有所必至矣。

辙少而读书,见父母之戒其子者,谆谆乎惟恐其不尽也,恻恻乎惟恐其不入也,②曰:"呜呼!此父母之心也哉!"师之于弟子也,为之规矩以授之,贤者引之,不贤者不强也。君之于臣也,为之号令以戒之,能者予之,不能者不取也。臣之于君也,可则谏,否则去。子之于父也,以几谏,不敢显。③皆有礼存焉。父母则不然,子虽不肖,岂有弃子者哉!是以尽其有以告之,无憾而后止。④《诗》曰:"泂酌彼行潦,挹彼注兹,可以餴饎。岂弟君子,民之父母。"⑤夫虽行潦之陋,而无所弃,犹父母之无弃子也。故父母之于子,人伦之极也。虽其不贤,及其为子言也必忠且尽,而况其贤者乎?

太常少卿长沙孙公景修,⑥少孤而教于母。母贤,能就其业。⑦既老而念母之心不忘,为《贤母录》,以致其意。既又集《古今家诫》,得四十九人以示辙,曰:"古有为是书者,而其文不完。吾病焉,⑧是以为此合众父母之心,以遗天下之人,庶几有益乎?"⑨辙读之而叹曰:虽有悍子,忿斗于市莫之能止也,闻父之声则敛手而退,市人过之者亦莫不泣也。慈孝之心,人皆有之,特患无以发之耳。⑩今是书也,要将以发之欤?虽广之天下也。自周公以来至于今,父戒四十五,母戒四。⑪公又将益广之,未止也。元丰二年四月三日,眉阳苏辙叙。

[题解]

本文是苏辙为前辈同僚孙顾所编的《古今家诫》所写的序言,写作时间是元丰二年(1079)四月,当时苏辙在南京应天府判官任上。《古今家诫》一书现已不存,根据序言我们知道此书属于家训一类的著作,这类著作在中国古代源远流长,有名的著作如北朝颜之推的《颜氏家训》、司马光的《温公家范》,以及村塾教材《太公家教》等,都是用来教育子弟的著作。而孙顾编《古今家诫》也是有感于贤父良母的良苦用心,报答父母鞠育之恩,搜集古今典范的家教作品,来启发感动人之慈孝之心。所以苏辙在序文里也着重描写父母对于孩子的一片至情,写得缠绵悱恻,深情动人。

[注释]

①"老子曰"句:《道德经》六十七章:"我有三宝,持而保之。一曰慈,二曰俭,三曰不敢为天下先。慈故能勇(王弼注:夫慈以阵则胜,以守则固,故能勇也)。俭故能广(王弼注:节俭爱费,天下不匮,故能广也)。"②谆谆乎:教诲不倦的样子。恻恻乎:极其诚恳的样子。③几谏:《论语·里仁》:"子曰:事父母几谏,见志不从,又敬不违,劳而不怨。"(孔子说:"侍奉父母,[如果他们有不对的地方,]得轻微婉转地劝止,看到自己的心意没有被听从,仍然恭敬地不触犯他们,虽然忧愁,但不怨恨。")几(jī),轻微,婉转。④无憾:没有遗憾。⑤"《诗》曰"句:出自《诗经·大雅·泂酌》。泂(jiǒng):远,从远处。酌:舀取。行潦(lǎo):雨后路边的积水。挹彼注兹:从路边积水中舀出来灌到器皿中。挹(yì):舀。饎(fēn):蒸饭。饎(chì):烹煮黍稷,做饭。岂弟:即恺悌(kǎitì),和乐平易。⑥太常少卿长沙孙公景修:即孙顾,字景修,一字子思,号拙翁(刘挚《忠肃集》卷一八

《次韵孙景修题萃景亭》原注：公守桂阳，开鹿头山，名其岩曰拙翁），长沙人，英宗朝知桂阳监（《湖南通志》卷一一一），熙宁六年提点荆湖南路刑狱（《长编》卷二四五），熙宁八年、九年知襄州（《曾巩集》卷三六《襄州与交代孙颀启》、《湖北通志》卷一〇《孙颀景修题名》），元丰元年六月前为太常少卿、京东西路提刑（苏辙《栾城集》卷八《送提刑孙颀少卿移湖北转运》），元丰元年夏至元丰四年为荆湖北路转运使（《长编》卷二九三、三一二），元丰四年九月至元丰七年六月知荆南（《长编》卷三一二、三四六），元丰七年六月以直龙图阁知广州（《长编》卷三四六）。或卒于元祐初。著有《贤母录》、《古今家诫》二卷（《宋史》卷二〇三《艺文志》），又《宋史》卷二〇九著录孙颀《抄斋唱和集》一卷。⑦少孤而教于母：据刘挚《忠肃集》卷一四《赠刑部侍郎孙公墓表》记载可知，孙颀的父亲孙成象（991—1023），字乾曜，世家长沙。"性笃孝，事亲能竭其诚力，而友其弟以爱，居父丧致哀谨礼，乡里称之。好学问，为文章，长于歌诗，善书有法，有名场屋间。闻善见义，笃好而力行之。""后以事出旁郡，而母夫人以疾亡。既还，伏棺悲摧，累日不能饮食。忽抚其子曰：'吾不为无后死，当免于圣人乎？其从先君游，无所恨。'语已，号顿而终。年三十三。"孙成象有二子一女，孙颀为其长子，成象卒时，孙颀年龄可能不会太大。孙颀的母亲李氏（？—1047），贤惠，在其父去世后，能够教育子弟，使其举业有成，官宦有名。同上《墓表》："娶夫人李氏，家多赀，尝析其屋，同门婿以女分，每将有诉，公曰：'婚姻以利，末俗事也。而又以讼乎？是非士人之所为。'因谢绝之。""夫人后公二十四年卒。""夫人李氏，万年、旌德县太君，自有志铭。"可惜李夫人墓志今未见，否则对于其家教情况会有更详细的了解。⑧病：不满意。⑨遗（wèi）：送给，赠给。庶几：或许可以。⑩发：感发。⑪周公：即周公旦，武王之弟，武王去世后，辅佐年幼的成王。《尚书》中有《无逸》篇，根据传注，此文是成王即政后，周公恐其逸豫享乐，所以写来告诫他的。被认为是中国家诫的最早作品。

[译文]

老子说："仁慈所以能勇敢，节俭所以能宽广。"有人说："仁慈怎么就能勇敢呢？"回答是："父母对于孩子，爱他们爱得深，所以父母为孩子考虑事情就很精密。用深厚的爱来做深思熟虑的事，所以父母为孩子考虑使他们避开灾害就迅速，使他们趋向利益就果断，这就是仁慈能够勇敢的原因。并非是父母比别人贤能，这是势必如此的。"

苏辙我小时候读书，看到父母教戒他们的子女，谆谆教诲，唯恐没有说到；恳恳切切，唯恐孩子听不进去。我感叹说："唉！这就是父母对待孩子的心啊！"老师对于学生，给他们制定规矩并教导他们，贤能的就引导他，不贤的也不勉强；君主对于臣子，给他们制定命令来禁止他，有能力的就授予官职，没能力的就不任用；臣子对于君主，能够纳谏的就劝说他，不能纳谏的就离开他；孩子侍奉父母，如果他们有不对的地方，得轻微婉转地劝止，不敢直言相犯。这些都是有一定的礼仪存在的。父母就不这样，孩子即使不才，哪有就弃之不顾的呢？所以倾尽他的所有来告诫孩子，没有遗憾然后才停止。《诗经》说："从远远的路边的积水中舀水，从大缸里舀出来灌到小缸里，这水可以用来蒸饭。和乐平易的君子，就像是人们的父母。"即使像路边浅薄的积水也不抛弃，犹如父母不会抛弃孩子。所以父母对于孩子，那是人和人之间最紧密的关系。即使父母并不贤良，但等到他们教育孩子的时候说的话，都是忠直尽心的，何况那些贤良的父母呢？

太常少卿长沙孙公景修，小时父亲就去世了，是从母亲那里接受教育的。他的母亲贤惠，能够成就他的举业。孙公老来怀念母亲，心里念念不忘，编写了一本《贤母录》，来表达自己的心意。后来又编集了《古今家诫》一书，搜集了古今四十九位父母的事迹，拿来给我看，他说："古时有编集这类书的，但是那些书不全面，我不满意。因而把众多父母对孩子的心意集合到一起，来赠给天下人，或许会有些益处吧。"

苏辙我读了以后感叹说："即使是凶悍的儿子，在街市上忿然打斗,没有人能够阻止,但一听到父亲的声音就会缩手退走,市上人路过看到了无不感叹流泪。仁慈孝顺的感情,人人都有,怕只怕没有用来感发这种慈孝之心的东西罢了。现在这本书,大概是准备用来感发慈孝之心的吧?即使推广到整个天下也是应该的。从周公开始直到现在,收集了四十五篇父亲的家诫,四篇母亲的家诫。孙公又准备进一步来扩大它,没有停下来。元丰二年四月三日,眉阳苏辙叙。

元祐会计录叙

臣闻汉祖入关,萧何收秦图籍,周知四方盈虚强弱之实,汉祖赖之以并天下。①丙吉为相,匈奴尝入云中、代郡,吉使东曹考案边琐,条其兵食之有无与将吏之才否,逡巡进对,指挥遂定。②由此观之,古之人所以运筹帷幄之中、制胜千里之外者,图籍之功也。

盖事之在官,必见于书,其始无不具者,独患多而易忘,久而易灭,数十岁之后,人亡而书散,其不可考者多矣。唐李吉甫始簿录元和国计,并包巨细,无所不具。③国朝三司使丁谓等因之,为景德、皇祐、治平、熙宁四书,纲罗一时出内之计,首尾八十余年,本末相授,有司得以居今而知昔,参酌同异,因时施宜,此前人作书之本意也。④

臣以不佞,待罪地官,⑤上承元丰之余业,亲睹二圣之新政,时事之变易、财赋之登耗,可得而言也。⑥谨按艺祖皇帝创业之始,⑦海内分裂,租赋之入不能半今世。然而宗室尚鲜,诸王不过数人,仕者寡少,自朝廷郡县,皆不能备官。士卒精练,常以少克众。用此三者,故能奋于不足之中,而绰然常若有余。及其列国款附,琛贡相属于道,府库充塞,创景福内库以畜金币,为殄虏之策。⑧太宗因之,克平太原,⑨真宗继之,怀服契丹。⑩二患既弭，天下安乐，日登富庶，故咸平、景德之间，号称太平。⑪群臣称颂功德，不知所以裁之者，于是请封泰山，祀汾阴，礼亳社，属车所至，费以巨万。⑫而上清、昭应、集禧、景灵之宫相继而起，累世之积，糜耗多矣。⑬其后昭应之灾，臣下复以营缮为言，大臣出争，章献感悟，沛然遂与天下休息。⑭仁宗仁圣，清心省事，以幸天下，然而民物蕃庶，未复其旧，而夏贼窃发，边久无备，遂命益兵以应敌，急征以养兵，虽间出内藏之积，以求纾民，而四方骚然，民不安其居矣。⑮其后西戎既平，而已益之兵，遂不复汰，加以宗子蕃衍，充牣宫邸，官吏冗积，员溢于位，财之不赡，为日久矣。⑯英宗嗣位，慨然有救弊之意。群臣竦观，几见日新之政，而大业未遂。⑰神考嗣世，忿流弊之委积，闵财力之伤耗，览政之初，为强兵富国之计。有司奉承，违失本旨，始为青苗助役，以病农民，继为市易盐铁，以困商买，利孔百出，不专于三司。⑱于是经入竭于上，民力屈于下。继以南征交趾，西讨拓跋，用兵之费，一日千金，虽内帑别藏，时有以助之，而国亦惫矣。⑲今二圣临御，方恭默无为，求民之疾苦而疗之，令之不便，无不释去，民亦少休矣。⑳而西夏不宾，水旱继作，凡国之用度，大率多于前世。㉑当此之时，而不思所以济之，岂不殆哉！

臣历观前世，持盈守成，艰于创业之君。㉒盖盈之必溢，而成之必毁，物理之至，有不可逃者。盈成之间，非有德者不安，非有法者不久。昔秦、隋之盛，非无法也，内建百官，外列郡县，至于汉、唐，因而行之，卒不能改，然皆二世而亡，何者？㉓无德以为安也。汉文帝恭俭寡欲，专务以德化民，民富而国治，后世莫及。然身没之后，七国作难，几于乱亡。㉔晋武帝削平吴、蜀，任贤使能，容受直言，有明主之风。然而亡不旋踵,子弟内叛,羌胡外乱,遂以失国。㉕此二帝者,皆无法以为久也。今二圣之治,安而静,仁而恕,德积于世,秦、隋之忧,臣无所措心矣。㉖然而空匮之极,法度不立,虽无汉、晋强臣敌国之患,而数年之后,国用旷竭,臣恐未可安枕而卧也。故臣愿得终言之。

凡计会之实,取元丰之八年,而其为别有五:一曰收支,二曰民赋,三曰课入,四曰储运,五曰经费。五者既具,然后著之以见在,列之以通表,而天下之大计,可以画地而谈也。㉗若夫内藏右曹之积,与天下封桩之实,非昔三司所领,则不入会计,将著之他书,以备观览焉。㉘臣谨叙。

[题解]

本文是苏辙元祐期间任户部侍郎时为国家编制的《元祐会计录》所作的序文。苏辙任户部侍郎的时间是从元祐二年(1087)十一月到元祐四年六月,文章写作于这期间。现在本书已不存在,但是在《宋史·艺文志》中尚著录有李常《元祐会计录》六卷,应当就是苏辙作序的这部书,因为当时李常任户部尚书,所以就挂李常的名字。

本文虽然不是一篇文学性的文章,但是其内容非常重要,通过苏辙的叙述,我们可以很清晰地了解北宋前中期国家财政的因革变迁,可以和《宋史·食货志》的相关论述相参证。作为一篇应用性的文章,本文条理清晰,述事周详,不蔓不枝,语言谨严,反映了苏辙散文平实雍容的一面。

[注释]

①"臣闻汉祖入关"一节:《史记》卷五三《萧相国世家》:"沛公至咸阳,诸将皆争走金帛财物之府分之,(萧)何独先入收秦丞相御史律令图书藏之。沛公为汉王,以何为丞相。项王与诸侯屠烧咸阳而去。汉王所以具知天下厄塞、户口多少、强弱之处、民所疾苦者,以何具得秦图书也。"②"丙吉为相"一节:《汉书》卷七四《丙吉传》:丙吉,字少卿,鲁国人。汉宣帝时任宰相。其车夫"知虏入云中、代郡,遽归府见吉白状,因曰:'恐虏所入边郡,二千石长吏有老病不任兵马者,宜可豫视。'吉善其言,召东曹案边长

吏，琐科条其人。未已，诏召丞相、御史，问以彤所入郡吏，吉具对。御史大夫卒遽不能详知，以得谴让。而吉见谓忧边思职，驭吏力也"。东曹：汉时丞相府下分东、西曹，东曹主管官员升迁和边防官吏的档案材料。张晏注：琐，录也。欲科条其人老少及所经历，知其本以文武进也。逡巡：从容，不慌不忙。③"唐李吉甫"句：《旧唐书》卷一四八《李吉甫传》：李吉甫（758—814），字弘宪，赵郡人。父李栖筠，代宗朝为御史大夫。宪宗元和二年、六年两次入相，抑制藩镇，裁节用度。其子李德裕后亦为相。本传云"与史官等录当时户赋兵籍，号为《国计簿》，凡十卷"。④"国朝三司使丁谓等因之"一节：三司使，宋代三司总管国家财政，统管盐铁、度支、户部，号称"计省"，三司使号称"计相"。丁谓（966—1037），字谓之，宋苏州人。景德四年为三司使，后驱逐宰相寇准，拜相，封晋国公。《宋史》卷一七三《食货志》："景德中，丁谓著《会计录》。""皇祐、治平，三司皆有《会计录》。"《建炎以来系年要录》卷八六：殿中侍御史张绚言："国朝有《景德会计录》，又有《皇祐会计录》，至治平、熙宁间皆有此书。其后苏辙又仿其法作《元祐会计录》，虽书未及上，其大略亦有可观。皆所以总括巨细，网罗出纳，凡天下赋入之数，官吏之数，养兵之数，条章各立，支费有限，谨视其书，上下遵守，此作《会计录》之本意也。"据《宋史》卷二三《艺文志》：丁谓《景德会计录》六卷，田况《皇祐会计录》六卷，韩绛《治平会计录》六卷，李常《元祐会计录》三卷。出内：即出纳、收支。⑤不佞：不才、不肖。地官：《周礼》分官设职，有天、地、春、夏、秋、冬六官。其中地官司徒，主管经济、民政。唐代六部中的户部曾改称地官，这里指苏辙任户部侍郎一职。⑥元丰之余业：神宗皇帝元丰（1078—1085）年间留下的财赋。二圣：指哲宗皇帝和垂帘听政的英宗宣仁圣烈高皇后。元丰八年神宗去世，年幼的哲宗继位，由祖母太皇太后听政。登耗：增减。⑦艺祖皇帝：指宋太祖赵匡胤。顾炎武《日知录》卷二四《艺祖》："《书》：'归，格于艺祖。'注以艺祖为文祖，不详其义。人知宋人称太祖为艺祖，不知前代亦皆称其太祖为艺祖……然则（艺祖）是历代太祖之通称也。"⑧"列国款附"一节：可参考《宋史》卷一七九《食货志》下一《会计》："初，吴、蜀、江南、荆湖、南粤皆号富强，相继降附，太祖、太宗因其蓄藏，守以恭俭简易。天下生齿尚寡，而养兵未甚蕃,任官未甚冗,佛老之徒未甚炽;外无金缯之遗,百姓亦各安其生,不为巧伪放侈,故上下给足,府库羡溢。"琛(chēn)贡:贡献菜包。景福内库:宋代的财赋收入,除了隶属于三司的以外,皇帝有所谓的内藏库,是由帝王支配,以备军旅、饥馑等不时之需,不至于临时加重人民负担。宋太祖时在讲武殿后另建内库,太宗时改讲武殿后库为景福殿库,隶属内藏库。以畜金币,为珍房之策:《长编》卷一九:"初太祖别置封桩库,尝密谓近臣曰:'石晋苟利于已,割幽蓟以赂契丹,使一方之人独限外境,朕甚悯之。欲俟斯库所蓄满三五十万,即遣使与契丹约,苟能归我土地民庶,则当尽此金帛充其赎直;如曰不可,朕将散滞财,募勇士,俾图攻取耳。'会晏驾不果。"⑨太宗因之,克平太原:指宋太宗太平兴国四年(979),讨伐北汉割据政权,平其京城太原一事。⑩真宗继之,怀服契丹:指宋真宗景德元年(1004)和契丹签订澶渊之盟一事。怀服:怀柔,用道德而不是武力使外族顺服。⑪咸平、景德:为宋真宗年号,时间分别为998至1003年、1004至1007年。《长编》卷三五九:司马光奏:"咸平景德之治,为有宋隆平之极。"⑫封泰山:即封禅泰山,在泰山上筑坛祭天,报天之功,称为封;在泰山下梁父山上辟场祭地,报地之功,称为禅。《宋史》卷七《真宗本纪》:大中祥符元年(1008),天书降,于十月封禅泰山。祀汾阴:汾阴,在今山西万荣县,以在汾水之南而得名。汉武帝曾封禅泰山,祀汾阴,于元鼎四年在此立后土祠。《宋史》卷八《真宗本纪》:大中祥符四年(1011)二月祀汾阴。礼亳社:亳社,本指殷都亳时立的社神庙,此处是指当时位于亳州鹿邑的祭祀老子的太清宫。《宋史》卷八《真宗本纪》:大中祥符七年(1014)春正月,真宗到太清宫朝谒。属车:皇帝出行时的车骑侍从队伍。费以巨万:《宋史》卷一七九《食货志》:"景德郊祀七百余万,东封八百余万,祀汾阴、上宝册又增二十万。"⑬上清、昭应、集禧、景灵之宫:指真宗时先后在京师修建的崇祀道教的宫殿庙宇建筑。上清,上清宫,位于昭阳门内道北,至道元年太宗建,一千二百四十二区。昭应,即玉清昭应宫,位于皇城西北天波门外,大中祥符元年建,奉祀天书。集禧,是玉清昭应宫中的一座宫殿。景灵,景灵宫,位于大内锡庆院,大中祥符元年建,奉祀圣祖。⑭昭应之灾:《长编》卷一○八:天圣七年(1029)六月"丁未,大雷雨,玉清昭应宫灾。宫凡三千六百一十楹,独长生崇寿殿存焉。翌日,太后对辅臣泣曰:'先帝力成此宫,一夕延燔殆尽,犹幸一二小殿存尔。'枢密副使范雍,度太后有再兴葺意,乃抗言曰:'不若燔之尽也。'太后诘其故,雍曰:'先朝以此竭天下之力,遽为灰烬,非出人意。如因其所存,又将葺之,则民不堪命,非所以祗天戒也。'宰相王曾、吕夷简亦助雍言,夷简又推《洪范》灾异以谏,太后默然"。章献:即刘皇后(969—1033),宋真宗皇后,真宗死,遗诏尊为皇太后,军国重事,权取处分。仁宗立,刘后称制十一年,号令严明,后谥为章献明肃皇后。沛然:迅疾的样子。⑮蕃庶:繁多。夏贼窃发:宝元元年(1038)十月,西夏赵元昊称帝(《长编》卷一二二),叛宋;以后屡次兴兵犯宋,挑起西北宋夏战争。内藏之积:内藏库的积蓄。纾民:减轻人民的负担。⑯宗子蕃衍:宗室弟子人数越来越多。充牣(rèn):充满。财之不赡:财赋不充足。⑰"英宗嗣位"一节:宋英宗于嘉祐八年(1063)四月即位,治平四年(1067)正月病逝,在位不足四年,所以在政治上不能有大的作为。竦观:引颈而望。⑱"神考嗣世"一节:神考,即宋神宗,1067年至1085年在位。青苗助役:即王安石变法时施行的青苗法、雇役法。青苗法规定农民可以在青黄不接时向政府贷款,收获后连本带息随税收一块交还。雇役法规定应当服役的人户可以出钱免去服役。市易:王安石新法之一。即由国家出资收买或抛售货物,以平抑物价的行为。盐铁:食盐国家专卖以及铸钱获利归国有等措施。利孔百出:获利的办法五花八门,想尽一切办法榨取利益。⑲南征交趾:指熙宁八年(1075)、九年间征讨交趾(当时越南李朝仁宗)入侵的战争。西讨拓跋:指熙宁、元丰期间对西夏的多次战争。西夏第一个称帝的为元昊,所以称西夏为拓跋(北魏拓跋宏改汉姓元氏)。内帑(tǎng)别藏:指内藏库。⑳二圣临御:神宗去世后,即位的哲宗年幼,有太皇太后高氏同听政。令之不便,无不释去:即所谓的元祐更化,司马光入相以后,废除熙丰时期的各项变法。㉑西夏不宾:指元祐初西夏求归还熙丰时期的失地,宋廷同意归还。后又连年侵扰边境。不宾,不顺服。㉒持盈守成:保持已成的盛业。㉓汉、唐,因而行之,卒不能改,然皆二世而亡:指汉承秦制、唐继隋法,最终也没有太大的更改,形成汉唐盛世,然而创制法度的秦朝和隋朝自己却二世而亡,其原因不在于制度不好,而是帝王没有德行来保持它。㉔汉文帝恭俭寡欲:汉文帝即位后,奉行黄老之术,与民休息,以德化民,海内殷富,兴于礼义,几致刑措。七国作难:指汉景帝时七个同姓诸侯国的叛乱。七国,指七个诸侯国,分别是吴王濞、楚王戊、赵王遂、胶西王卬、济南王辟光、淄川王贤、胶东王雄渠。在晁错提出削藩王的建议后,七国发动以"请诛晁错,以清君侧"为名的叛乱。景帝杀晁错以安抚,七国仍不止。后派大将窦婴、周亚夫讨平,七王皆死,废掉七国。㉕"晋武帝"一节:晋武帝司马炎(236—290),字安世,河内温县人。代曹魏建立晋朝,265年至290年在位。《晋书》卷三《武帝本纪》:评论武帝"仁以御物,宽而得众,宏略大度,有帝王之量焉"。削平吴、蜀:指司马昭当政时于曹魏景元四年(263)灭蜀,晋武帝咸宁六年(280)灭东吴。亡不旋踵:喻指迅速灭亡,西晋从建立到灭亡总共历时52年。子弟内叛:指晋惠帝时爆发的宗室间的八王之乱。羌胡外乱:指西晋末年,北方民族先后建立政权,西晋于316年被前赵刘聪所灭。㉖无所措心:没有什么可以担心的。㉗元丰之八年:即公元1085年,是神宗在位的最后一年。见在:现在。列之以通表:用贯通的表格的方式开列。画地而谈:指以手或物在地上画形或写字来交谈,比喻极其明白显然。㉘右曹:元丰改制,三司归户部,户部分左、右曹,各由户部侍郎一员主管,其中右曹所管财赋,非户部尚书奏请皇帝批准,不得支取。司马光《论钱谷宜归一札子》:"其右曹所掌钱物,尚书非奏请得旨,不得擅支。"《长编》卷四一六:元祐三年十一月"户部侍郎苏辙言:'臣为户部右曹,领金、仓二部,任居天下财赋之半。'"封桩:封桩库,宋太祖所立。《长编》卷六:"国初贡赋悉入左藏库,及取荆湖,下西蜀,储积充美,上顾左右曰:'军旅、饥馑,当豫为之备,不可临事厚敛于民。'乃于讲武殿后别为内库,以贮金帛,号曰封桩库。凡岁终用度赢余之数皆入焉。"

[译文]

臣听说汉高祖刘邦攻入关中咸阳,萧何首先收取了秦朝的图书簿籍,全面掌握了天下各地的强弱、贫富的实际情况,高祖赖此得以吞并天下。汉宣帝时丙吉做丞相,有一次匈奴入侵云中、代郡,丙吉使东曹吏人根据边境官员的档案记录考查那里军粮的多少、有无和将领官员的才能如何,然后从容地回答宣帝的召问,边事的决策于是就决定下来。由此可见,古人之所以能够运筹帷幄之中,决胜千里之外，都是图书簿籍的功劳啊。

国家的各种事务，必定有所记载，开始的时候无所不具，怕的只是事务多了容易遗忘，时间长了容易丢失，过了几十年后，管理人员死了，簿籍散失，事务不能考知的就有很多啦。唐宪宗时宰相李吉甫开始编制《元和国计簿》，巨细并包，无所不具。本朝三司使丁谓继承这种做法，从他开始先后编制了《景德》、《皇祐》、《治平》、《熙宁》四部《会计录》，网罗一个时期的出纳概况，前后八十多年，事情的本末沿革，主管官员可以处在现在而知道过去的财政收支情况，参考斟酌同异，根据不同时期的情况制定合适的政策，这就是前人编制《会计录》的本来用意。

臣苏辙我不才，承蒙圣上不弃，得以为户部侍郎，上承神宗皇帝元丰时候留下的大业，目睹皇帝、太皇太后二圣的新政，时事的变革，国家财政的增减，能够说一说。谨按，艺祖皇帝（太祖）刚刚创立大业的时候，海内四分五裂，租赋的收入不及现今的一半。但是那时宗室的人数还很少，封王的不过几个人，官员人数很少，从朝廷到地方，官员都不能满数。士卒精练，常常能够以少胜多。因为这三方面的缘故，所以能够在财赋不足的情况下奋然振起，常常觉得绰绰有余。等到吴越、后蜀、南唐等国相继降附，贡赋不绝于道路，国库充满，又创建了景福内库来放置金帛，作为将来消灭边寇之用。太宗皇帝继承这种做法，讨伐北汉，荡平太原。真宗皇帝继承大业，用恩德使契丹顺服。这两个边患平息以后，天下安乐，日渐富庶，所以咸平、景德年间，号称太平盛世。大臣们歌功颂德，不知道如何来使用这些财富，于是就请真宗皇帝东封泰山，西祀汾阴，朝谒太清宫，人马所到之处，所费不赀。然后又大兴土木，上清宫、玉清昭应宫、集禧殿、景灵宫等相继兴建，历代的积蓄靡费消耗得太多了。后来玉清昭应宫遭遇雷电火灾，焚毁殆尽，臣子有建言修复的，大臣们据理力争，章献皇太后感动醒悟，迅即决定不再修复，使天下得以休养生息。仁宗皇帝仁慈明圣，清静无为，省费节用，来治理天下，但是财政的繁荣富强，还是没有恢复到以前的盛况。而西夏贼人又偷偷地发动战争，边事长期缺乏准备，就命令增加军队人数来应敌，加紧征收赋税来养兵。虽然偶尔也拿出内藏库的积蓄，来舒缓人民的负担，但是四方骚动，人民不能够安居了。后来西夏平定以后，那些增加的军队，就不再淘汰；加上宗室繁衍，充满宫室；官吏冗余堆积，人员超出了职位，财政不足，已经很长时间了。英宗皇帝即位后，感慨不已，有挽救这种弊病的打算。大臣们都翘首企盼，差点儿就看到新政了，可惜大业未遂，英宗仙逝。神宗皇帝继承大业，愤慨流弊山积，悯叹国家财力损耗，刚开始处理天下大政的时候，制定富国强兵的大计。主管官员违背神宗的本意，开始施行青苗、助役法，使农民受到损害，又施行市易法和盐铁专卖法，使商人受到困扰。获利的方法五花八门，不由三司专门管理，于是国家的收入枯竭，人民的财力降低。接着又南征交趾，西讨西夏，战争的费用，一日千金，虽然皇帝从内藏库不时赐钱相助，但国家也日益疲敝。现今圣上和太后听政，清静无为，求得人民的疾病进行疗治，法令中不便利的，全部罢去，人民也稍微得到休息。然而西夏时时不服，水旱灾害相继发生，国家的各种开支，大都多于以前，在这种时候，如果不谋划如何渡过难关，那岂不很危险。

  臣历览前代历史，发现继承保守大业，实在是比创业的君主更加艰巨。因为充满了就会溢出，成熟了就会毁灭，这是事物发展的规律，无法逃避。处于充盈和成熟的时候，没有道德的就不会安定，没有法制的就不会长久。过去秦朝、隋朝强盛的时候，不是没有好的法制，对内建立百官的制度，对外施行郡县的制度。到了汉代和唐代，因袭施行秦和隋的制度，最终也没有什么大的改变。然而秦朝和隋朝却都二世就灭亡了，为什么呢？没有道德来使社会安定。汉文帝恭敬谨慎，清心寡欲，专一地用道德来教化人民。人民富裕，国家大治，后世没有比得上的。然而他去世以后，发生七国叛乱，国家差点儿乱亡。晋武帝削平东吴、蜀汉，任用贤能的人，容纳接受直言，有贤明君主的风范。然而国家迅速灭亡，宗室之间发生八王之乱，北方民族纷纷叛乱，因此失掉国家。这两个帝王，都是因为没有法制而不能使国家长治久安。现今圣上和太后君临天下，安静仁恕，累世积德，发生像秦朝、隋朝那样的灾祸，臣是想都不用想的。然而国家空乏至极，法度没有建立，即使没有汉朝、晋朝那样专权的强臣、叛乱的敌国，数年之后，国家财用空乏竭尽，臣认为恐怕也不能高枕无忧啊。所以臣希望能够把话说尽。

统计的数据，根据元丰八年国家的财政状况，分为五个方面：一是民赋，二是收支，三是课入，四是储运，五是经费。五个方面具备以后，著录下来显现在书中，以表格形式全部列出，这样天下的大计就可以一目了然啦。至于内藏库和户部右曹的积蓄，封桩库的情况，不是过去三司所管领的，因此不包括在《会计录》一书中，准备著录到另外的书中，以备圣上观览。臣苏辙谨叙。

子瞻和陶渊明诗集引

东坡先生谪居儋耳,①置家罗浮之下,②独与幼子过负担渡海,③葺茅竹而居之,日啖荔芋,④而华屋玉食之念不存于胸中。⑤平生无所嗜好,以图史为园囿,文章为鼓吹,⑥至此亦皆罢去。独喜为诗,精深华妙,不见老人衰惫之气。⑦

是时,辙亦迁海康,⑧书来告曰:"古之诗人有拟古之作矣,未有追和古人者也。⑨追和古人,则始于东坡。吾于诗人,无所甚好,独好渊明之诗。渊明作诗不多,然其诗质而实绮,癯而实腴。⑩自曹、刘、鲍、谢、李、杜诸人皆莫及也。⑪吾前后和其诗凡百数十篇,至其得意,自谓不甚愧渊明。今将集而并录之,以遗后之君子。子为我志之。然吾于渊明,岂独好其诗也哉?如其为人,实有感焉。渊明临终,疏告俨等:'吾少而穷苦,每以家贫,东西游走。性刚才拙,与物多忤,自量为己必贻俗患,黾勉辞世,使汝等幼而饥寒。'⑫渊明此语,盖实录也。吾今真有此病而不蚤自知,半生出仕,以犯世患,此所以深服渊明,欲以晚节师范其万一也。"⑬

嗟夫!渊明不肯为五斗米一束带见乡里小人,⑭而子瞻出仕三十余年,为狱吏所折困,终不能悛,以陷于大难,⑮乃欲以桑榆之末景，自托于渊明，其谁肯信之？[16]虽然，子瞻之仕，其出入进退，犹可考也。后之君子其必有以处之矣。孔子曰："述而不作，信而好古，窃比于我老彭。"[17]孟子曰："曾子、子思同道。"[18]区区之迹，盖未足以论士也。[19]

辙少而无师，子瞻既冠而学成，先君命辙师焉。子瞻尝称辙诗有古人之风，自以为不若也。然自其斥居东坡，其学日进，沛然如川之方至。[20]其诗比杜子美、李太白为有余，遂与渊明比。辙虽驰骤从之，常出其后，其和渊明，辙继之者，亦一二焉。

绍圣四年十二月十九日海康城南东斋引。

[题解]

本文写于绍圣四年（1097）十二月，当时苏辙贬居广东雷州，苏轼已经于本年七月到达新的贬所儋州，兄弟二人隔海相望，同病相怜。苏轼晚年开始喜欢陶渊明的诗，并且在岭南遍和陶诗，编成《和陶诗》，他写信请弟弟苏辙为这个集子写下引言。

本文的主体部分是引用苏轼自己关于和陶诗的言论，来论述关于仕宦出处的大问题。不过本文最大的价值仍然在于保存了苏轼晚年的诗歌理论。苏轼关于陶渊明的评价是陶渊明接受史上的关键一环。在苏轼以前，陶渊明固然已经是一个著名的诗人，但正如钟嵘《诗品》对他的评价"古今隐逸诗人之宗"，并且说其诗"笃意真古，辞兴婉惬。每观其文，想其人德。世叹其质直"，对陶诗持一种保留的态度。只有到了苏轼，才给予陶渊明的诗歌以崇高的评价，认为陶诗为李杜所不及，从而确立了陶渊明经典作家的地位。当然并不仅仅是如此而已，关键在于苏轼从陶渊明的诗歌中发现了一种新的审美典范，发现了一种切合于宋人审美理想的新美感，并且由此挖掘出了一个以陶渊明、韦应物、柳宗元为代表的新诗派。这个新的审美典范就是具有"质而实绮，癯而实腴"、"外枯中膏，似澹而实美"（《评韩柳诗》）、"发纤秾于简古，寄至味于淡泊"（《书黄子思诗集后》）这样一种美感的诗歌。这种美感超越文学作品表面的语言华丽、情感浓烈、意境优美这些层次，而追求一种落尽皮毛、精神独存的平淡境界，这也是一种人到中年的富于理性和哲理的境界，这正是宋代文化的基本特质。当然苏轼欣赏陶渊明的诗，是和欣赏陶渊明的人格分不开的。陶渊明因为性格刚拙而隐居，苏轼也因为一肚皮不合时宜的意见而屡遭挫折。两个人时隔千载而心灵相通，正如黄庭坚《跋子瞻和陶诗》所云："子瞻谪岭南，时宰欲杀之。饱吃惠州饭，细和渊明诗。彭泽千载人，东坡百世士。出处虽不同，风味乃相似。"

[注释]

①东坡先生谪居儋耳：东坡先生，苏轼元丰年间贬谪黄州时于黄州城东开垦东坡荒地，自号东坡居士。《宋史》卷一八《哲宗纪》："（绍圣四年二月）甲辰，苏轼责授琼州别驾，移昌化军安置。"苏轼于四月份离开惠州，七月到达儋州。昌化军，即是文中说的儋耳，汉代曾在此置儋耳郡，唐代置儋州。②罗浮：罗浮山，在惠州境内，这里代指惠州。苏轼离开惠州时，将家小留在惠州营建的新居，位于惠州古白鹤观地。③幼子过：苏轼幼子苏过（1072—1123），字叔党，有《斜川集》。当时苏轼长子苏迈留在惠州，苏过随侍父亲到儋州。④蓣（xú）芋：苦菜和芋头。⑤华屋玉食：华丽的房屋和精美的食品。⑥以图史为园囿：把图书当做园林。文章为鼓吹：把文章当做仪仗。⑦衰惫：衰弱疲惫。⑧辙亦迁海康：海康，雷州治所。苏辙于绍圣四年被责授化州别驾、雷州安置，于六月份到达雷州。⑨拟古：指模拟古人的风格或某类体裁而写作的作品。追和（hè）古人：指唱和古人的作品。早期的唱和，一般是朋友间的互相酬唱，不要求步武元韵，至宋代逐渐严格，要求按照原诗的韵脚和押韵次序唱和。到苏轼则和古人唱和，且遍和陶诗，开创唱和新风。⑩质而实绮，癯而实腴：外表质朴而内蕴绮丽，外在清癯而内里丰腴。⑪曹、刘、鲍、谢、李、杜：曹植、刘桢、鲍照、谢灵运、李白、杜甫。⑫"渊明临终，疏告俨等"一节：《与子俨等疏》见《陶渊明集》。与物多忤：与外界事物多抵触。必贻俗患：必定留下世俗之患。黾勉辞世：尽力隐居避世。⑬蚤：通"早"。晚节：晚年。师范：效法。⑭不肯为五斗米一束带见乡里小人：指陶渊明不肯为了一点俸禄而向督邮低头的著名典故。《晋书》卷九四《陶潜传》："（陶渊明为彭泽令）郡遣督邮至县，吏白应束带见之。潜叹曰：'吾不能为五斗米折腰拳拳事乡里小人邪。'义熙二年，解印去县，乃赋《归去来》。"⑮为狱吏所折困：指元丰二年，苏轼被下御史狱，遭受乌台诗案一事。

悛（quān）：改悔。⑯桑榆之末景：桑榆，落阳的余晖照在桑榆树梢上，比喻暮景、晚年。⑰"孔子曰"句：《论语·述而》："子曰：'述而不作，信而好古，窃比于我老彭。'"（译文：孔子说："阐述而不创作，以相信的态度喜爱古代文化，我私自和我那老彭相比。"）老彭：人名。有人说是老子和彭祖两人，有人说是殷商时代的彭祖一人，又有人说孔子说"我的老彭"，其人一定和孔子相当亲密，未必是古人。⑱"孟子曰"句：《孟子·离娄下》："孟子曰：'曾子、子思同道。'曾子，师也、父兄也；子思，臣也、微也。曾子、子思，易地则皆然。"这段话说曾子居武城，寇至，则去；子思居于卫，寇至，则不去。孟子解释说是应为两人所处地位不同所致，如果两人对换位置，行为也会发生变化。意在说明陶渊明之隐居和苏轼之出仕，没有本质的区别。曾子：孔子学生，名参，字子舆，南武城（今山东枣庄附近）人，比孔子小四十六岁（前505—前435）。子思：名孔伋，孔子之子孔鲤字伯鱼之子，作《中庸》，是孟子的老师。⑲区区之迹：小小的迹象，指苏轼一生政治上的出入进退。⑳"自其斥居东坡"句：指苏轼被贬到黄州一事。苏辙《亡兄子瞻端明墓志铭》（《栾城后集》卷二二）："既而谪居于黄，杜门深居，驰骋翰墨，其文一变，如川之方至，而辙瞠然不能及矣。"沛然：水势湍急的样子。

[译文]

东坡先生被朝命谪居儋州，把家小安置在罗浮山下，只带着小儿子苏过背负行李渡过海去。修葺茅屋竹棚居住，每天吃着苦菜和芋头，居住华丽房屋、品尝美味佳肴的念头不再来往于心中。他一生没有什么特别的嗜好，只是把阅览图书当做游山玩水，把写作文章当做仪仗鼓吹，到这个时候也都放弃了。只是喜欢写诗，精深华美高妙，看不到一丝老年人衰弱疲惫的气息。

这时，苏辙我也被贬谪到雷州海康，东坡来信告诉我说："古代的诗人有拟古的作品，没有追和古人作品的。追和古人，那就从我东坡开始。我对于诗人，没有特别喜好的，唯独喜好陶渊明的诗。陶渊明写诗不多，但他的诗外表质朴而内蕴绮丽，外在清癯而内里丰腴。从曹植、刘桢、鲍照、谢灵运、李白、杜甫以来的诗人都比不上他。

我前前后后唱和他的诗有一百零九篇，感到写得得意的作品，自认为和陶渊明的诗相比不特别惭愧。现在准备收集起来加以编录，以遗留给后来的君子们。你为我记录一下这件事情。然而我对于陶渊明，难道仅仅喜欢他的诗歌吗？至如对于他的为人，确实有感触啊！陶渊明临终写给他的儿子陶俨等的遗书中说：'我年轻时很穷苦，每每因为家里贫困，四处奔波。性格刚直，才能笨拙，与外界人事多有抵触，自己替自己考虑，将来必定会留下世俗的祸患，还是尽力辞别世人隐居起来，使你们从小就挨饿受冻。'陶渊明这些话是实际情况的真实记录啊。我现今真的有这些毛病却不能早一点知道，大半辈子出来做官，以至于触犯世俗遭遇祸患，这是我之所以深深佩服陶渊明，想用自己的晚年效法他万分之一的原因啊。"

唉！陶渊明不肯为五斗禄米而整束衣带去见乡间小人，然而子瞻做官三十多年，被狱吏所折辱，却始终不能悔改，以至于陷入大难，这个时候却想拿自己的暮年余景去学习陶渊明，那谁能相信呢？虽然这样，但是子瞻的出仕，他的出入进退，还是可以考察的。后代的君子他们必定会有办法正确对待这些事情。孔子说："阐述而不创作，以相信的态度喜爱古代文化，我私自和我那老彭相比。"孟子说："曾子和子思的做法不同，道理却是同样的。"小小的表面迹象，是不足以评论士大夫的。

苏辙我小的时候没有老师，子瞻到了加冠礼以后学问已经成熟，先父命令我以兄长子瞻为老师。子瞻曾经称赞我的诗歌有古人的风貌，自认为不如我。但是自从他被贬斥居住于黄州以后，他的学问日日长进，就像湍急的河流刚刚涌来的时候。他的诗歌超过了杜甫和李白，于是就向上和陶渊明比并。苏辙我即使奔跑着追赶他，也常常落在后面。他唱和陶渊明的诗，我也跟着写了十之一二。

绍圣四年十二月十九日于雷州海康城南东斋写了这篇引言。

巢谷传

巢谷，字符修。父中，世眉山农家也，少从士大夫读书，老为里校师。谷幼传父学，虽朴而博。举进士京师，见举武艺者，①心好之。谷素多力，遂弃其旧学，畜弓箭，习骑射。久之业成，而不中第。

闻西边多骁勇，骑射击刺为四方冠，去游秦凤、泾原间，②所至友其秀杰。有韩存宝者，尤与之善。谷教之兵书，二人相与为金石交。熙宁中，存宝为河州将，有功，号熙河名将，朝廷稍奇之。③会泸州蛮乞弟扰边，诸郡不能制，乃命存宝出兵讨之。④存宝不习蛮事，邀谷至军中问焉。及存宝得罪，将就逮，自料必死，谓谷曰："我泾原武夫，死非所惜，顾妻子不免寒饿，橐中有银数百两，非君莫使遗之者。"谷许诺，即变姓名，怀银步行往授其子，人无知者。存宝死，谷逃避江淮间，会赦乃出。⑤予以乡闾故，幼而识之，知其志节，缓急可托者也。⑥

予之在朝，⑦谷浮沉里中，未尝一见。绍圣初，予以罪谪居筠州，自筠徙雷，自雷徙循。予兄子瞻，亦自惠再徙昌化，⑧士大夫皆讳与予兄弟游，平生亲友无复相闻者。谷独慨然自眉山诵言，⑨欲徒步访吾兄弟。闻者皆笑其狂。元符二年春正月，自梅州遗予书曰：⑩"我万里步行见公，不自意全，今至梅矣，不旬日必见，死无恨矣。"予惊喜曰："此非今世人，古之人也。"既见，握手相泣，已而道平生，逾月不厌。时谷年七十有三矣，瘦瘠多病，非复昔日元修也。将复见子瞻于海南，予悯其老且病，⑪止之曰："君意则善，然自此至儋数千里，复当渡海，非老人事也。"谷曰："我自视未即死也，公无止我。"留之不可，阅其橐中，无数十钱，予方乏困，亦强资遣之。⑫船行至新会，有蛮隶窃其橐装以逃，获于新州，谷从之至新，遂病死。⑬予闻，哭之失声，恨其不用吾言，然亦奇其不用吾言而行其志也。

昔赵襄子厄于晋阳，知伯率韩、魏决水围之。城不沉者三版，县釜而爨，易子而食，群臣皆懈，惟高恭不失人臣之礼。及襄子用张孟谈计，三家之围解，行赏群臣，以恭为先。谈曰："晋阳之难，惟恭无功，曷为先之？"襄子曰："晋阳之难，群臣皆懈，惟恭不失人臣之礼，吾是以先之。"⑭谷于朋友之义，实无愧高恭者，惜其不遇襄子，而前遇存宝，后遇予兄弟。予方杂居南夷，与之起居出入，盖将终焉，虽知其贤，尚何以发之？闻谷有子蒙，在泾原军中，故为作传，异日以授之。⑮谷始名榖，及见之循州，改名谷云。

[题解]

本文作于元符二年（1099），是一篇人物传记。传主是苏辙的同乡巢谷。巢谷（1027—1099），字符修，眉山人，举进士、武举都没中，到西北边境游幕，结识韩存宝，又跟随韩存宝到四川平泸州蛮，师出无功，韩存宝诛死，巢谷逃亡，遇赦，回乡里。元符年间，巢谷不远万里，徒步到广东来探望苏轼兄弟。见到苏辙后，又准备去见苏轼，结果死在新州。《宋史》卷四五九《卓行传》有巢谷的传记，基本上就是根据本文撰写的。

文章讲述了巢谷一生中的三件事情，一是改应进士考试为应武举；二是完成朋友的托付；三是不远万里看望苏轼兄弟。这几件事情都表现了巢谷为人的卓异之处，表明巢谷是一个急难之时可以托付的义士。然后文章引用高恭事赵襄子的历史典故来说明巢谷对于朋友的古道热肠,不因时势而变迁的豪侠性格。苏辙通过对巢谷这个人的描写也从侧面对于那些趋炎附势、落井下石者进行了批判。文章通过动作、语言的描写生动地刻画了巢谷的形象和性格,茅坤评论说:"叙谷豪举处有生色,可爱。"张伯行评论说:"巢谷意趣甚高,颍滨为之作传,以不没其人,此厚道也。其叙次生动,不用粉泽自佳。"

[注释]

①举武艺:参加武举考试。《宋史·选举志三》:"武举、武选。咸平时,令两制、馆阁详定入官资序故事,而未及行。仁宗时,尝置武学,既而中辍。天圣八年,亲试武举十二人,先阅其骑射而试之,以策为去留,弓马为高下。"②秦凤、泾原:宋代路级行政区划的名字。秦凤路治所在秦州,包括凤翔府等地。泾原路治所在渭州。均为当时宋夏对峙的边界地区。③韩存宝:《宋史》无传。综合《宋史》、《长编》等的记载,知道韩存宝是熙宁、元丰间西北名将,后在征讨戎州蛮的过程中,逗绕不进军,坐诛。王辟之《渑水燕谈录》卷六:"韩存宝,本西羌熟户,少负才勇,喜功名,累立战功,年未四十,为四方馆使、泾原总管。一日,郡僚绘其像渭州僧舍,或为其色不类,令以粉笔涂其面,将别图貌。未及,促诏赴阙,命经制戎、卢贼寇。人睹其无首,咸以为不祥。明年,存宝以奏功不实诛。"河州:在今甘肃临洮以西地区,是宋神宗开拓西方疆土建立的州郡。熙河:路名,熙宁年间置,治所在熙州(临洮)。④泸州蛮乞弟扰边:据《宋史·蛮夷四》,泸州蛮为宋代边族名字,居今四川南部及贵州北部,种落甚多。庆历初,建姚州,以乌蛮王子得盖为刺史。得盖死后,乌蛮有二酋领,一是晏子,一是斧望个恕。乞弟为个恕之子,熙丰间屡次侵扰边境。后失去土地,病死。韩存宝讨乞弟事详见《长编》卷三一一纪事。韩存宝于元丰三年五月受命出使征讨泸州蛮,逗绕不进,师出无功,且谎报战功,元丰四年正月即泸州置狱鞫其罪,七月伏诛。可参司马光《涑水记闻》卷一四、江少虞《宋朝事实类苑》卷七六《泸州蛮》的记载。⑤存宝死,谷逃避江淮间,会赦乃出:韩存宝诛死后,巢谷变姓名,逃亡江淮间,实际上就是跑到黄州,躲避在苏轼的贬所。苏轼《与子安兄》(《苏轼文集》卷六〇):"巢三见在东坡安下,依旧似虎,风节愈坚。师授某两小儿极严。"《苏轼年谱》系在元丰五年九月。元丰六年冬巢谷辞归。苏轼写有《大

寒步至东坡赠巢三》、《元修菜并叙》(《苏轼诗集》卷二二)、《圣散子叙》(《苏轼文集》卷十)、《与巢元修》(《苏轼文集》卷六〇)等相关作品。⑥缓急可托：急难时可以托付。缓急：偏义复词，困厄，情势急迫。⑦予之在朝：苏辙于元祐元年（1086）二月还朝任职，官至门下侍郎，为当时执政大臣之一，至绍圣元年（1094）四月出知汝州，在朝凡九年。⑧"绍圣初"一节：绍圣元年七月，苏辙被责令分司南京、筠州居住，绍圣四年六月贬至雷州，元符元年八月贬至循州。苏轼绍圣元年十月贬至惠州，绍圣四年七月贬至昌化军（儋州）。⑨慨然：慷慨激昂的样子。诵言：声言，扬言。⑩元符二年：1099年。梅州：今广东梅州。遗（wèi）予书：给我写信。⑪愍（mǐn）：哀怜，怜悯。⑫予方乏困：我正在贫困的时候。强资遣之：勉强凑钱送走他。⑬新会：今广东新会县。橐装：行李钱囊。新州：今广东新兴。⑭"昔赵襄子厄于晋阳"一节：高恭，《史记》中作"高共"。事见《史记》卷四三《赵世家》：(赵)襄子立四年，知伯"请地赵，赵不与，以其围郑之辱。知伯怒，遂率韩、魏攻赵。赵襄子惧，乃奔保晋阳。三国攻晋阳，岁余，引汾水灌其城，城不浸者三版。城中悬釜而炊，易子而食，群臣皆有外心，礼益慢，唯高共不敢失礼。襄子惧，乃夜使相张孟同（谈）私于韩、魏。韩、魏与合谋，以三月丙戌，三国反灭知氏，共分其地。于是襄子行赏，高共为上。张孟同（谈）曰：'晋阳之难，唯共无功。'襄子曰：'方晋阳急，群臣皆懈，惟共不敢失人臣礼，是以先之。'"三版：八尺曰版。县釜而爨：架起锅来做饭。县，通"悬"。釜（fǔ）：锅。爨（cuàn）：生火做饭。易子而食：交换小孩子来吃。⑮闻谷有子蒙：巢谷有个儿子巢蒙。苏辙说巢蒙在泾原军中，苏轼说巢蒙在蜀地家乡。苏轼《与程怀立》(《苏轼文集》卷五六)："眉山人有巢谷者，字符修，名縠，后改名谷。曾举进士、武举，皆无成，笃有风义。年七十余矣，闻某谪海南，徒步万里来相劳问，至新州病亡。官为槁葬，录其遗物于官库。元修有子蒙，在里中，某已使人呼蒙来迎丧，颇助其路费，仍约过永而南，当更资之。但未到间，其旅榇无人照管，或毁坏暴露，愿公愍其不幸。因巡检至新，特为一言于彼守令，得稍修治其殡，常戒主者谨护之，以须其子之至，则恩及存亡耳。公若不往新，则告一言于进叔，尤幸。亦曾恳此，恐忘之尔。死罪！死罪！"所记可与本文参看。

[译文]

　　巢谷，字符修。父名中，世代为眉山农家，少年时从士大夫读书，老来做了乡间学校的老师。巢谷小时候继承了父亲的学问，虽然质朴但很渊博。到京师参加进士考试，见到那些参加武举考试的，心里边很是喜欢。巢谷平素力气就很大，于是就放弃以前所学的，购置了弓箭，学习骑马射箭。过了很长时间，武功学成了，但却没有中举。

　　听说西方边境多有骁勇善战的人，骑马射箭、进攻刺击是天下最好的，就离开京师到秦凤、泾原一带，所到之处就和那里的豪杰结交朋友。尤其和有个叫韩存宝的特别要好。巢谷教他学习兵书，两个人结成金石般坚固的友情。熙宁时，韩存宝做河州的武将，立下战功，号称熙河一带的名将，朝廷也慢慢地很看重他。恰逢泸州蛮族首领乞弟侵扰边境，地方郡县无法对付，就命令韩存宝出兵讨伐。韩存宝不熟悉蛮族的事情，邀请巢谷到军中询问情况。待到后来韩存宝因师出无功而获罪，快要被逮捕时，自己预料必死无疑，就对巢谷说："我乃是泾原地方的一介武夫而已，死不值得可惜，只是担心妻子儿女挨饿受冻，我口袋里有银子几百两，除了你没有人可以派去送给他们的。"巢谷答应了他，就改变姓名，怀揣银两，徒步行走，去把银子交给他的儿子，没人知道这件事。韩存宝被处死以后，巢谷到江淮一带避难，恰逢大赦才出来活动。我因为和他是乡邻，所以小时候就认识他，知道他的志向气节，是遇到急难时候可以托付的人。

　　我在朝廷做官，巢谷在乡里随波浮沉，从没有到京师来和我一见。绍圣初年，我因罪责被贬斥到筠州居住，又从筠州到雷州，从雷州迁徙到循州。我的兄长子瞻也从惠州再次贬谪到儋州，士大夫都忌讳和我们兄弟交游，平常那些亲友没有再和我们通音信的。独独巢谷却慷慨激昂公开宣布要从眉山徒步来探访我们兄弟，听到这

巢谷传　161

话的人都嘲笑他太疯狂。元符二年春天正月，巢谷从梅州寄信给我说："我徒步万里来拜见您，没料到能够安全，现在已经到了梅州，不超过十天必定能够见到，死也不遗憾了。"我惊喜地说："这不是今天的人，这是古代的人啊！"见到以后，握手哭泣，然后诉说彼此的经历，谈了一个多月也不厌倦。这时巢谷年龄已经七十三岁了，瘦弱多病，已经不再是当年那个巢元修了！他准备再到海南去见子瞻，我怜惜他既老且病，阻止他说："您的心意是好的，然而从这里到儋州有数千里的路程，并且还要渡过大海，这不是老年人做的事。"巢谷说："我看自己不会马上死的，您不要阻止我。"没法留下他，看他钱袋中不足几千钱，我也正当穷乏的时候，还是勉强凑了一些钱送他出发。船行到新会的时候，有个蛮人奴仆偷了他的钱袋行李逃跑了，在新州被抓到，巢谷跟从到了新州，就病死在那里。我听说后失声痛哭，遗憾他不听我的话，然而也敬佩他能够不听我的话而施行自己的意志。

往昔赵襄子被困于晋阳，智伯率领韩、魏的军队掘开汾水围困晋阳。晋阳城差三版就要沉没了，城里人架起锅来做饭，交换孩子来充饥。大臣们都很懈怠，只有高恭没有失去人臣应尽的礼节。等到赵襄子采用张孟谈的计谋，三家围困的局面才解决，赏赐群臣，以高恭为第一个。张孟谈说："在晋阳灾难中，只有高恭没有功劳，为什么先赏赐他呢？"赵襄子说："在晋阳灾难中，大臣们都很懈怠，只有高恭没有失去人臣应尽的礼节，我因此才首先赏赐他。"巢谷对于朋友的义气，实在是和高恭比起来一点也不惭愧的，可惜的是他没有遇到赵襄子这样的人，却先遇到了韩存宝，后遇到了我们兄弟。我正杂处于南蛮夷人之中，和他们一块起居出入，大概要死在这里，即使知道他的贤能，又能有什么办法来宣扬他呢？听说巢谷有个儿子叫巢蒙，在泾原的军队中，因此给巢谷作了这篇传记，他日可以交给他。巢谷开始时名叫"榖"，等到在循州见到他，改名为"谷"。

王氏清虚堂记

王君定国为堂于其居室之西,①前有山石瑰奇琬琰之观,②后有竹林阴森冰雪之植,③中置图史百物,④而名之曰"清虚"。日与其游,贤士大夫相从于其间,啸歌吟咏,举酒相属,油然不知日之既夕。⑤凡游于其堂者,萧然如入于山林高僧逸人之居,而忘其京都尘土之乡也。⑥

或曰:"此其所以为'清虚'者耶?"客曰:"不然。凡物,自其浊者视之,则清者为清。自其实者视之,则虚者为虚。故清者以浊为污,而虚者以实为碍。然而皆非物之正也。盖物无不清,亦无不虚者。虽泥涂之浑,⑦而至清存焉。虽山石之坚,而至虚存焉。夫惟清浊一观,而虚实同体,然后与物无匹,而至清且虚者出矣。⑧今夫王君,生于世族,弃其绮纨膏粱之习,⑨而跌荡于图书翰墨之囿,⑩沉酣纵恣,⑪洒然与众殊好。⑫至于钟、王、虞、褚、颜、张之逸迹,⑬顾、陆、吴、卢、王、韩之遗墨,⑭杂然前陈,赎之倾囊而不厌。⑮慨乎思见其人而不得,则既与世俗远矣。然及其年日益壮,学日益笃,经涉世故,出入患祸,顾畴昔之好,知其未离乎累也。⑯乃始发其箱箧,出其玩好,投以与人而不惜。将旷焉黜去外累而独求诸内,⑰意其有真清虚者在焉,而未之见也。王君浮沉京师,多世外之交,[18]而又娶于梁张公氏。[19]张公超达远骛,体乎至道而顺乎流俗。[20]君尝试以吾言问之,其必有得于是矣。"

熙宁十年正月八日记。

[题解]

本文是苏辙为王巩(字定国)所建的清虚堂所作的记。据文章所署日期,可知本文写于熙宁十年(1077)正月,此时苏辙从齐州掌书记任上离职,暂寓京师范镇冬园,应王巩之请为其清虚堂作记。文章属于亭台楼阁堂室建筑物记文。明人吴讷《文章辨体序说》云:"记之名,始于《戴记》、《学记》等篇。记之文,《文选》弗载。后之作者,固以韩退之《画记》、柳子厚游山诸记为体之正。然观韩之《燕喜亭记》,亦微征载议论于中。至柳之记新堂、铁炉步,则议论之辞多矣。迨至欧、苏而后,始专有以议论为记者,宜乎后山(陈师道)诸老以是为言也。大抵记者,盖所以备不忘。如记营建,当记月日之久近,工费之多少,主佐之姓名,叙事之后,略作议论以结之,此为正体。至若范文正公之记严祠、欧阳文忠公之记昼锦堂、苏东坡之记山房藏书、张文潜之记进学斋、晦翁之作《婺源书阁记》,虽专尚议论,然其言足以垂世而立教,弗害其为体之变焉。"这段话指出记体文有正体、有变体,但无论正、变,都掺杂议论,纯粹的山水记游、描摹物象之作较少。这一点我们在苏辙的记体散文中也能明显地感受到。本文是为清虚堂作记,文章就围绕着"清虚"来发挥,首先是简单地描摹清虚堂的环境与陈设,既有瑰奇琬琰之山石,又有阴森冰雪之竹林,且其中杂陈图史百物,日日高朋满座,何以名清虚?有人认为清虚堂命名的由来是因为在红尘扰攘的京城有这样一块凄清萧森之地,固可以称得上清虚之名。苏辙(客)则不以为然。苏辙从两个方面来讲清虚之意:一是理,一是人。从理上讲,山林僧舍之凄清萧森并不是真正的清虚,真正的清虚在于清浊一观,虚实同体。泯分别见,方得至清至虚。从人上讲,弃膏粱纨绔之习而亲图史翰墨,虽高出世俗之见但并非真清虚,弃身外之累而求诸内心才是真清虚。文章主体部分分为两节,每节又各分两层:前虚而后实,虚实相映,言理实以写人。文章之中心在于借清虚堂之名理来写王巩之不俗的人品风骨。同时也有箴规劝诫之意。文章清浅淡泊,娓娓可诵。

[注释]

①王君定国：即王巩（1048—1117），字定国，自号清虚先生，大名莘（今属山东）人。出身于宋代著名家族三槐王氏。祖父为真宗时宰相王旦（957—1017），父亲为工部尚书王素（1007—1073）。娶参知政事张方平女。王巩虽出身世家，但爱好图书，强力敢言，不畏权贵。元丰间，因和苏轼交好，受乌台诗案的牵连，被贬岭南三年，而毫无怨言。历通判扬州，知海、密、宿州。著有《论语传注》及诗文集，已佚。今存有笔记《闻见近录》、《甲申杂记》、《随手杂录》。《宋史》卷三二〇《王素传》后有附传。事迹可参苏轼《王定国诗集叙》、黄庭坚《王定国文集序》、秦观《王定国注论语序》以及今人张其凡著《王巩及其著作考述》（见其《宋代典籍研究》，华夏文化艺术出版社，2005年版）。②琬琰：美玉，玉石。③阴森冰雪：用来形容竹林的茂密和高节。④图史百物：图籍史书和各种书画玩物。⑤相属（zhǔ）：这里指互相劝酒。油然：悠然，安然。⑥尘土之乡：即红尘之地。陆机《为顾彦先赠妇》："京洛多风尘，素衣化为缁。"⑦泥涂之浑：涂，泥。这里指浑浊的泥浆。⑧清浊一观：把清和浊等量齐观。虚实同体：虚和实本质上是统一的。与物无四：对于事物没有敌对和分别。⑨绮纨：犹言纨绮，代指富贵习气。膏梁：原指精美的食物，后喻富贵人家。⑩跌荡：亦作"跌宕"，这里的意思是纵情沉溺。江淹《恨赋》："跌宕文史。"图书翰墨：图画、书籍、法书。囿：园囿，园地。⑪沉酣纵恣：沉溺，耽溺，纵情恣肆。⑫洒然：了然。⑬钟：钟繇，（151—230），字符常，颍川长社（今河南长葛）人。三国魏时人，工书，各体兼善，尤精隶、楷，与王羲之合称"钟王"。王：王羲之(321—379)，字逸少，原籍琅玡临沂（今属山东）人，兼善真、行、草书，形成妍美流便的新体，被称为"书圣"。虞：虞世南（558—638），字伯施，越州余姚（今属浙江）人，初唐著名书法家。褚：褚遂良（596—658），字登善，钱塘（今浙江杭州）人，初唐著名书法家之一，与虞世南、欧阳询、薛稷并称初唐书法四大家。颜：颜真卿（709—785），字清臣，京兆万年（今陕西西安）人，楷书艺术的集大成者，其书被称为"颜体"，和柳公权并称为"颜柳"。张：张旭，苏州吴郡（今江苏苏州）人，创立"狂草"，被誉为"草圣"。逸迹：高妙的书法作品。⑭顾：顾恺之（约315—406），字长康，小

字虎头，无锡人，东晋著名画家，工人像、佛像、禽兽、山水等。陆：陆探微（？—约485），吴郡（今江苏苏州）人，南朝宋著名画家，师法顾恺之，工肖像、人物，与顾恺之合称"顾陆"。吴：吴道子（约685—758），阳翟（今河南禹州）人，唐代著名画家，善画道释人物，被尊为"画圣"。卢：卢鸿，字颢然，范阳（今河北涿州）人，唐代画家，善画山水树石。王：王维（701—761），字摩诘，太原祁（今属山西），唐代著名诗人、画家，善画水墨山水，被誉为"南宗之祖"，文人画的开创者。韩：韩干（？—780），京兆（今陕西西安）人，唐代著名画家，以画马闻名。遗墨：这里指流传下来的画作。⑮杂然前陈：指众多的书画陈列于眼前。赎：原指赎回抵押物，这里指购买。倾囊：竭尽所有。⑯顾：回顾。畴昔：昔日，往日。累：拖累，累赘，古人认为外物往往是内心自由的拖累障碍。⑰旷焉：旷达的样子。黜去：舍弃，抛开。⑱浮沉：随波逐流，与世浮沉。世外之交：指僧、道、隐士等世外之朋友。⑲梁张公氏：大梁张公（方平）的女儿。按，王巩娶张方平之次女。张方平（1007—1092），应天府宋城（今河南商丘）人，字安道，号乐全居士。景祐元年（1034）举茂才异等科制举，景祐五年（1038）再举制举，授著作佐郎、通判睦州。治平四年（1067），神宗即位，拜参知政事。谥文定。有《乐全集》四十卷传世。生平事迹见王巩《文定张公乐全先生行状》（《全宋文》卷一八四一）、苏轼《张文定公墓志铭》（《苏轼文集》卷一四）、《宋史》卷三一八本传。⑳超达远骛：超脱旷达，期于远大。体乎至道：体察大道。顺乎流俗：顺应世俗。

[译文]

王君定国在他住室的西边建造了一个堂屋，堂屋的前面有瑰奇美丽的山石，后面是阴森茂密高洁如霜雪的竹林，堂中摆放着图籍史册和各种玩好之物，但却命名为"清虚"。每天在这里游玩，贤能的士大夫相随着在这里长啸高歌吟诵咏唱，举起酒杯相互劝酒，悠然自在不知不觉间已经到了晚上。凡是游览于他堂屋的人，感觉萧森凄清就像进入深山老林高僧隐士的住处，忘记了所在的是京城红尘之乡。

有人说："这就是叫做'清虚'堂的原因所在吧。"客人说："不是这样。大凡事物，从那些浊的事物去观察，那么清的事物就是清的；从那些实的事物去观察，那么虚的事物就是虚的。但是都不是事物的真正面貌。大概事物没有不清的，也没有不虚的。即使像泥水那样浑浊，却有极其清的存在于那里。即使如山石那样坚实，却有极其虚的存在于那里。只有对清和浊一视同仁，把虚和实看做同体共存，然后才能和事物没有龃龉，然后最清且最虚的才能出现。现今的王君出身于世家大族，抛弃那纨绔膏粱子弟的坏习气，却纵横驰骋于图籍史册法书名画的园地，沉溺酣醉纵情恣肆，明显有着与众不同的爱好。至如钟繇、王羲之、虞世南、褚遂良、颜真卿、张旭的书法真迹，顾恺之、陆探微、吴道子、卢鸿、王维、韩干的名画遗墨，错杂陈列于眼前，倾囊购置也不满足。感慨着想见到这些书画大家而不能够，那就和世俗之间相距甚远了。然而等到他年龄越发增长，学问越发笃厚，经历世间的变故，出入于灾祸患难，回头看往昔的爱好，懂得那尚未离开身外之累。于是方才开启那些箱笼，拿出那些把玩之物，扔给别人而毫不吝惜。准备旷达地舍弃那些身外的累赘，而要专一地向内心寻求，意料那中间有真正的清虚存在，却没有见到。王君在京城这个地方与世浮沉，有很多世外的朋友，并且又和大梁张公方平的女儿结为婚姻。张公方平超迈旷达期于高远，体察大道而又顺应世俗。王君你尝试拿我的话向张公请教，他必定在这方面深有得益。"

熙宁十年正月八日作《记》。

南康直节堂记

南康太守听事之东,①有堂曰"直节",朝请大夫徐君望圣之所作也。庭有八杉,长短巨细若一,直如引绳,高三寻而后枝叶附之。岌然如揭太常之旗,②如建承露之茎。③凛然如公卿大夫高冠长剑立于王廷,有不可犯之色。堂始为军六曹吏所居,④杉之阴,府史之所蹲伏,而簿书之所填委,⑤莫知贵也。君见而怜之,作堂而以"直节"命焉。

夫物之生,未有不直者也。不幸而风雨挠之,岩石轧之,然后委曲随物,不能自保。虽竹箭之良,⑥松柏之坚,皆不免于此。惟杉能遂其性,不扶而直。其生能傲冰雪、而死能利栋宇者,与竹柏同,而以直过之。求之于人,盖所谓不待文王而兴者耶?⑦

徐君温良泛爱,所居以循吏称,⑧不为皦察之政,⑨而行不失于直。观其所说,⑩而其为人可得也。《诗》曰:"惟其有之,是以似之。"⑪堂成,君以客饮于堂上。客醉而歌曰:"吾欲为曲,为曲必屈,曲可为乎?吾欲为直,为直必折,直可为乎?有如此杉,特立不倚,散柯布叶,安而不危乎!清风吹衣,飞雪满庭,颜色不变,君来燕嬉乎!⑫封植灌溉,剪伐不至,杉不自知,而人是依乎!庐山之民,升堂见杉,怀思其人,其无已乎!"歌阕而罢。⑬

元丰八年正月十四日眉山苏辙记。

[题解]

本文是苏辙为知南康军徐望圣所建直节堂所写的记。文章写作的时间是元丰八年（1085）正月十四日。是时苏辙正从贬谪了五年之久的江西路筠州监盐酒税任上赴江东路歙州任绩溪令，路经南康军，盘桓多日，写下了多篇诗文。南康军治所在今江西星子县，庐山正当其西。徐望圣，名师回，苏州人，元丰中知南康军。其年辈长于苏辙，黄庭坚曾为其作《明月泉铭》，以劲节清廉自期。生平见《吴郡志》卷二七、《吴中纪闻》卷六、《姑溪居士集》卷四九《郡太君林氏墓铭》。其父辈徐奭为大中祥符五年（1012）状元，其孙徐兢著有《宣和奉使高丽图经》，为当时一个著名的官宦世家。本文以物喻人，寄托遥深。诗文融合，纡徐曲折，是一篇妙文。九十五年后朱熹知南康军，重建直节堂，并写下了《跋苏文定公直节堂记》（《晦庵集》卷八一）。附于文后，以供参读。

[注释]

①听事：处理政务的地方。②岌（jí）然：高耸的样子。揭：举。太常之旗：即大旆、大旗，上绘日月之形，为帝王之旌旗。③承露之茎：承露盘的铜柱。《汉书》卷二五《郊祀志》："铜柱承露仙人掌"。颜师古注引《三辅故事》云："建章宫承露盘，高二十丈，大七围，以铜为之，上有仙人掌承露，和玉屑饮之。"④军六曹：府州军一级行政单位下属的六个部门，即功、户、兵、仓、法、士曹。⑤府史：书吏。填委：堆积。⑥竹箭：竹之一种，可做箭杆。⑦不待文王而兴者：指豪杰之士，空所依赖，即可兴起。语出《孟子·尽心上》："待文王而后兴者，凡民也。若夫豪杰之士，虽无文王犹兴。"⑧循吏：奉法循理之良吏。《史记》设《循吏列传》。⑨噭（jiào）察：苛察。⑩说：通"悦"。⑪惟其有之，是以似之：见《诗经·小雅·裳裳者华》。苏辙《诗集传》云："有者，有诸中也。中诚有之，则其发于容貌者，睟（suì）然其似之矣。"⑫燕嬉：宴乐。⑬阕（què）：曲终。

[译文]

南康太守政事厅的东边，有堂叫"直节"，是朝请大夫知南康军徐望圣所建的。庭院中有八棵杉树,高低粗细如一,笔直如用绳墨量过一样,在两丈四尺的高处,枝叶才开始附于树干之上。岌岌然如高举的大王之旗,如树起的承露盘之柱。凛凛然如公卿大夫戴着巍峨的高帽、佩着倚天的长剑站立于朝廷之上,有不可侵犯之色。直节堂开始是六曹官吏所居之处。杉树的北面,是官府书吏办公以及堆积簿书的地方,没人懂得珍爱。徐府君一见就喜爱上这些杉树,就在这个地方建造厅堂并用"直节"二字作为堂的名字。

凡植物初生,没有不是挺直的。不幸被风雨弯曲,被岩石挤压,然后才随外物而曲折,不能保持原有直性。即使良如箭竹,坚如松柏,也不免如此。唯有杉树能顺成本性,不扶自直。杉树活着能傲冰立雪,死后能作房屋的栋梁,这一点和竹箭、松柏一样,但它的直节超过了竹、柏。要在人中寻找具有这种品性者,那大概就是那些所谓不待文王扶助自己就能奋起的豪杰之士吧。

徐府君温良兼爱,做官以循良之吏著称,不施行苛刻的政令,而所为不失其正直。看他所喜爱的东西,就可以知道他的为人了。《诗经》说:"只有内心所有的,于外方能有相似的表现。"直节堂建成,徐府君和朋友们在堂上宴饮。有个客人醉后唱道:"我想做弯曲的,弯曲就要屈服,弯曲可为吗?我想做正直的,正直就要折断,正直可为吗?就像这杉树,耸然危立而无所依赖,伸展枝条,散布叶片,安然而没有危险啊!清风吹动衣襟,飞雪洒满庭院,杉树从春至冬容颜不变,府君来这里宴乐吧!培土灌溉,刀斧不加,杉树不知道,但人却来依靠它啊!庐山一带的百姓,登上直节堂,见到这些杉树,怀念那个像杉树一样正直的人,大概永远也不会完了吧!"曲终而罢宴。

元丰八年正月十四日,眉山人苏辙记。

附　跋苏文定公直节堂记　朱　熹

右《南康军治直节堂记》，栾城苏文定公为郡守徐君师回望圣作，又手书而刻石焉。自元丰乙丑距今淳熙己亥凡九十有五年，而新安朱熹来领郡事，问堂所在，则既无有，而杉亦不存。求其记文，则又非复故刻而委之他所矣。于是历访郡之老人，竟无有能言其处者。盖自元丰以至今，其间世故亦多变矣，然建炎群盗于今才五十年，旧迹芜灭未应至此，意者斯堂之毁其在绍圣党论之时乎？抚事兴怀，慨然永叹，顾郡方贫而民已病，正使堂之故基尚在，势亦不能有以复于其旧。独听事之西有堂无额，而庭中有老柏焉，焚斫之余，生意殆尽，而屹立不僵，如志士仁人更历变故而刚毅独凛凛然不衰者，因取直节之号寓之此堂，而摹记石陷壁间，且欲尽去庭之凡木而杂植杉柏，以仿佛前贤之遗意，则既非时，而熹亦以病告归矣。呜呼！后之君子，其尚有以成予之志也夫？是岁八月丁亥识。(《晦庵集》卷八一)

武昌九曲亭记

　　子瞻迁于齐安,庐于江上。①齐安无名山,而江之南武昌诸山,②陂陀蔓延,③涧谷深密,中有浮图精舍,④西曰西山,东曰寒溪,⑤依山临壑,隐蔽松枥,⑥萧然绝俗,车马之迹不至。每风止日出,江水伏息,⑦子瞻杖策载酒,⑧乘渔舟乱流而南。⑨山中有二三子,好客而喜游,闻子瞻至,幅巾迎笑,⑩相携徜徉而上,⑪穷山之深,力极而息,扫叶席草,酌酒相劳,意适忘反,往往留宿于山上。以此居齐安三年,不知其久也。

　　然将适西山,行于松柏之间,羊肠九曲而获少平,游者至此必息。倚怪石,荫茂木,俯视大江,仰瞻陵阜,旁瞩溪谷,⑫风云变化,林麓向背,皆效于左右。⑬有废亭焉,⑭其遗址甚狭,不足以席众客。其旁古木数十,其大皆百围千尺,不可加以斤斧。子瞻每至其下,辄睥睨终日。⑮一旦大风雷雨,拔去其一,斥其所据,⑯亭得以广。子瞻与客入山视之,笑曰:"兹欲以成吾亭耶?"遂相与营之。亭成,而西山之胜始具,子瞻于是最乐。

　　昔余少年,从子瞻游,有山可登,有水可浮,子瞻未始不褰裳先之。⑰有不得至,为之怅然移日。⑱至其翛然独往,逍遥泉石之上,撷林卉,拾涧实,⑲酌水而饮之,见者以为仙也。

　　盖天下之乐无穷,而以适意为悦。方其得意,万物无以易之。及其既厌，未有不洒然自笑者也。[20]譬之饮食杂陈于前，要之一饱而同委于臭腐。夫孰知得失之所在？惟其无愧于中，无责于外，而姑寓焉。此子瞻之所以有乐于是也。

[题解]

苏轼因乌台诗案被贬黄州，于元丰三年（1080）到黄州居住，据文中"居齐安三年"，可知本文作于元丰五年（1082），苏辙因子瞻的牵连贬官监筠州盐酒税，时在任上。苏辙曾在赴任途中迂道黄州看望子瞻，并一同游玩武昌西山。苏轼在贬官黄州时，并没有消沉，而是充分利用这一段比较悠闲的时间，领略山水之美，养成旷达之怀，写下了《念奴娇·赤壁怀古》、《前赤壁赋》、《后赤壁赋》等一系列千古传诵的名作。本文就是记叙子瞻畅游武昌山水，扩建西山九曲亭，寓心于山水之中的乐事。文章以记叙为主，首段写游武昌山水寺庙之乐；次段进入主题，写重建西山九曲亭之乐；末段回忆少年时从子瞻游之乐以及子瞻翩然独往之乐，然后引发议论，表明真乐在内心，真乐在适意，山水外物不过如过客之馆舍而已，姑且寓心之物罢了。

本文是苏辙散文中的写景名篇，表现了苏辙散文冲和澹泊，遒逸疏宕的特点。首先，文章叙写西山风景，抓住其苍森历落、萧然绝俗、车迹罕至的特点，空灵澹泊，与表现子瞻的心灵和情趣融合为一，恰当地表现了苏轼心境空灵、内无滞障、与物游息、适意为悦的内心世界和人生态度。其次，含蓄蕴藉，寄托深远。本文写于贬逐之时，尽管兄弟两人尽量用各种手段来排解心中苦闷，但牢骚凄楚终究是免不了的，所以苏轼才会发出"人生如梦"的感慨，但在本文中这种情感表现得极其恬淡蕴藉，没有一句愤激语，没有一句悲酸言，但求无愧于心、无责于外，将不平之鸣完美地隐藏在文字的背后。

[注释]

①迁：迁谪，贬谪。齐安：齐安郡，即黄州的军号。庐：结庐。苏轼于元丰二年（1079）因乌台诗案被贬官为黄州团练副使、本州岛安置。次年二月到黄州，初居定惠院，不久迁居黄州城南门外江边临皋亭。苏轼《与范子丰书》之八（《苏轼文集》卷五〇）："临皋亭下不数十步，便是大江。"所以说"庐于江上"。②武昌：荆湖北路鄂州武昌县（今湖北鄂州），和黄州隔江相对，其西有樊山，也叫西山。③陂陀（pōtuó）：山势倾斜不平的样子。

武昌九曲亭记　173

④浮图精舍：僧舍。浮图，梵语的音译，或作"浮屠"、"佛陀"等。精舍，修行者居住的房子，即僧舍。⑤西山：也叫樊山，在县西三里，上有九曲岭，西山寺。寒溪：《太平寰宇记》卷一〇二："寒溪浦，在县西二里。樊山下有寒溪，盛暑之月常有寒气。"有寒溪寺，也叫资圣寺，本东晋名僧慧远所建。苏轼《游武昌寒溪西山寺》（《苏轼诗集》卷二〇）："连山蟠武昌，翠木蔚樊口。我来已百日，欲济空搔首。坐看鸥鸟没，梦逐麏麚走。今朝横江来，一苇寄衰朽。高谈破巨浪，飞屦轻重阜。去人曾几何，绝壁寒溪吼。风泉两部乐，松竹三益友。徐行欣有得，芝术在蓬莠。西上九曲亭，众山皆培塿。"又《与子由同游寒溪西山》（同上）："千摇万兀到樊口，一箭放溜先兔鹘。层层草木暗西岭，浏浏霜雪鸣寒溪。空山古寺亦何有，归路万顷青玻璃。"《武昌西山并叙》（《苏轼诗集》卷二七）："忆从樊口载春酒，步上西山寻野梅。西山一上十五里，风驾两腋飞崔嵬。同游困卧九曲岭，褰衣独到吴王台。中原北望在何许，但见落日低黄埃。"苏轼《菩萨泉铭并叙》（《苏轼文集》卷一九）："今寒溪少西数百步，别为西山寺。"苏辙《黄州陪子瞻游武昌西山》（《栾城集》卷十）："西山隔江水，轻舟乱兔鹘。连峰多回溪，盛夏富草木。杖策看万松，流汗升九曲。苍茫大江涌，浩荡众山麓。上方寄云端，中寺倚岩腹。"又《次韵子瞻与邓圣求承旨同直翰苑怀武昌西山旧游》（《栾城集》卷一五）："扁舟乱流入樊口，山雨未止泾黄梅。寒溪闻有古精舍，相与推挽登崔嵬。山深县令喜客至，寺荒蔓草生经台。"并可参证。⑥松枥：松树、栎树。⑦伏息：潜伏止息。⑧杖策：策即杖，这里指拄着拐杖。⑨乱流：乱，横渡。乱流即横渡溪流。⑩幅巾：古代男子不戴帽子用绢或布一幅束头，表示潇洒无拘束的样子。⑪徜徉：漫步徘徊，无拘无束随意的样子。⑫陵阜：山峰、山头。旁瞩：旁观。⑬效：奉献，呈现。⑭废亭：即东吴时所建九曲亭旧址。苏轼《西山戏题武昌王居士并引》（《苏轼诗集》卷二一）："予往在武昌，西山九曲亭上有题一句：'玄鸿横号黄槲岘。'九曲亭即吴王岘山，一山皆槲叶。其旁即元结陂湖也，荷花极盛。因为对云：'皓鹤下浴红荷湖。'坐客皆笑，同请赋此诗。"⑮睥睨：斜着眼看，原指轻视或高傲的样子，这里指仔细地观察审视。⑯斥：清理，开拓。⑰褰裳：撩起衣服。⑱怅然移日：惆怅整日。⑲撷林卉，拾涧实：采撷林中的花卉，拾取涧边的果实。⑳洒然：惊奇，诧异。

[译文]

子瞻迁谪到黄州古齐安郡,结庐居住于大江岸边上。齐安郡没有什么有名的大山,而大江南岸武昌县的许多山,山势倾侧,绵延不绝,山中的溪流峡谷深邃幽远。山中有佛屠寺院精舍,西边的叫西山寺,东边的叫寒溪寺。背依高山,前临深壑,掩映于松树和栎树之中,凄清沉寂,与世隔绝,车马的踪迹到不了这里。每当风和日丽、江流平缓的时候,子瞻就挂着手杖带着美酒,乘着渔船横渡大江而南来登临。山里有几个朋友,好客并且喜欢游玩,听说子瞻来到,就布巾裹头,笑脸相迎,彼此手拉着手漫步登山,穷尽山的最深处,直到精疲力竭才休息,大家拨开落叶,坐在草地上,斟满美酒,互相慰劳,心情畅快,乐而忘返,常常就留宿在山上。因此,子瞻贬谪黄州已经三年,却并不觉得时间太久。

然而想要去西山寺,就要穿行于松柏之间,经过羊肠小道而后有一块稍微平坦的地方,游客每到这里,必定要歇息一会儿。依靠在怪石上,掩映在浓密的树荫下,俯瞰大江,仰望山丘,旁观溪流峡谷。风起云涌,变化无端,密林山麓,阴阳相背,都呈现在游人面前。这里有一个废弃的亭子,它的遗址十分狭窄,不足以容纳众多的客人。亭子旁边有数十棵古树,古树都有上百围粗,上千尺高,没法儿用斧子把它砍掉。子瞻和客人每每来到树下,就总要一整天地向四下里观望审视。有一天狂风雷雨,拔掉其中一棵大树,拓展它占据的地方,亭子的面积就得以扩大。子瞻和客人们进山里看到这一情形,笑着说:"这不正是要促成我建这个亭子吗?"于是就和大家一起筹划修建亭子。亭子建成之后,西山的美景这才算是完备了,子瞻对此最感到畅快高兴。

从前我年少的时候,跟着子瞻出去游玩。遇到有山可以攀登,有水可以浮游,子瞻莫不撩起衣服走在前边。要是有什么地方不能到达,他就会为此惆怅终日。而当他一个人飘然独往,逍遥倘佯在泉水山石间，采撷林中野花，掇拾涧边野果，掬水来喝，看见的人都把他当做神仙。天下的乐事没有穷尽，而以能使自己快意的事为悦乐。当他意得心赏的时候，任何事物都不能替换它；待到他已经感到满足厌倦时，没有不惊叹诧异而自嘲的。这就好比吃饭，各种美味佳肴罗列在面前，总归不过是吃饱肚子罢了，最终都要变成臭腐的东西，谁能知道何者为得、何者为失呢？只要心中没有愧疚，于外不受责备，然后姑且地寄心于此罢了。这就是子瞻之所以为修建九曲亭而感到快意的原因啊。

遗老斋记

庚辰之冬，予蒙恩归自南荒，①客于颍川，②思归而不能。诸子忧之曰："父母老矣，而居室未完，吾侪之责也。"③则相与卜筑，五年而有成。④其南修竹古柏，萧然如野人之家。乃辟其四楹，加明窗曲槛，为燕居之斋。⑤斋成，求所以名之，予曰："予颍滨遗老也，盍以'遗老'名之？⑥汝曹志之：⑦予幼从事于诗书，凡世人之所能，茫然不知也。年二十有三，朝廷方求直言，有以予应诏者。予采道路之言，论宫掖之秘，自谓必以此获罪，而有司果以为不逊。上独不许曰：'吾以直言求士，士以直言告我。今而黜之，天下其谓我何？'宰相不得已，置之下第。⑧自是流落，凡二十余年。及宣后临朝，擢为右司谏。凡有所言，多听纳者。⑨不五年，而与闻国政。⑩盖予之遭遇者再，⑪皆古人所希有。然其间与世俗相从，事之不如意者，十常六七，虽号为得志，而实不然。予闻之乐莫善于如意，忧莫惨于不如意。今予退居一室之间，杜门却扫，不与物接。⑫心之所可，未尝不行；心所不可，未尝不止。行止未尝少不如意，则予平生之乐，未有善于今日者也。汝曹志之，学道而求寡过，如予今日之处遗老斋可也。"

[题解]

本文是苏辙为自己晚年的燕居之斋作的记文，作年当在大观元年（1107）

遗老斋建成后。此时苏辙已经六十九岁，饱经宦海沉浮，又当党禁之时，所以退归颍昌，杜门却扫，终日燕坐，绝口不谈时事，不交外人。文章是一个老人对自己一生经历的总结，也是对子弟的训诫。苏辙说自己一生"遭遇者再"，受到仁宗和高后的赏识，并且位列宰辅，与闻国政，不可谓不得志，不可谓不显达，但是身处政治漩涡，与世俗相处，不得意事十常七八，所以内心深处并不觉得快意。而人生贵在适意，所以用自己的人生经验告诫子孙，要学道寡过，摆脱世俗之羁绊，不为身外之物所累。文章语重心长，而又外枯中膏，似澹实美。

[注释]

①庚辰：即元符三年（1100）。本年元月宋哲宗崩，徽宗继位，大赦天下，四月，皇子生，再次大赦，被贬的元祐旧党陆续北归。十一月，任命苏辙提举凤翔上清太平宫、外州军任便居住。年底苏辙自贬所循州（今广东）北归，年底至颍昌府。详参苏辙《颍滨遗老传》。②客于颍川：颍川，指颍昌府（今河南许昌），颍水从其附近经过。苏辙被赦南归后，有田在颍昌，于是寓居颍昌十余年，直至去世，自号颍滨遗老。③吾侪：我辈。④卜筑：选择时地建筑房屋。五年而有成：遗老斋当建成于大观元年（1107），《栾城三集》卷一《初葺遗老斋二首》："髭须浑白已经岁，腰痛春来日又多。一味安闲犹有碍，却令朝谒拟如何。筑居定作子孙计，好事久遭僧佛呵。尤愧白家履道宅，十年成就饱经过。""为留十步南墙竹，莫怪门前鸟雀多。陋巷何妨似颜子，势家应未夺airpriv何。诗书懒惰何曾读，气息调匀不用呵。多病从来少宾客，杜门今复几人过。"《初成遗老斋二首》："花时懒出伴游人，暑雨深藏养病身。新宅丁丁厌斤斧，旧书寂寂卷埃尘。久将生事累诸子，顿敛浮根付一真。遗老斋成谋宴坐，澹然无语接来宾。""旧说颍川宜老人，朱樱斑笋养闲身。无心已绝衣冠念，有眼不遭车马尘。青简自书《遗老传》，白须仍写去年真。斋成谩作笑谈主，已是萧然一世宾。"《初成遗老斋待月轩藏书室三首》之《遗老斋》："老人身世两相遗，绿竹青松自蔽亏。已喜形骸今我有，枉将名字与人知。往还但许邻家父，问讯才通说法师。燕坐萧然便终日，客来不识我为谁。"《栾城三集》卷三有《遗老斋绝句十二首》。这些事均可和《遗老斋记》相参证。⑤辟其四楹：留出四间屋子。明窗曲槛：安上明亮的大窗，加上曲折

回环的栏杆。燕居之斋：闲居的处所。燕，通"宴"。⑥颍滨遗老：苏辙晚年的自号。以退居颍滨的前朝遗老自居。苏辙于崇宁五年（1106）九月作《颍滨遗老传》，见《栾城后集》卷一二、一三。盍（hé）：何不用。⑦汝曹志之：汝辈记住。⑧"年二十有三，朝廷方求直言"一节：指嘉祐六年（1061）八月，苏轼、苏辙兄弟应贤良方正能直言极谏科制举事。《栾城后集》卷一二《颍滨遗老传》上："二十三举直言，仁宗亲策之于廷。时上春秋高，始倦于勤。辙因所问，极言得失，曰：'臣疏远小臣，闻之道路，不知信否。近岁以来，宫中贵姬至以千数，歌舞饮酒，优笑无度，坐朝不闻咨谟，便殿无所顾问。三代之衰，汉、唐之季，女宠之害，陛下亦知之矣。久而不止，百蠹将由之而出。内则蛊惑之所污，以伤和伐性；外则私谒之所乱，以败政害事。陛下无谓好色于内不害外事也。今海内穷困，生民愁苦，而宫中好赐不为限极，所欲则给，不问有无。司会不敢争，大臣不敢谏，执契持敕，迅若兵火。国家内有养士、养兵之费，外有北狄、西戎之奉，陛下又自为一阱以耗其遗余。臣恐陛下以此得谤，而民心不归也。'策入，辙自谓必见黜。然考官司马君实第以三等，范景仁难之。蔡君谟曰：'吾三司使也。司会之言，吾愧之而不敢怨。'惟胡武平（宿）以为不逊，力谓黜之。上不许，曰：'以直言召人，而以直弃之，天下谓我何？'宰相不得已，置之下第，除商州军事推官。"事亦见《长编》卷一九四。下第：指入制科第四等。⑨"自是流落"一节：苏辙制举中第后至元祐初还朝，二十余年间，除短期任制置三司条例司检详文字外，先后外任大名府留守推官、河南府留守推官、陈州教授、齐州掌书记、签书应天府判官、筠州盐酒税等职。元丰八年神宗去世，哲宗继位，宣仁高后垂帘听政，旧党人物陆续还朝，八月，苏辙以校书郎被召还朝。元祐元年（1086）二月抵京，先后任右司谏、起居郎、中书舍人。苏辙针对当时朝政，上奏折七十余封，多被采纳。宣后：指英宗高皇后，哲宗年幼即位，高皇后以太皇太后身份听政，元祐八年九月崩，谥宣仁圣烈。哲宗始亲政。⑩不五年，而与闻国政：《长编》卷四五五：元祐六年（1091）二月"癸巳，龙图阁学士、御史中丞苏辙为中大夫、守尚书右丞"。尚书右丞：为当时执政者之一，位列宰辅。与闻国政：参与国家大政的决策。⑪遭遇者再：指上述受到仁宗和宣仁高后的赏识。遭遇：指际遇，特指受到皇帝的赏识、提拔、重用等。⑫杜门却扫：杜

遗老斋记　179

门，关门。却扫，不再扫径迎客。意谓闭门谢客。不与物接：不和外界接触。

[译文]

　　元符三年庚辰的冬天，我蒙恩赦从南方荒远之地归来，客居于颖昌府，想回老家眉州而不能够。儿子们担忧说："父母年龄大了，但住房却不完备，这是我辈的责任啊。"就一起择地建房，经过五年时间，房子盖成了。房子的南面是修直的竹林和古老的松柏，清静得像山野老农的庭院。于是从中辟出四间，特别加上明亮的窗子和曲折的栏杆，作为我闲来休息的斋室。斋室修成后，问拿什么来命名，我说："我是颖河边上的前朝遗老，何不用'遗老'来命名呢？你们记住：我幼年时学习诗书，凡是世上的人会的，大都茫茫然不知所谓。二十三岁时，朝廷正好下诏求直言，有人举荐我来应诏。我采摘道路传言，议论官廷内部的秘闻，自认为必定因此而得罪，而且主考者也果然认为我的言辞是无礼犯上。独有仁宗皇上不许可黜落，说：'我用贤良方正能直言极谏科目来选拔人才，士人拿切直的话来告诉我。现在却要黜落他，天下人该如何看待我呢？'宰相不得已，把我放到第四等。从此以后，沉落下僚，总共二十多年。直到宣仁太皇太后临朝听政，提拔我为右司谏。凡是我所进谏的话，大多都能听从采纳。不过五年时间，我就参与大政，位列宰辅，我一生两次得到赏识，都是古人所少有的。然而这中间和世俗交往，不如意的事情，十件里常有六七件，虽然号称得志，而实际上却不然。我听说快乐莫过于称心如意，而悲哀莫惨于不如意，现今我退居到一间房子中，关门谢客，不和外界接触。心里认可的，未尝不去做；心里不认可的，未尝不停下来不做。做和不做未尝不按照自己的心意，那我平生的快乐，没有比现今还好的。你们记住，学习道是为了求得少犯错误，像我现在在遗老斋这样就可以了。"

东轩记

余既以罪谪监筠州盐酒税,①未至,大雨,筠水泛溢,蔑南市,登北岸,败刺史府门。②盐酒税治舍,俯江之漘,③水患尤甚。既至,弊不可处,乃告于郡,假部使者府以居。④郡怜其无归也,许之。岁十二月,乃克支其欹斜,补其圮缺,辟听事堂之东为轩,种杉二本,竹百个,以为宴休之所。⑤然盐酒税旧以三吏共事。余至,其二人者适皆罢去,事委于一。昼则坐市区鬻盐、沽酒、税豚鱼,与市人争寻尺以自效。莫归筋力疲废,辄昏然就睡,不知夜之既旦。⑥旦则复出营职,终不能安于所谓东轩者。每旦莫出入其旁,顾之,未尝不哑然自笑也。⑦

余昔少年读书,窃尝怪颜子以箪食瓢饮,居于陋巷,人不堪其忧,颜子不改其乐。⑧私以为虽不欲仕,然抱关击柝,⑨尚可自养,而不害于学,何至困辱贫窭自苦如此!⑩及来筠州,勤劳盐米之间,无一日之休,虽欲弃尘垢,解羁絷,自放于道德之场,而事每劫而留之。⑪然后知颜子之所以甘心贫贱,不肯求斗升之禄以自给者,良以其害于学故也。

嗟夫!士方其未闻大道,沉酣势利,以玉帛子女自厚,⑫自以为乐矣。及其循理以求道,落其华而收其实,从容自得,不知夫天地之为大与死生之为变,而况其下者乎?故其乐也,足以易穷饿而不怨,虽南面之王不能加之,盖非有德不能任也。余方区区欲磨洗浊污,睎圣贤之万一,自视缺然,而欲庶几颜氏之乐,宜其不可得哉!⑬若夫孔子周行天下,高为鲁司寇,下为乘田委吏,⑭惟其所遇,无所不可,彼盖达者之事而非学者之所望也。

余既以谴来此,虽知桎梏之害而势不得去,⑮独幸岁月之久,世或哀而怜之,使得归伏田里,治先人之敝庐,为环堵之室而居之,然后追求颜氏之乐,怀思东轩,优游以忘其老,⑯然而非所敢望也。

元丰三年十二月初八日,眉阳苏辙记。

[题解]

本文写于元丰三年(1080)十二月,上一年苏轼因为作诗非议新法,发生了乌台诗案,后来因多方营救,最终被贬官黄州团练副使,苏辙受牵连被贬为监筠州盐酒税。于元丰三年七月前后到任。恰逢六月份筠州发大水,毁坏了税所的官舍,经过半年左右才修复,苏辙借此机会在官舍之东开辟一块地方建立东轩,种竹植柏,作为公余休息之地,本文就是为东轩所写的记文。王文濡在《评注音校古文辞类纂》中评本文说:"于东轩不涉铺张,正是借题寓意,达其谪居抑塞之悲耳,读者不可不知。"这道出了本文的特点:写东轩文字极其简洁,不事铺张描写。而重在发议论,抒发失意之感。作者写东轩分两层:一写东轩修建的来历和景物布置,写出东轩来之不易;然后着重写自己桎梏于盐酒税事务,终日忙碌,无暇安坐于东轩之中。苏辙诗中写道:"朝来卖酒江南市,日莫归为江北人。"每天早出晚归,与市人争寻尺之利,这既是儒家士大夫所不屑为的,又是熙丰变法的重要内容,所以苏辙对于自己的职务是极其无奈。正是由此引发出下面极其复杂的议论来。议论部分通过颜回和孔子的例子来说明普通人不能贪升斗之俸禄而妨碍了自己进学修业,而应该像颜回一样固守清贫,追求求道的快乐;只有像孔子那样的圣人才可以随遇而皆可,高则高之,低则低之,这是普通人所达不到的。又说一个士人未闻道之前追求玉帛子女的享受,而当其觉悟之后,希望追求孔颜乐处,却反倒为各种杂务所羁绊。苏辙的复杂心情于此可见一斑,因此他只能寄希望得到世人哀怜,能够归隐乡里，安心求道，而这又是不敢抱有希望的事情。文章以议论为主，议论来自于自己的现实生活，在在表现了苏辙失意无奈的贬谪心境。

[注释]

①以罪谪监筠州盐酒税：元丰二年（1079）苏轼因作诗非议新法被逮捕入御史台狱，苏辙上书愿以在身官，以赎兄罪。十二月，苏轼被贬为黄州团练副使，苏辙被贬为监筠州盐酒税。苏辙大致于元丰三年七月左右到达筠州。筠州属江南西路，治所高安县。监盐酒税，管理盐酒税收的官。②"未至，大雨"一句：《栾城集》卷十《次韵李抚辰屯田修州门》："六月江涛壁垒颓，苍崖翠壁就新台。"又卷一二《次韵王适大水》："高安昔到岁方闰，大水初去城如墟。危谯堕地瓦破裂，长桥断缆船逃逋。漂浮陈穴乱群蚁，奔走沙砾摧嘉蔬。里闾破散兵火后，饮食敝陋鱼虾余。投荒岂复有便地，遇灾只复伤羸躯。人言西有蛟蜃穴，闰年每与风雷俱。漫沟溢壑恣游荡，倾崖拔木曾须臾。鸡豚浪走不复保，老稚裸泣空长吁。滞留再与兹水会，沧骨未晒斯民愚。人生所遇偶然耳，得失何用分锱铢。"可见在苏辙到达筠州之前，这里遭遇大水，城门倒塌，房屋冲毁之况。筠水：指流经郡城的锦江（亦名蜀水）。蔑：毁坏，淹没。南市：江南的市场，也就是苏辙监盐酒税的职务所在。卷一二《余居高安三年每晨出辄过圣寿访聪长老谒方子明浴头笑语移刻而归岁月既久作一诗记之》"朝来卖酒江南市，日莫归为江北人"可证。败：败坏，毁坏。刺史府门：这里指州门。③俯江之湑：俯临江边。湑（chún），水边、江边。④弊：破弊、残毁。假部使者府：假借接待部使者的官舍。部使者，指宋代路一级的长官如安抚使、转运使、提点刑狱、提举常平仓等。⑤"岁十二月"一句：按文末所署时间，本年十二月才修好盐酒税治舍，因而修建东轩。欹（qī）斜：倾斜。圮（pǐ）缺：坍塌缺坏。听事堂：办公理政的地方。种杉二本，竹百个：《栾城集》卷一二《予初到筠即于酒务庭中种竹四丛杉二本及今三年二物皆茂秋八月洗竹培杉偶赋短篇呈同官》："种竹成丛移出檐，三年慰我病厌厌。翦除乱叶风初好，封植孤根笋自添。高节不知尘土辱，坚姿试待雪霜沾。属君留取障斜日，仍记当年此滞淹。"可以参证。⑥"昼则坐市区鬻盐"一节：鬻（yù），卖。鬻盐，宋代盐酒等施行国家专卖制度。沽酒：卖酒。税豚鱼：征收买卖小猪、鱼虾的税。市人：商人、买卖者。寻尺：八尺为

寻，这里指微小之利。自效：自我奉献，这里指完成任务。莫归：晚上归来。莫，通"暮"。⑦哑(è)然自笑：哑，笑声。自我嘲笑。⑧"窃尝怪颜子"句：《论语·雍也》："子曰：'贤哉，回也！一箪食，一瓢饮，在陋巷，人不堪其忧，回也不改其乐。贤哉，回也！'"箪(dān)，古代盛饭的竹器，圆形。⑨抱关击柝：关，门闩。柝，打更的梆子。这里指看守城门、夜里巡逻打更的微贱的小吏。⑩困辱贫窭(jù)：贫困潦倒。窭，贫穷不足以准备礼物者。⑪羁絷(zhí)：马络头和马缰绳，喻束缚、拘禁。劫：胁迫，拖累。⑫以玉帛子女自厚：用金银财宝和歌儿舞女厚自奉养。⑬区区：犹拳拳，诚挚的样子。磨洗浊污：洗刷尘世的污浊、世俗之念。睎：仰慕。缺然：不足、欠缺的样子。庶几：接近，表示或许能够之意。⑭"孔子周行天下"句：司寇，古代官名，主管刑狱，为六卿之一，孔子曾做过鲁国的司寇。乘(shèng)田：管理牧场饲养的小官。委吏：负责仓库保管、会计事务的小吏。《孟子·万章下》："孔子尝为委吏矣，曰：会计当而已矣。尝为乘田矣，曰：牛羊茁壮长而已矣。"(赵注：委吏，主委积仓庾之吏也。乘田，苑囿之吏也，主六畜之刍牧者也。)⑮谴：因罪被贬谪。桎梏：镣铐，这里指束缚。⑯归伏：归田隐居。环堵之室：空空荡荡、家徒四壁的房子。优游：悠闲自得的样子。

[译文]

　　我因为罪责被贬为监筠州盐酒税后，还没到任时，天下大雨，筠水泛滥，淹没了水南岸的市场，水冲击北岸，冲坏了州城的城门。监盐酒税的官舍俯临江边，水患尤其严重。我到任以后，官舍破弊得没法居住，于是上报州府，请求暂借接待部使者的官舍来居住。知州怜悯我无处可归，许可了我的请求。这年的十二月，才把那些倾斜的支起来，把那些坍塌缺漏的补起来，辟出处理事务的厅堂的东面为轩，种植了两棵杉树、一百棵竹子，用来作为公余休闲的处所。然而盐酒税过去有三个官员共同管理，我到的时候，其他两个人恰好都罢免离开了，所有的事情都落到我一人头上。白天坐在市区卖盐、卖酒，征收猪税、鱼税，和商人们争夺微薄的利益来完成自己的任务，晚上归来已经是精疲力竭，总是昏昏然入睡，不知不觉已经夜尽天明了，早上就又出去处理自己的事务，始终不能够安心地在所谓的东轩休息。每天早晚从东轩旁边出入，回头看它，未尝不自我嘲笑一番。

我过去在少年读书时，私下曾经奇怪颜回只有一竹筐饭、一瓜瓢水，住在小巷子里，别人都受不了那穷苦的忧愁，颜回却不改变他自有的快乐。私下认为虽然不想做官，然而当个守门的、打更的，也可以养活自己，并不会妨碍读书学习，何必一定要那样贫困潦倒、自讨苦吃呢？等来到筠州以后，精力都用在了柴米油盐这些杂务上，连一天的空闲时间也没有，虽然很想远离尘俗污染，解脱羁绊，在道德场里自在徜徉，然而琐碎的事务常常把我纠缠住，根本无法脱身。然后我才明白，颜回之所以甘于贫穷，不肯谋求微薄的俸禄来养活自己，的确是因为这对读书学习是有妨害的。

唉！士人当他还不明白大道的时候，沉醉于势利之中，用金银财宝和歌儿舞女厚自奉养，自认为快乐。等到他遵循着事理去寻求大道，摆落浮华收取真实，从容自得，忘却了天地之间的广大，忘却生死之间的变化，更何况这之下的事情呢？所以这种快乐，完全可以无视穷困饥饿而毫无怨言，即使是南面称帝的君王也不能超过他，大概不是有道德的人是不能胜任的。我现今诚心地想洗刷身上的污浊俗念，仰慕圣贤希望能够达到哪怕万分之一，自视欠缺很大，要想接近于颜回的快乐，当然是得不到了。至于像孔夫子那样周游天下，高可以做鲁国的司寇，低可以做管理牧场饲养的小官，负责仓库保管、会计事务的小吏，任他遇到什么，没有不可以的，那大概是明智通达的人的事情，并不是普通人经过学习修养可望做到的。

我既然因为罪过贬谪到这里，尽管知道束缚于琐事杂务的危害却势必无法摆脱。我只能寄希望于随着岁月的推移，世人或许会哀痛而怜悯我，使我能够归隐乡里，修整父亲遗留下来的破旧居室，盖成一所简陋房屋住进去,然后追求颜回的那种快乐,那时怀念留恋东轩,悠闲自得而忘记了老之将至。然而这恐怕不是我所敢于奢望的。

元丰三年十二月初八日,眉阳苏辙记。

待月轩记

昔予游庐山，见隐者焉，为予言性命之理曰①："性犹日也，身犹月也。"予疑而诘之。②则曰："人始有性而已，性之所寓为身。天始有日而已，日之所寓为月。日出于东。方其出也，物咸赖焉。有目者以视，有手者以执，有足者以履，至于山石草木亦非日不遂。③及其入也，天下黯然，无物不废。然日则未始有变也。惟其所寓，则有盈阙。一盈一阙者，月也。④惟性亦然，出生入死，出而生者，未尝增也；入而死者，未尝耗也，性一而已。惟其所寓，则有死生。一生一死者，身也。虽有生死，然而死此生彼，未尝息也。身与月皆然，古之治术者知之，⑤故日出于卯，谓之命，⑥月之所在，谓之身。日入地中，虽未尝变，而不为世用，复出于东，然后物无不睹，非命而何？月不自明，由日以为明。以日之远近，为月之盈阙，非身而何？此，术也，而合于道。世之治术者，知其说不知其所以说也。"

予异其言而志之久矣。⑦筑室于斯，辟其东南为小轩。轩之前廓然无障，⑧几与天际。⑨每月之望，⑩开户以须月之至。⑪月入吾轩，则吾坐于轩上，与之徘徊而不去。⑫一夕，举酒延客，⑬道隐者之语，客漫不喻，⑭曰："吾尝治术矣，初不闻是说也。"予为之反复其理,客徐悟曰:"唯唯。"⑮因志其言于壁。

[题解]

本文是苏辙为自己晚年的退居休息的轩亭所作的记文,作年当在大观元年(1107)待月轩建成之后。《栾城三集》卷一《初成遗老斋待月轩藏书室三首》之《待月轩》:"轩前无物但长空,孤月忽来东海东。圆满定从何处得,清明许与众人同。怜渠生死未能免,顾我盈亏略已通。夜久客寒要一饮,油然细酌意无穷。"可见待月轩和遗老斋、藏书室是同时修建的晚年修养之地。《明一统志》卷五七:"待月轩,在大愚山。宋苏辙谪筠州,舟过南康庐阜,访隐者,举日月以喻性理,因悟其说。至筠,作待月轩,以自省并记其事。"或许苏辙在筠州也曾建待月轩,或者这个记载有误。本文名为轩记,实际上是从轩名生发开来的议论,或者说是对之所以如此命名的解说。宋代是理学繁盛的时代,同时也是思想极其繁杂活泼,富于创造性的时代,可谓是万途竞萌、百舸争流。不但理学内部派别不一,在更大的范围看,蜀学、朔学、洛学、新学,各自的思想都不一样。本文反映的是苏辙对于儒家传统命题"性命"之说的看法。他认为性是不变的,性所寄寓的身体是在生老病死中变化不居的,在性和身之间有所谓的命,命可以理解成天命,也可以理解成前定的遭际、风云际会、人的政治命运,人应该尽人事而顺天命,使自己的本性充粲至极。这些看法也是苏辙人生经验的总结。后来朱熹评论说:"子由晚年作《待月轩记》,想他大段自说见得道理高。而今看得甚可笑!如说轩是人身,月是人性,则是先生下一个人身,却外面寻个性来合凑着,成甚义理。"(《朱子语类》卷一三〇)说明正统的理学家的看法和蜀学三苏的思想还是很不一样的。本文借日月为喻,使得道理变得浅显明白。写景部分简洁明快,富于意趣。

[注释]

①性命之理:指性与命的关系。这是中国古代儒家哲学的重要命题之一。性,也就是天理,先天存在而人生来即有的性质。命,是指人的命数、命运,这同样是天之所授。《易·乾卦》:"乾道变化,各正性命。"孔颖达疏:"性者,天生之质,若刚柔迟速之别;命者,人所禀受,若贵贱夭寿之属也。"苏辙《栾城后集》卷六《孟子解》云:"孟子曰:'存其心,养其性,所以事天也。夭寿不贰,修身以俟之,所以立命也。'天者,莫之使而自然者也。命

者，莫之致而自至者也。天畀我以是心而不能存，付我以是性而不能养，是天之所以授我者，有所不事也。寿则为之，夭则废之，夭寿非人之所为也，而实力焉，是命有所未立也。修身于此，知夭寿之无可为也，而命立于彼也。"
②诘：问，追问。③不遂：不成熟。④一盈一阙者，月也：《礼记·礼运》："播五行于四时，和而后胜也。是以三五而盈，是以三五而阙。"后遂以"盈阙"代指月。⑤治术者：即研究术数五行命相等的人。⑥日出于卯，谓之命：卯，卯时。古代以地支记时，卯时相当于现在早晨五时至七时。这也是古代官署开始办公的时间，所谓点卯是也。古时星命占卜者根据日出的时辰来占卜推算吉凶，如明代万民英《星学大成》卷一八："太阳，日宿，火之精，一名密星，其色红赤，其性宽厚，人君之象，父之所配……生于蓬岛之间，出入扶桑之内。卯酉为出入之门，至午为中天离明之地。天光所及，照烛无私。太阳出于卯，故卯上立命，随父所在故也。惟独守宫则权专诸星，为之辅佐。其星，庙戌、乐巳、好辰、喜寅、旺午、怒酉。"⑦志：记。⑧廓然无障：空旷开阔没有障碍物。⑨几与天际：几乎和天边相连。⑩望：月相名。阴历每月十五日，日、月相距最远，从地球上看月亮最为圆满，故称阴历每月十五日为"望"日。⑪须：等待。⑫与之徘徊：李白《月下独酌》："我歌月徘徊，我舞影凌乱。"⑬延客：邀请客人。⑭漫不喻：全然不明白。⑮唯唯：表示同意、赞成的样子。

[译文]

过去我游览庐山，遇见一个隐士，给我讲性命的道理，他说："人的性好比太阳，人的身好比月亮。"我感到疑惑不解就诘问他。他解释说："人一开始只有性罢了，性所寄寓的地方是身体。天一开始只有太阳罢了，太阳所寄寓的地方是月亮。太阳出于东方，当它出来时，万物都依赖于它。有眼睛的可以看见，有手的可以握持，有脚的可以行走，以至于山石草木没有太阳不能茂盛成熟。当它落下去的时候，天下黯然失色，任何事物都失去作用了。然而太阳却未尝有什么改变，只有它所寄寓的月亮，则有圆有缺。一圆一缺的，是月亮。那性也是这样，出生入死，升起来生长的，性未尝

待月轩记　189

增加；落下去死亡的，性未尝消耗，性是一成不变的罢了。但是它所寄寓的，则有死有生。一生一死的，是身体。虽然有生有死，然而死于此而生于彼，未尝停息啊。身体和月亮都是这样，古代研究术数的人知道这个道理，所以把太阳在卯时出来叫做命，月亮所在的地方，叫做身。太阳落到大地下面，虽然未尝改变，然而却不能够为世上利用，又从东方出来，然后万物没有不瞻仰的，不是命是什么呢？月亮自己不会发光，凭借太阳来发光。根据离太阳的远近，月亮有圆有缺，不是身体是什么？这，是术数，但合乎道理。世上研究术数的，知道这个说法但不知为什么这样说。"

  我惊异于他的话，记在心里很久了。在这里修盖房屋，在房屋东南辟出一块地方建造小轩，轩的前面空旷无碍，几乎能看到天际。每当十五的夜晚，打开窗户以等待月亮的到来。月光进入我的小轩，我坐在小轩里，和月光徘徊留恋不忍离去。一天晚上，摆下酒席，宴请客人，讲述了那位隐士的话，客人完全不明白，说："我曾经研究过术数，从来没有听说过这个说法。"我为他反复讲说这个道理，客人慢慢才领悟说："是的，是的。"因而把这话记载于墙壁上。

洛阳李氏园池诗记

洛阳古帝都，①其人习于汉唐衣冠之遗俗，居家治园池，筑台榭，植草木，以为岁时游观之好。②其山川风气，清明盛丽，居之可乐。平川广衍，③东西数百里，嵩高、少室、天坛、王屋，④冈峦靡迤，四顾可挹，⑤伊、洛、瀍、涧，⑥流出平地。故其山林之胜，泉流之洁，虽其间阎之人与公侯共之。⑦一亩之宫，上瞩青山，下听流水，奇花修竹，布列左右，而其贵家巨室园囿亭观之盛，实甲天下。若夫李侯之园，洛阳之一二数者也。

李氏家世名将，大父济州，于太祖皇帝为布衣之旧，方用兵河东，百战百胜。⑧烈考宁州，事章圣皇帝，守雄州十有四年，缮守备，抚士卒，精于用间，其功烈尤奇。⑨李侯以将家子，结发从仕，历践父祖旧职，勤劳慎密，老而不懈，实能世其家。⑩既得谢，⑪居洛阳，引水植竹，求山谷之乐，士大夫之在洛阳者，皆喜从之游，盖非独为其园也。凡将以讲闻济、宁之余烈，而究观祖宗用兵任将之遗意，其方略远矣。⑫故自朝之公卿，皆因其园而赠之以诗，凡若干篇。仰以嘉其先人，而俯以善其子孙。则虽洛阳之多大家世族，盖未易以园囿相高也。

熙宁甲寅，李侯之年既八十有三矣，而视听不衰，筋力益强，日增治其园而往游焉。将刻诗于石，其子遵度官于济南，实从予游,以侯命求文以记。⑬予不得辞,遂为之书。

熙宁七年十一月十七日记。

[题解]

本文作于熙宁七年(1074),当时苏辙正在京东东路齐州(即山东济南)掌书记任上,应同僚李遵度之请为其家园林树立诗碑作记。作为一篇园林记,本文和通常描述园林景观的写作方法不同,而是避实就虚,着重写李氏家族的丰功伟绩,而略写园林本身。这样写的原因在于,一方面苏辙并没有亲自到李侯家的园林游览过,实写则失实;另一方面,各家园林大同小异,描写园林并不能突出李侯家园林的特别之处。但苏辙也并没有离题不写,而是虚写,浓墨重彩写洛阳的山水风习,写洛阳的园林传统,写洛阳园林甲天下,然后简单地说李侯家园林"洛阳之一二数也",虽然虚写但仍能达到很好的效果。文章的主体部分则是叙述李氏家族名将世家的传统和功业,从开国功臣济州团练使李谦溥到守边名将宁州防御使李允则,直到李侯自己,也能够"历践父祖旧职",能世其家。并由李氏名将世家进一步讲到祖宗任用将帅的深谋远虑。而这是极其宝贵的政治谋略和经验,也是庆历以后论兵者所常常感慨艳羡的。如范镇《东斋记事》卷一:"太祖时,李汉超镇关南、马仁瑀守瀛州、韩令坤常山、贺惟忠易州、何继筠棣州、郭进西山、武守琪晋阳、李谦溥隰州、李继勋昭义、赵赞延州、姚内斌庆州、董遵诲环州、王彦升原州、冯继业灵武,管榷之利,悉以与之,其贸易则免其征税。故边臣皆富于财,以养死士,以募谋者,敌人情状,山川道路,罔不备见而周知之。故十余年无西、北之忧也。"本文的命题立意也着重在这方面,洛阳士大夫游览李氏园林,赠诗赞美的也着重是这方面,所以文章的构思应该说还是很巧妙,也是符合实际需要的。故张伯行在《唐宋八大家文钞》卷十评本文说:"记园亭之胜,而本其家世之勋劳,与李侯进退大节,以见士大夫乐游其园而赠之以诗者,不止为耳目之观也。便是文字占得大体处。"

[注释]

①洛阳古帝都:洛阳号称九朝古都。东周、东汉、曹魏、西晋、北魏、隋、唐、后梁、后唐九个朝代在这里建都,同时又是很多朝代的陪都。
②"其人"句:洛阳沿袭旧习,多置园林。北宋李格非《洛阳名园记》记载

洛阳名园十九处，充分显示了洛阳的风气。衣冠：本指士大夫的穿戴，后代指缙绅、士大夫。③广衍：广阔延展。④嵩高、少室，天坛、王屋：山名。嵩高，即嵩山。嵩山古称中岳，在今河南登封，当时属河南府（今洛阳）。少室：嵩山西峰名少室山。《名山记》："嵩山中为峻极峰，东曰太室，西曰少室。"天坛山在今河南济源西，为王屋山绝顶。⑤靡迤：连续不绝貌。可把：可以掬取。犹言山色近城，伸手可触。⑥伊：即伊河，洛河支流，流经龙门石窟，在洛阳东南部汇入洛河。洛：即洛河，黄河下游南岸较大的支流，流经洛阳南部。瀍（chán）：即瀍水，源出今河南洛阳市西北。涧：即涧水，流经洛阳，注入洛河。⑦闾阎之人：闾阎为里巷的门，此处借指平民百姓。⑧"李氏家世名将"句：大父，祖父。这里指李侯的祖父宋初功臣李谦溥（915—976），字德明，并州盂（今河南孟州）人，少通《左氏春秋》，后周及宋初，长期征战于河东（今山西）一带，立下卓越战功。开宝三年（970）为济州团练使。《宋史》卷二七三本传云："谦溥与宣祖（赵匡胤父赵弘殷，后尊为宣祖）同里闬，弟谦升与太祖为布衣交。""雍熙中，太宗为许王纳谦女为夫人。"⑨"烈考"一节：烈考，父亲。章圣皇帝：宋真宗的谥号。这里指李侯的父亲李谦溥子李允则（953—1028），字垂范，曾两任辽宋边境的雄州知州十四年，修治城池，善于治边，立下赫赫功勋，官至宁州防御使。其"精于用间"可参《宋史》卷三二四本传所述两例："上元旧不燃灯，允则结彩山，聚优乐，使民夜纵游。明日，侦知北酋欲间入城中观，允则与同僚伺郊外。果有紫衣人至，遂与俱入传舍，不交一言，出奴女罗侍左右，剧饮而罢。且置其所乘骡虎下，使遁去，即幽州统军也。后数日，为契丹所诛。""又得谍，释缚厚遇之，谍言燕京大王遣来，因出所刺缘边金谷、兵马之数。允则曰：'若所得谬矣。'呼主吏按籍书实数与之。谍请加缄印，因厚赐以金，纵还。未几，谍遽至。还所与数，缄印如故。反出彼中兵马、财力、地里委曲以为报。"王禹偁曾为其作《李氏园亭记》（《小畜集》卷一六）。⑩"李侯"句：指李允则之子。按《隆平集》卷一六《李允则传》记载允则三子：中和、中吉、中谨，根据文中所记李侯"历践父祖旧职"，结合相关史料，李侯或为李中吉，然不敢肯定。据《长编》卷一五六，庆历五年知广信军；嘉祐四年左右知忻州；宋祁《景文集》卷一二有《送天雄监兵李中吉》诗。李侯熙宁七年（1074）年八十三，则生于992年。结发：束发，指初成年。⑪谢：指致仕，退休。《礼记·曲礼上》："大夫七十而致事，若不得谢，则赐之几杖。"⑫余烈：过去的丰功伟绩。方略：计谋策略。《宋史》卷三二四《李允则传》："在河北二十余年，事功最多。其方略设施，虽寓于游观亭传间，后人亦莫敢骚。"⑬遵度：李允则之孙李遵度，生平不详。邵雍《击壤集》卷九《代书寄广信李遵度承制》："蓟北更千里，汉唐为极边。奈何今境土，不复旧山川。虎帐兵家重，雕弓嗣子传。他年勒功处，无使后燕然。"邵雍居洛阳，李遵度亦是洛阳世家，这首诗应当就是寄赠文中所说的向苏辙学习的李遵度的。济南：宋代齐州的郡号，属京东东路。当时苏辙为齐州掌书记。

[译文]

洛阳自古帝王都，洛阳人习惯于汉唐士大夫流传下来的遗风遗俗。家居时治理园林池阁，建筑亭台楼榭，种植花草树木，作为岁时节日游玩观览的去处。那里的山川风水，清澈明朗盛大美丽，居住在那里让人感到快乐。沿河两岸，一马平川，延展不绝，东西达数百里长，嵩山、少室山、王屋山、天坛峰，山峦绵延起伏，四望好像唾手可得。伊水、洛水、瀍水、涧水四条河流，平淌流过。所以那里山峦林木美胜，泉水河流洁净，虽是平民百姓也能和王公贵族共同享有。一亩地的家园，上能看到青山，下能听到流水，奇花修竹，罗布左右，而那些贵族大家的园林亭台的繁盛，实在是甲于天下。至如李侯家的园林，又是洛阳园林中数一数二的。

李氏是名将世家，他的祖父济州团练使，和太祖皇帝是布衣之交，那时河东正在打仗，其祖百战百胜。他的父亲宁州防御使，侍奉真宗皇帝，守护雄州长达十四年，修缮边防设施，爱抚将士，特别擅长使用间谍，他的功业勋绩尤其奇特。李侯以将家子弟，一成年就开始走上仕途，历任父祖曾经任过的职务，勤劳谨慎严密，到老也不松懈，实在是能够继承家族传统。退休以后，居住在洛阳，引来水流，种植竹木，寻求山林幽谷的快乐，在洛阳的士大夫们都喜欢跟随他游玩，并非仅仅是因为他家的园林。凡是要来讲述讨论济州、宁州遗留下来的丰功伟绩，深究探考太祖太宗用兵任将的用意，那方术策略可谓深远啊！因此，从朝廷来的公卿大人，都接着游赏他家的园林而赠送诗歌，总共有若干篇。上可以用来赞美先人的功绩，下可以用来将先人的善事留给后代子孙。虽然洛阳有很多大家世族，大概也不容易拿园林来比高吧！

熙宁七年甲寅，李侯已经八十三岁高龄了，但耳聪目明，身体依然强壮，每天都扩大整治他家的园林并且去游玩。准备把大家的赠诗刻到碑石上，他的儿子李遵度在济南做官，恰好和我游从，拿李侯的命令来求我作文为记。我不能够推辞，于是就给他写下这篇记文。

熙宁七年十一月十七日作。

黄州快哉亭记

　　江出西陵,①始得平地。其流奔放肆大,南合湘、沅,北合汉、沔,其势益张。②至于赤壁之下,波流浸灌,与海相若。③清河张君梦得,④谪居齐安,⑤即其庐之西南为亭,以览观江流之胜,而余兄子瞻名之曰"快哉"。

　　盖亭之所见,南北百里,东西一舍。⑥涛澜汹涌,风云开阖。昼则舟楫出没于其前,夜则鱼龙悲啸于其下,变化倏忽,动心骇目,不可久视。⑦今乃得玩之几席之上,⑧举目而足。西望武昌诸山,⑨冈陵起伏,草木行列,烟消日出,渔夫樵父之舍皆可指数。此其所以为"快哉"者也。至于长洲之滨,故城之墟,⑩曹孟德、孙仲谋之所睥睨,⑪周瑜、陆逊之所骋骛,⑫其流风遗迹,亦足以称快世俗。

　　昔楚襄王从宋玉、景差于兰台之宫,有风飒然至者,王披襟当之,曰:"快哉,此风!寡人所与庶人共者耶?"宋玉曰:"此独大王之雄风耳,庶人安得共之!"玉之言,盖有讽焉。⑬夫风无雌雄之异,而人有遇不遇之变。楚王之所以为乐,与庶人之所以为忧,此则人之变也,而风何与焉?士生于世,使其中不自得,将何往而非病?使其中坦然,不以物伤性,将何适而非快?今张君不以谪为患，窃会计之余功，⑭而自放山水之间，此其中宜有以过人者。将蓬户瓮牖无所不快，⑮而况乎濯长江之清流，揖西山之白云，⑯穷耳目之胜以自适也哉！不然，连山绝壑，长林古木，振之以清风，照之以明月，此皆骚人思士之所以悲伤憔悴而不能胜者，乌睹其为快也哉？⑰

元丰六年十一月朔日，赵郡苏辙记。⑱

[题解]

本文作于元丰六年（1083）十一月，是苏辙为黄州快哉亭作的记，是苏辙散文中的名篇。快哉亭是贬谪于黄州的张梦得所建，位于黄州城南，临皋亭之上，离长江只有百十步之远。亭子由苏轼命名，苏轼还写有一首词来吟咏此亭，可供我们参看。《水调歌头》（快哉亭作）："落日绣帘卷，亭下水连空。知君为我，新作窗户湿青红。长记平山堂上，欹枕江南烟雨，杳杳没孤鸿。认得醉翁语，山色有无中。一千顷，都镜净，倒碧峰。忽然浪起，掀舞一叶白头翁。堪笑兰台公子，未解庄生天籁，刚道有雌雄。一点浩然气，千里快哉风。"词当和苏辙的记文同时所作，能够看出此亭下临长江，水天空阔，碧峰倒影的景象。

此时苏轼兄弟和张梦得都处于迁谪之中，但却没有迁客骚人的忧愁哀思，而能够揽赏江山风月，自然美景，文章切合"快哉"命题，文风峻爽朗丽，在苏辙散文中是比较特别的。文章围绕"快哉"来结构布局，全文"快"字总共出现了七次。文章第一段是记叙亭子建造的由来，但重点却在于摹写亭子的地理位置，从极为广阔的背景来写快哉亭，使得文章格局极其阔大。第二段是对快哉亭的具体描写，但重点不在亭子本身，而是写亭上所见。亭上所见又分为两个层次：眼中之景和历史遗迹。写眼中之景从昼夜、俯仰、远近等各个角度来描写，写出了山川风景使人快意。写历史遗迹，则追忆三国当年，诸多英雄人物于此争雄驰逐，风云变幻如在目睫之前，这同样也使后来凭吊者感到快意。第三段则转入议论。首先引用宋玉《风赋》中对"快哉此风"的描述，因为这是"快哉"一词的出典。苏辙从中得出的却是关于人之遇和不遇由此引起的忧和乐。这是一般人的忧乐观，但苏辙在这里提出了更高一层的忧乐观,那就是"使其中自得,将合适而非快",这既是本文的主旨,也是对于主人张梦得的赞美。最后和骚人迁客作比,进一步突出了主题。

文章收纵自如,丰约合度,文势汪洋,笔力雄壮。读之令人心胸旷达,宠辱皆忘。

[注释]

①西陵:即西陵峡,长江三峡之一,西起湖北省巴东县,东至宜昌市。②肆大:指长江摆脱三峡束缚后,江流变得浩荡宽阔。湘、沅:指长江南岸的支流湘江、沅江,入洞庭湖,汇入长江。汉、沔:本为一水,发源于陕西,至陕西沔县一段称沔水,流至汉中一段称汉水,在武汉市流入长江。③赤壁:黄州赤鼻矶,苏轼以之当周瑜破曹之赤壁。相若:像似,相等。按苏轼《东坡志林》卷九云:"黄州守居之数百步为赤壁,或言即周瑜破曹公处,不知果是否?断崖壁立,江水深碧。"④清河张君梦得:清河,郡名,在今河北省清河县,清河为张氏的郡望,未必是张梦得的家乡。张梦得,生平事迹不详,或说字偓佺,见傅藻《东坡纪年录》:"元丰六年癸亥,于快哉亭作《水调歌头》赠张偓佺";或说即张怀民(此人即东坡《记承天寺夜游》中的张怀民),见清王文诰《苏诗总案》卷二二:"元丰六年癸亥十二月八日,饮酒于张梦得小阁,作《南柯(歌)子》",这首《南歌子》元有小题作"黄州腊八日饮怀民小阁"。张梦得、张怀民都是苏轼贬谪黄州时期交往较多的人物,由《黄州快哉亭记》我们知道此时张梦得也是贬谪于此地,《苏诗补注》卷二〇《迁居临皋亭》注引《名胜志》云:"临皋馆在黄州朝宗门外,其上有快哉亭,县令张梦得建。"如果这则材料可靠的话,我们可以知道张梦得此时应为黄冈令。黄庭坚《山谷集》卷二九《跋伪作东坡书简》:"此帖安陆张梦得简,似是丹阳高述伪作。"认为张梦得是湖北安陆人。我们可以通过苏轼词《南歌子》(黄州腊月八日饮怀民小阁)"卫霍元勋后,韦平外族贤。吹笙只合在缑山。闲驾彩鸾归去、趁新年。烘暖烧香阁,轻寒浴佛天。他年一醉画堂前。莫忘故人憔悴、老江边",大致知道张怀民应是出身于世家大族的。综合来看,说张梦得即张怀民的可能性较大。⑤齐安:齐安郡,黄州的古名,也是黄州的郡号。⑥一舍:三十里,即退避三舍的舍。⑦开阖:即开合。倏忽:迅疾。《东坡志林》卷十:"临皋亭下八十

余步便是大江,其半是峨眉雪水。吾饮食沐浴,皆取焉,何必归乡哉!江山风月,本无常主,闲者便是主人。"陆游《入蜀记》卷三:"临皋亭,东坡先生所尝寓,与秦少游书所谓门外数步即大江是也。烟波渺然,气象疏豁。"快哉亭在临皋亭之上,视野当更开阔。⑧玩:玩赏。几席:几,矮桌,用以搁置东西和凭靠。席,古人坐卧之具。⑨西望武昌诸山:武昌,即黄冈长江对面的鄂州。参见前《武昌九曲亭记》:"江之南武昌诸山,陂陁蔓延,涧谷深密。"⑩长洲:泛指江边的沙洲。故城之墟:东吴时孙权曾迁都武昌,这里有孙权故宫遗址。⑪曹孟德、孙仲谋之所睥睨:曹操、孙权曾经争夺的地方。睥睨:侧目斜视。这里是指彼此窥视觊觎争夺。⑫周瑜、陆逊之所骋骛:这里是周瑜、陆逊曾经建功立业、驰骋追逐的地方。陆逊:东吴大将。⑬"昔楚襄王从宋玉"一节:见《文选》宋玉《风赋》。《史记》卷八四《屈原贾生列传》:"屈原既死之后,楚有宋玉、唐勒、景差之徒者,皆好辞而以赋见称。"兰台:今湖北省钟祥市东。飒然:风声。披襟当之:敞开衣襟迎风吹拂。《文选·风赋》吕向注:"《史记》云:宋玉,郢人也,为楚大夫。时襄王骄奢,故宋玉作此赋以讽之。"(按:此条引文不见今本《史记》。)⑭窃会计之余功:谓利用公余之闲暇时间。会计:掌赋税钱谷等事物。⑮蓬户瓮牖:指居处的简陋,以编蓬为户,以破瓮为窗户。⑯濯长江之清流:濯,洗涤。左思《咏史》:"振衣千仞冈,濯足万里流。"挹:通"抱",舀取,这里指揽取、玩赏西山间的白云。⑰骚人:诗人。思士:多感之士人。不能胜(shēng):不能承受。乌睹:哪里见得。《文心雕龙·物色》:"若乃山林皋壤,实文思之奥府。略语则阙,详说则繁。然屈平所以能洞监风骚之情者,抑亦江山之助乎?"《新唐书》卷一二五《张说传》:"既谪岳州,而诗益凄婉,人谓得江山助云。"⑱朔日:初一日。赵郡苏辙:蜀地苏氏先祖为唐代诗人苏味道,为河北赵郡栾城人,故苏辙自称赵郡人,集子叫《栾城集》。

[译文]

长江流出西陵峡后,才到了平旷的土地上,江流开始变得奔放浩荡,湘江、沅江从南岸汇入,汉水、沔水从北边汇入。水势更加浩大。长江流到赤壁之下时,烟波渺然,和大海相仿佛。清河张梦得被贬谪到黄州,就着他住处的西南建了个亭子,用来观赏江流的胜景，我的兄长子瞻给它起名叫"快哉"。

亭子上可以望见的地方，从南到北有一百来里，从东到西有三十来里。狂涛汹涌，风云开阖变换。白天过往的船只在亭子前时隐时现，夜晚能听到鱼龙在亭下江中悲凄地吟啸。风云波涛，变化迅疾，目惊心悸，不敢长久观看。如今却可以在亭子里靠着几案坐在席上尽情欣赏把玩，抬眼就能看个够。向西眺望武昌一带山脉，冈峦丘陵高低起伏，花草树木随之成行成列，太阳出来，云烟散去，对岸渔翁樵夫住的房子都可以指点清楚。这大概就是把亭子命名为"快哉"的原因吧。至于江边沙洲岸上，古代都城的遗址，那是曹操和孙权曾经傲视争雄的所在，也是东吴大将周瑜、陆逊曾经纵横驰骋的地方，古人的流风遗韵，故都的遗迹废墟，也都足以使世俗之人感到快意。

古时候宋玉、景差陪伴着楚襄王到兰台宫游玩，有一阵风忽然吹来，襄王敞开衣襟迎风吹拂，说："多么爽快呀，这风！这是我和老百姓共同享受的吧？"宋玉说："这只是大王您的雄风罢了，老百姓哪里能与您共享呢？"宋玉的话大概含有讽喻的意味吧。风本来没有什么雌雄的分别，而人却有遇时和不遇时的差异。楚王快乐的原因和老百姓忧愁的原因，是由于人各自的遭遇不同，这和风有什么关联呢？读书人生在世上，如果他的内心不能自得其乐，那么，他到什么地方去能不忧愁呢？而假使他内心坦荡，不因为外界的事物损害自己的性情，那么，他到什么地方去能不快乐呢？如今张君不因为贬谪而忧愁，却能利用公务余暇，让自己在山水美景中纵情游赏，他的内心必定有过人的东西。他即使住在蓬为门户破瓮为窗的陋室里，也不会感到不快，更何况能在万里长江的清流中洗洗脚，能举手揽取玩赏西山的白云，能穷尽耳目所能观赏的胜景，从而使自己得到满足呢？如果不是这样，那连绵群山、悬崖绝壁、深林古木，山间清风呼啸振动，江上明月照拂笼罩，正是使那些骚人迁客、失意之士悲伤感慨憔悴而不能承受的,哪里能看得出它让人快乐的地方呢?

元丰六年十一月朔日,赵郡苏辙记。

齐州闵子祠堂记

历城之东五里,^①有丘焉,曰闵子之墓。^②坟而不庙,秩祀不至,邦人不宁。^③守土之吏有将举焉而不克者。熙宁七年,天章阁待制、右谏议大夫濮阳李公来守济南。^④越明年,政修事治,邦之耋老相与来告曰:"此邦之旧,有如闵子而不庙食,岂不大阙!公唯不知,苟知之,其有不饬?"^⑤公曰:"噫!信其可以缓?"于是庀工为祠堂,且使春秋修其常事。^⑥堂成,具三献焉,笾豆有列,傧相有位,^⑦百年之废,一日而举。

学士大夫观礼祠下,咨嗟涕洟。^⑧有言者曰:"惟夫子生于乱世,周流齐、鲁、宋、卫之间,无所不仕,^⑨其弟子之高第,亦咸仕于诸国。宰我仕齐,子贡、冉有、子游仕鲁,季路仕卫,子夏仕魏。弟子之仕者亦众矣。^⑩然其称德行者四人,^⑪独仲弓尝为季氏宰。^⑫其上三人,皆未尝仕。季氏尝欲以闵子为费宰。闵子辞曰:'如有复我者,则吾必在汶上矣。'^⑬且以夫子之贤,犹不以仕为污也。而三子之不仕,独何欤?"言未卒,有应者曰:"子独不见夫适东海者乎?望之茫洋不知其边,即之汗漫不测其深,其舟如蔽天之山,其帆如浮空之云。然后履风涛而不偾,触蛟蜃而不耆。^⑭若夫以江河之舟楫而跨东海之难,则亦十里而返,百里而溺，不足以经万里之害矣。⑮方周之衰，礼乐崩弛，天下大坏，而有欲救之，譬如涉海，有甚焉者。⑯今夫子之不顾而仕，则其舟楫足恃也。诸子之汲汲而忘返，盖亦有陋舟而将试焉，则亦随其力之所及而已矣。⑰若夫三子，愿为夫子而未能，下顾诸子，而以为不足为也，是以止而有待。夫子尝曰：'世之学柳下惠者，未有若鲁独居之男子。'⑱吾于三子亦云。"众曰："然。"退而书之，遂刻于石。

[题解]

本文作于熙宁八年（1075）秋，为齐州闵子骞祠堂建成后所写的记文。齐州东方五里地有孔门高弟闵子骞的坟墓，但是却没有祠堂，祭祀礼仪长久废而不举。熙宁七年李肃之任齐州太守的第二年，应本地耆老之请，修建祠堂，举行盛大的祭祀仪式，以向孔门先贤致敬。当时苏辙为齐州掌书记，于是写下了这篇文章。苏辙还写有《次韵徐正权谢示闵子庙记及惠纸》（《栾城集》卷五）："西溪秋思日盈笺，幕府拘愁学久骞。记庙终惭无好句，酹坟犹喜有前篇（先生作祭闵子文）。屏除笔砚真良计，写寄交游畏妄传。吴纸赠君君莫怪，耕耘废罢有闲田。"可以参看。

陈师道《后山诗话》曾经说："退之作记，记其事尔；今之记，乃论也。"如果我们把记事的记文称作正体的话，那以议论为主的记文就可以看做变体。而变体的记文在宋代记文中占据了很大的分量。本文就是这样一篇典型的变体记文。在这篇五六百字的文章中，记叙部分只占三分之一，其余的都是议论，显然是以议论为主的。

记叙部分简单地交代了建造祠庙的起因和经过，比较详细地描写了祠庙落成后庄重的祭祀仪式和观礼士大夫的感慨。这一部分我们实际上可以看做太守的德政碑。切合于这样一个题目，这一部分的语言也显得非常雍容和雅。文章主体部分是关于闵子不出仕问题的讨论，使用了对立双方辩难的方式。特别是后面在回答疑难时，文章运用了巧妙的比喻，来说明能否出仕在于一个人自己的内在修为。这一小部分意境壮阔，滔滔汩汩，在苏辙散文中不算多见。文章也比较隐曲地表现了自己对于当时政治现实的看法和自己关于出处操守的执持。所以沈德潜称此文"平直纡余中,自露风骨"。

[注释]

①历城:宋齐州治所,在今山东济南。②闵子:闵损,字子骞,孔子弟子,鲁国人,以孝道德行著称。宋真宗大中祥符元年东封泰山时下令加封孔子及孔门弟子,封"费侯闵损琅琊公"。③秩祀不至:按照等级秩序进行的祭祀没有进行。④濮阳李公:即知齐州李肃之(1006—1089),字公仪,濮州(今河南濮阳)人,伯父李迪相真宗,李肃之兄弟辈多名臣,为东州望族。肃之曾任三司使,知开封府。生平事迹见《宋史》卷三一〇《李迪传》、苏颂《苏魏公集》卷六一《龙图阁直学士致仕李公墓志铭》。李肃之于熙宁七年(1074)四月知齐州,苏辙时为齐州掌书记。⑤越明年:到了第二年,经过了一年。耋老:年高德劭者。耋(dié),八十岁。庙食:死后在祠庙享受祭祀。饬:整饬,修治。⑥庀(pǐ)工:鸠集工匠,开始动工。春秋修其常事:春秋两次大祭作为常例。⑦三献:古代祭祀的仪式。陈列祭品后献三次酒,第一次称初献爵,第二次称亚献爵,第三次称终献爵,是一种隆重的祭祀礼节。笾豆有列:整齐地排列着丰盛的祭品。笾豆:古代的祭器名字。笾(biān),古代的一种竹器,高脚,上面圆口,有些像碗,祭祀时用以盛果实等食品。豆,也是古代一种像笾一般的器皿,木料做的,有盖,用以盛有汁的食物,祭祀时也用它。傧相有位:赞礼的人有序地排列站立。傧相,古时称替主人接引宾客和赞礼的人。这里是指祭祀活动的司礼者。⑧咨嗟涕洟:感慨涕零。⑨夫子生于乱世:指孔子因为不满鲁国执政大夫,而离开鲁国,周游列国之事。详见《史记·孔子世家》。周流:周游。⑩"其弟子之高第"一节:高第,高等弟子。宰我仕齐:宰我,即宰予,字子我,春秋时鲁国人,孔子学生,曾任齐国临淄大夫。子贡:端木赐,字子贡,卫国人,曾仕于鲁国、卫国。冉有:冉求,字子有,曾为鲁国大夫季氏宰。子游:言偃,字子游,吴人,曾为鲁国武城宰。季路仕卫:仲由,字子路,曾为卫大夫孔悝的家宰,后死于卫难。子夏仕魏:卜商字子夏,卫人,子夏曾到魏国西河讲学,为魏文侯师。⑪称德行者四人:《论语·先进》:"德行:颜渊、闵子骞、冉伯牛、仲弓。"在孔子弟子中道德修养最高的是颜回、闵子骞、冉伯牛、仲弓四人。⑫仲弓尝为季氏宰:仲弓,冉雍,字仲弓,鲁国人,曾经做过鲁国贵族季孙氏的家宰。

《论语·雍也》说："子曰：雍也可使南面。"（注：可使南面者，言任诸侯治。）⑬季氏尝欲以闵子为费宰：《论语·雍也》："季氏使闵子骞为费宰。闵子骞曰：'善为我辞焉！如有复我者，则吾必在汶上矣。'"费（bì）：故城在今山东费县西北二十里。汶（wèn）：水名，就是山东的大汶河。汶上：暗指齐国之地。⑭茫洋：辽阔无边。汗漫：广大无际。偾（fèn）：倒覆，僵仆，毁坏。蛟蜃：蛟，蛟龙，大鼍、鳄鱼之类。蜃，大蛤。这里泛指水族。慹（zhé）：胆慑，畏惧。⑮经万里之害：经受万里海浪、水族的冲击毁坏。⑯譬如涉海，有甚焉者：就像渡海，有过之而无不及。⑰汲汲：心情急切。⑱"夫子尝曰"一节：《诗经·小雅·巷伯》："哆兮侈兮，成是南箕。"毛氏传曰："哆，大貌。南箕，箕星也。侈之言是必有因也，斯人自谓辟嫌之不审也。昔者颜叔子独处于室，邻之釐妇又独处于室，夜，暴风雨至而室坏。妇人趋而至，颜叔子纳之而使执烛。放乎旦而蒸尽，缩屋（抽取屋草为火把）而继之。自以为辟嫌之不审矣。若其审者，宜若鲁人然。鲁人有男子，独处于室，邻之釐妇又独处于室，夜，暴风雨至而室坏。妇人趋而托之，男子闭户而不纳。妇人自牖与之言曰：'子何为不纳我乎？'男子曰：'吾闻之也，男子不六十不间居（间杂而居）。今子幼，吾亦幼，不可以纳子。'妇人曰：'子何不若柳下惠然，妪不逮门之女（用身体温暖因城门关闭而不能进城的寒冷的女子），国人不称其乱。'男子曰：'柳下惠固可，吾固不可。吾将以吾不可，学柳下惠之可。'孔子曰：'欲学柳下惠者，未有似于是也。'"柳下惠：即展禽，春秋时鲁国大夫，食邑柳下，谥惠，故又称柳下惠。是"坐怀不乱"的君子。

[译文]

齐州历城东面五里的地方，有个小丘，是闵子骞的坟墓。有坟却没有庙，祭祀的礼节没有尽到，当地人感到不安。来这里做官的有想建庙而没有成功的。熙宁七年（1074），天章阁待制、右谏议大夫濮阳李公肃之来做齐州太守。第二年，政治修明政事完治，地方上的耆老们相继来告诉说："本地历史之久，有像闵子这样的却不能享有祠庙祭祀，岂不是很大的缺憾！太守你只是不知道，假使知道这件事，哪有不来整治修饬的呢？"李公说："呀！确实是这样",这事怎可以拖延啊!"于是召集工匠,建造祠堂,并且使春秋两次大祭成为惯例。祠堂修成后,举行了隆重的三献大祭,罗列丰盛的祭品,赞礼者秩序井然,废弃了上百年的仪式,一下子又恢复了。学子士大夫们在祠庙观看祭礼,都感慨涕零。

  有人说:"想孔老夫子生活于动乱的时代,周游齐、鲁、宋、卫列国之间,什么样的官都愿意做,他的弟子中的高等弟子,也都在各国做官。宰我在齐国做官,子贡、冉有、子游在鲁国做官,季路在卫国做官,子夏在魏国做官。弟子们出来做官的也多啦。然而那被称为有德行的四个人(颜渊、闵子骞、冉伯牛、仲弓),只有仲弓曾经做过鲁国贵族季孙氏的家臣。前面的三个人,都不曾做过官。季孙氏曾经想让闵子骞做费地宰。闵子骞推辞说:'若是再来找我的话,那我一定会逃到汶水之北去了。'即使像孔夫子那样的大贤,尚且不认为出仕对品行有所玷污。然而这三个有德行的弟子却不出仕,独独为什么呢?"话还没说完,有人回应说:"您难道没有看见过往东海上去的人吗?远望东海汪洋一片无边无际,到了跟前水势浩瀚不测深浅,那里的船像遮天蔽日的大山,那里的帆樯像垂天之云。有着这样的船和帆然后乘风破浪毫不畏惧,战蛟龙大蛇亦不胆战心惊。假若拿行驶在大江大河里的船去冒跨越大海的风险,那么走了十里就返回的,有行驶百里就沉溺的,不足以经受万里大海波涛的冲撞和鱼龙的抵触啊!当周朝衰落的时候,礼崩乐坏,天下大乱,而有人想来挽救它,就像渡海那样有过之而无不及。现在孔夫子义无反顾地出来做官,那是因为他有足可以依仗的船和桨啊!那些弟子们也急切切地乐而忘返,也是因为有条破船就想试一试,那也是根据各自的力量能够到达的勉力而为罢了。至于像以德行著称的颜渊、闵子骞、冉伯牛三人,想成为孔夫子那样的却不能够,回看下面的那些弟子们所做的,却认为不值得去做,因此不出来做官而是有所期待。夫子曾经说过:'世人学柳下惠的,没有比得上鲁国的那个独居的男子的。'我对于这三位先生也这样认为。"大家都说:"确实如此。"回来后就把这些话写下来,于是又刻到石碑上。

上高县学记

古者以学为政,①择其乡闾之俊而纳之胶庠,②示之以《诗》、《书》、《礼》、《乐》,③揉而熟之,④既成使归,更相告语,以及其父子兄弟。故三代之间,养老、飨宾、听讼、受成、献馘,无不由学。⑤习其耳目,而和其志气,⑥是以其政不烦,其刑不渎,⑦而民之化之也速。然考其行事,非独于学然也,郊社、祖庙、山川、五祀,⑧凡礼乐之事皆所以为政,而教民不犯者也。故其称曰:"政者,君之所以藏身。"⑨盖古之君子,正颜色,动容貌,出词气,从容礼乐之间,未尝以力加其民。⑩民观而化之,以不逆其上,其所以藏身之固如此。至于后世不然,废礼而任法,以鞭朴、刀锯力胜其下,⑪有一不顺,常以身较之。⑫民于是始悍然不服,⑬而上之人亲受其病,而古之所以藏身之术亡矣。子游为武城宰,以弦歌为政,曰:"吾闻之夫子,君子学道则爱人,小人学道则易使也。"⑭夫使武城之人,其君子爱人而不害,其小人易使而不违,则子游之政,岂不绰然有余裕哉!⑮

上高,筠之小邑,⑯介于山林之间,民不知学,而县亦无学以诏民。县令李君怀道始至,⑰思所以导民,乃谋建学宫。县人知其令之将教之也,亦相帅出力以缮其事,⑱不逾年而学以具。奠享有堂,讲劝有位,退习有斋,缮浴有舍,邑人执经而至者数十百人。[19]于是李君之政不苛而民肃,赋役狱讼不诿其府。[20]李君嘉学之成而乐民之不犯,知其为学之力也,求记其事,告后以不废。予亦嘉李君之为邑有古之道,其所以得于民者,非复世俗之吏也。故为书其实,且以志上高有学之始。

元丰五年三月二十日,眉山苏辙记。

[题解]

本文是苏辙元丰五年(1082)应上高县县令李怀道所请为上高县学所写的学记。宋代自仁宗庆历年间下诏兴学起,各地大量建立州县学府,招收生员,造成宋代学术文化的兴盛。同时为各地学府写作的学记也大量出现,我们通过保存至今的四五百篇学记文章可以比较全面地了解宋代的教育情况,进而追踪宋代文化鼎盛的原因。茅坤《唐宋八大家文钞》卷七《慈溪县学记》评语说:"予览学记,曾、王二公为最。非深于学,不能记其学如此。"指出宋代学记最好的代表是王安石、曾巩所作的。而要学好学记,则需要对学术文化、学校教育有深刻的领会。

苏辙同样也是一个"深于学"的作家,所以本文的写作以小见大,从一个荒僻地方的兴学出发,深入地论述了"学"与"政"的密切关系。文章分为两个大的部分。一部分论述"兴学"与教化施政的关系。一部分具体记叙上高县兴学的情况。虽然说第二部分才是文章的正题,但作者却在第一部分上下足了工夫。第一部分论述学与政之关系,可谓高屋建瓴,一上去就提出"古者以学为政"的观点。文章从三个层次来论述学、政之关系。首先从正反两个方面论述古人以学为政,寓政于学的施政方针和取得的良好社会效果,以及后人舍弃学校教化,以暴力刑罚施政所造成的官民对立,有力地证明了礼乐教化的巨大作用。然后又用子游弦歌治理武城的著名事例,进一步证明寓政于教的中心观点。正是第一部分把兴学的重要性进行了充分的铺垫,所以第二部分记叙上高县令李怀道的兴学以及由兴学而带来的政肃民和,也就水到渠成,虽然记叙非常简略,但是兴学的功效以及对于上高县令政绩的赞美也就隐隐可见,无需烦言了。

张伯行《唐宋八大家文钞》卷十评本文说："学记文以曾、王为最,此文醇质而有意味,亦颍滨集中之粹然者,故录之。"可见本文在谋篇布局、遣词造句方面是非常精心的,非深于学者则不能。元刘将孙《养吾斋集》卷一五有《重修上高县学记》,可与本文参看。

[注释]

①以学为政:把学校作为颁布政令的地方。《礼记·王制》:"天子曰辟雍,诸侯曰頖(pàn)宫。"郑玄注云:"辟,明也;雍,和也,所以明和天下。䤨之言班也,所以班政教也。"②乡闾:古代以二十五家为闾,一万二千五百家为乡,泛指民众聚集之地。俊:即俊士,周代选取入太学者。也通称才智出众的人。胶庠:三代时学校名。胶为大学,序为小学。③《诗》、《书》、《礼》、《乐》:指学校教育所使用的儒家经典。《礼记·王制》:"顺先王《诗》《书》《礼》《乐》以造士,春秋教以《礼》《乐》,冬夏教以《诗》《书》。"④揉而熟之:指通过教育使人变得礼貌而文明。⑤养老:对年高德劭的老者以酒食而敬礼之的礼节。《礼记·王制》:"周人养国老于东胶,养庶老于虞庠。"飨宾:用隆重的礼仪宴请宾客。听讼:听理诉讼。受成:即在学校接受已定的谋略。《礼记·王制》:"天子将出征……受命于祖,受成于学。出征执有罪返,释奠于学,以讯馘告。"孔颖达疏:"受成于学者,谓在学谋论兵事好恶可否,其谋成定。受此成定之谋,在于学里,故云受成于学。"献馘(guó):古时出战杀敌,割取敌人左耳,以献上论功。馘,被杀者的左耳。⑥和其志气:通过礼乐教育使人变得温和谦恭。⑦刑不渎:刑罚不烦苛。⑧郊社:指祭祀天地,南郊祭天,北郊社稷坛祭地。祖庙:指祭祀祖先宗庙。山川:指祭祀五岳江河等山川之神。五祀:指祎、郊、祖、宗、报五种祭祀。⑨政者,君之所以藏身:语见《礼记·礼运》:"故政者,君之所以藏身也。"意谓各种宗教活动、教化活动以及政治活动都是君王用来隐藏和修饰自己的手段。⑩正颜色,动容貌,出词气:《论语·泰伯》:"曾子有疾,孟敬子问之。曾子言曰:'鸟之将死,其鸣也哀;人之将死,其言也善。君子所贵乎道者三:动容貌,斯远暴慢矣;正颜色,斯近信矣;出辞气,斯远鄙倍矣。笾豆之事,则有司存。'"⑪鞭朴、刀锯:古时的刑具,鞭子、刑杖、刀子和截肢的锯子。⑫以身较之:亲身和犯法的人较量。⑬悍然不服:凶悍不服从。⑭"子游为武城宰"

一节:《论语·阳货》:"子之武城,闻弦歌之声。夫子莞尔而笑,曰:'割鸡焉用牛刀?'子游对曰:'昔者偃(子游名言偃)也闻诸夫子曰:君子学道则爱,小人学道则易使也。'子曰:'二三子!偃之言是也。前言戏之耳。'"武城:鲁国的城邑,在今山东费县西南。⑮绰然有余裕:指治理地方游刃有余,政事宽简而易于管理。⑯上高,筠之小邑:上高是筠州的一个小县。《元丰九域志》卷六:"《筠州》:望,上高,州西南九十五里,一十四乡。"⑰李君怀道:元丰四、五年间知上高县,其余事迹不详。⑱相帅:相率,一个接一个。缮其事:指修造校舍。⑲"奠享有堂"一节:有堂来祭奠供奉先师孔子,有地方来激励学生、讲授课业,有学斋来供自习,有地方吃饭和洗浴。执经:拿着经书,指来学习的学生。⑳赋役狱讼不诿其府:赋税、徭役、狱讼之事不推诿给府衙。

[译文]

古代拿学校作为施政的地方,选择地方乡村间的英俊之士进入国家的各级学校,学习《诗》、《书》、《礼》、《乐》,通过学习教化使他们变得文明而知礼仪,学成以后使他们回到地方,把所学得的知识互相告诉传播,使这些文明礼仪传到他的父子兄弟之间。所以夏商周三代中间,奉养老人,接待嘉宾,听取诉讼,接受成熟的计谋,奉献俘虏,没有不经由学校的。使学生耳闻目见,志气谦和恭敬,因此那时的政治不烦琐,刑罚不泛滥,人民能够迅速地受到教化。但是进一步考察那时的治理国家的行为,不单单学校是教化的地方,祭祀天地、宗庙、山川以及五祀这些和礼乐有关的事情都是用来施行政治教化的,都是用来教育人民不违犯法律规矩的。所以,他们宣称说:"政治,是国君用来托身的。"大概古代的君子,端正自己的脸色,严肃自己的容貌,说话的时候,多考虑言辞和声调,从从容容,按照礼乐的要求行事,从来不曾把暴力强加到人民身上。人民观察在上者的行为从而受到感化,因而不违逆他们的统治者。君主用来托身的方法如此稳固。到了后世就不这样,废弃礼仪,专用刑罚,用鞭子、刑杖、刀子、锯子的力量战胜下民。有哪一个不顺服的，在上者常常亲身和他们较量。人民因此才开始凶悍而不驯服，而那些在上者自身却受到危害，于是古代那些用来藏身的方法就消亡了。孔子的学生子游做武城县宰，用礼乐弦歌来实施政教，他说："以前我听老师说过，做官的学习了，就会有仁爱之心；老百姓学习了，就容易听指挥，听使唤。"假使武城的人们，那些君子们仁爱人民而不去危害他们，那些下民们容易支使而不违逆，那子游治理这个地方岂不绰有余裕吗？

上高，是筠州的一个小县，位于高山深林之间。人民不知道从学，而且县里也没有学校来使人民学习。县令李怀道刚来上任的时候，想如何来引导人民，于是就谋划建立学校。县里的人民知道县令准备用礼乐来教化他们，也都相随出力来修缮学舍，不过一年学校就建设完备了。学校有堂来祭奠供奉先师孔子，有地方来激励学生、讲授课业，有学斋来供自习，有地方吃饭和洗浴。县里拿着经书来受教的有几百个人，于是县里李君的管理不苛刻，但人民却很恭肃，赋税、徭役、狱讼之事不用推诿给府衙。李君嘉赏学校的建成，高兴人民的遵纪守法，知道这是实施教育的效力，来要求我写一篇学记，告诉后来者不要使学校废弃。我也赞叹李君治理县邑有古人的道术，他之所以能够得到人们的拥戴，是因为他不再用世俗官员的治理方法啊。因此记录实际情况，并且用来记录上高县有学校的起始。

元丰五年三月二十日，眉山苏辙记。

杭州龙井院讷斋记

钱塘有大法师曰辩才,①初住上天竺山,②以天台法化吴越。③吴越人归之如佛出世,事之如养父母,金帛之施不求而至。居天竺十四年,有利其富者,迫而逐之。④师忻然舍去,不以为恨。⑤吴越之人,涕泣而从之者如归市,天竺之众分散四去。⑥事闻于朝,明年,俾复其旧。⑦师黾俛而还,如不得已,吴越之人争出其力以成就废缺,众复大集。⑧无几何,师告其众曰:"吾虽未尝争也,不幸而立于争地。久居而不去,使人以己是非彼,非沙门也。⑨天竺之南山,⑩山深而木茂,泉甘而石峻。汝舍我,我将老于是。"言已,策杖而往,以茅竹自覆,声动吴越。人复致其所有,镵险堙圮,⑪筑室而奉之。不期年,而荒榛岩石之间,台观飞涌,丹垩炳焕,如天帝释宫。⑫师自是谢事,不复出入。高邮秦观太虚,名其所居曰"讷斋"。⑬道潜师参寥告予为记。⑭

予闻之,师始以法教人,叩之必鸣,如千石钟;⑮来不失时,如沧海潮,⑯故人以"辩"名之。及其退居此山,闭门燕坐,寂嘿终日。⑰叶落根荣,如冬枯木;风止浪静,如古涧水,故人以"讷"名之。虽然,此非师之大全也。彼其全者,不大不小,不长不短,不垢不净,不辩不讷,而又何以名之?虽然,乐其出而高其退,喜其辩而贵其讷,此众人意也,则其以名斋也亦宜。系之以词曰：

以辩见我，既非见我。以讷见我，亦几于妄。有叩而应，时止而止。非辩非讷，如如不动。⑬诸佛既然，我亦如是。

[题解]

本文是苏辙为杭州高僧辩才大师退休后所居的讷斋所写的记文。讷斋由秦观命名，苏轼的方外友参寥子请求苏辙为之作记，而苏辙此时并没有见过辩才也没有到过讷斋。本文虽然写作年代不详，但可以确定是苏辙贬谪筠州时所作。秦观《龙井记》（《淮海集笺注》卷三八）云："元丰二年，辩才法师元静，自天竺谢讲事，退休于此山之圣寿院。"而秦观也是在元丰二年八月中秋后一日来到杭州，游览龙井胜地，和辩才法师谈宴，并且为龙井院的一些地方命名的。而讷斋之名也是此时所命。又秦观《与苏公先生简》（四）（《淮海集笺注》卷三〇）："尝令作《扬州集序》，并辩才法师见嘱作《龙井记》、言师嘱作《雪斋记》，二记皆黄鲁直为书，已刻成，尚未寄到；今且录草去，因便却乞并此书转道高安先生（苏辙）处。"这封书信作于元丰四年。估计苏辙的《讷斋记》也作于这前后。苏辙元丰八年自安徽绩溪返回京师时曾绕道杭州观览当年苏轼在杭州时留下的遗迹，十月八日游上天竺。有寄龙井辩才法师三绝句，但是没有遇见法师。后来在辩才去世后，苏辙又为其作《塔铭》。

本文虽然是一篇斋记，但其中心则在于描摹斋主人高僧辩才法师高深的佛法修为，去住无意的洒脱人生境界。文章以叙事为主，叙述了法师在吴越一带崇高的声望和影响，其人之所在，就是道法之所在。文章后一部分则对于"讷斋"的命名提出自己的看法。针对"辩"和"讷"，苏辙认为"辩"不足以概括法师的修为，而"讷"同样不足以概括法师的修为。辩和讷都是事物的两端，而法师则是处于辩、讷之间，有其更高的境界，那就是"天全"，只有超越了辩与讷的无谓争论，才能够进入佛法真如的境地，才能够真正认识大师的为人。

文章妙喻迭出，生动形象。语言骈散错落，摇曳生姿。讲佛法而毫不枯燥，是一篇措意高妙的佛家斋记。

[注释]

①钱塘：即今浙江杭州。辩才（1011—1091），俗姓徐，名元净，字无

象，杭州於潜人。十岁出家，年十六落发受具足戒。年二十五，受赐紫衣及辩才法师号。长期住杭州上天竺观音道场。元丰二年（1079）退休，居住于龙井圣寿院。元祐六年，年八十一，圆寂。辩才法师和苏轼、秦观等交游密切，去世后，苏辙为其作《龙井辩才法师塔铭》（《栾城后集》卷二四）。②上天竺山：在杭州灵隐山飞来峰的南面，山上有上、中、下三天竺寺。上天竺寺又名法喜寺。③以天台法化吴越：用天台宗的教义教化吴越信众。天台，指天台宗，中国佛教教派之一，创始于隋代高僧智顗，因其常住天台山，所以称之为天台宗，因其颂习《法华经》，所以也叫法华宗。④有利其富者，迫而逐之：据苏辙《龙井辩才法师塔铭》云："沈公遘治杭，以谓上天竺本观音大士道场，以声音忏悔为佛事，非禅那居也，乃请师以教易禅。师至，吴越人争以檀施归之，遂凿山僧室，几至万础，重楼杰观，冠于浙西。学者数倍其故，有祷于大士者，亦鲜弗答。诏名其院曰'灵感观音'。熙宁初，龙图祖公无择在杭，言者或不悦其政，遽起制狱。师以铸钟事预逮，居其间泰然，拟《金刚篦》，撰《圆事理说》。居十七年，有僧文捷者，利其富，倚权贵人以动转运使，夺而有之，迁师于下天竺。"⑤忻（xīn）然：喜悦、欣然的样子。⑥归市：趋向集市，形容人多而踊跃。⑦"事闻于朝"句：苏辙《龙井辩才法师塔铭》云："逾年而捷败，事闻，朝廷复以上天竺畀师。"⑧黾俛（mǐn miǎn）：通"黾勉"，勉强。苏辙《龙井辩才法师塔铭》云："捷之在天竺也，吴人不悦，施者不至，岩石草木为之索然。及师之复，士女不督而集，山中百物皆若有喜色。"⑨沙门：出家者之总名也。意思是勤行趋涅槃也。为梵语音译，也译作桑门等。⑩天竺之南山：天竺山之南面，就是辩才后来隐居的龙井。秦观《龙井记》云："龙井，旧名龙泓，距钱塘十里，吴赤乌中方士葛洪尝炼丹于此，事见《图记》。其地当西湖之西，浙江之北，风篁岭之上，实深山乱石之泉也。"⑪镵（chán）险堙圮（yīnpǐ）：把高险处铲除，把坍塌处填平。⑫不期（jī）年：不满一年。丹垩炳焕：指宫殿涂红施白，光彩烂然。天帝释宫：上帝、释迦牟尼居住的宫殿，极言宫殿装饰得金碧辉煌。⑬高邮秦观太虚：秦观（1049—1100），字太虚，改字少游，别号淮海居士，江苏高邮人。苏门四学士之一，宋代著名文学家、词人。有《淮海集》、《淮海居士长短句》。⑭道潜师参寥：俗姓何，杭州於潜人。本名昙潜，字参寥。能文章，喜作诗,与苏轼、秦观等交游密切。建中靖国(1101)时,赐号妙总大师。归老于潜山。有《参寥集》十二卷行世。⑮千石钟:重十二万斤的大钟。这里指发出惊醒世人的洪亮的声音。⑯沧海潮:海潮按时而至,其音宏大,故以喻佛、菩萨应时适机说法的声音。⑰燕坐:燕,通"宴",安闲静坐。寂嘿(mò),静默无声。⑱如如:即真如,佛教的圆融而不凝滞的境界。

[译文]

钱塘有名叫辩才的大法师,开初住于上天竺寺,用天台宗的教义教化吴越信众。吴越信众归附他就像真佛出世一样,侍奉他就如同侍奉父母一样,不求金银布帛的施舍,但却源源不绝。居住于天竺寺十四年,有艳羡那里富余的僧人利用权势胁迫驱逐他。辩才大师欣然舍弃离开这里,不以此为遗憾。吴越地方的信众,哭泣着随他而去的人就像赶集者一样,天竺寺的僧众都四散离去。事情传到朝廷那里,第二年就使他重新回到天竺寺。辩才大师勉强才回来,好像出于不得已的样子。吴越信众争相出力,把寺院废坏缺损的部分重新修缮完备,僧众又大量地积聚到一处。过了没多久,辩才大师告诉他的弟子们说:"我虽然未曾争竞什么,但是很不幸却处于争竞之地,如果长久占据而不离开,使人因为我而对别人说长道短,这不是沙门应该做的。天竺的南山,山峰深幽,树木茂密,泉水甘甜,岩石险峻。你们要放弃我,我要归老于那里。"说罢,挂着拐杖往南山去了,居住于茅草竹子搭建起来的简陋房屋里。事情传开,震动了吴越大地。人们又拿来他们的财物,铲除这里险峻的岩峰,填平坍塌的地方,建筑房屋来侍奉辩才大师。不到一年,在荒山杂树岩石之间,就涌现出亭台楼观,涂红抹白,灿然可观,就像上帝、释迦的官殿一样。辩才大师从此谢绝人事,不再外出。高邮秦观太虚,给他所居的地方起了个名字叫"讷斋",僧人道潜师参寥子写信给我请我为讷斋写记。

我听说,大师开始时用佛法教人,向他请教必定会作出回答,就像千石洪钟发出大音；机锋往来，时机恰好，就像沧海潮音一样，所以人们用"辩"来称呼他。等到他退居于天竺南山以后，闭门静坐，终日一言不发。叶落荣归于树根像冬天的枯木，狂风停息波澜宁帖像亘古不动的涧水，所以人们用"讷"来给他的居所命名。虽然这样，但是这并非大师的大全啊。他的大全，不大也不小，不长也不短，无垢也无净，无辩也无讷，这又用什么来命名它呢？虽然如此，但是乐于他的出山也高尚他的隐退，喜欢他的辩才也看重他的沉默，这是众人的看法，那么用"讷"来给他的居所命名也是适宜的。文后加上歌词：

用"辩"来看待我，那就看不到我。用"讷"来看待我，那也近于诬妄。有人叩击就发声，该停止时就停止。既不是辩也不是讷，真如之性不摇动。诸位佛祖都如此，那我也是这个样。

附　龙井题名记　秦　观

元丰二年中秋后一日，余自吴兴过杭，东还会稽，龙井辩才法师以书邀予入山。比出郭，已日夕。航湖至普宁，遇道人参寥，问龙井所遣篮舆，则曰："以不时至，去矣。"

是夕，天宇开霁，林间月明，可数毛发，遂弃舟，从参寥杖策并湖而行，出雷峰，度南屏，濯足于惠因涧，入灵石坞，得支径，上风篁岭，憩龙井亭，酌泉据石而饮之。

自普宁经佛寺十，皆寂不闻人声。道傍庐舍，或灯火隐显，草木深郁，流水激激悲鸣，殆非人间有也。行二鼓矣，始至寿圣院，谒辩才于潮音堂，明日乃还。（《淮海集笺注》卷三八）

管幼安画赞(并引)

予自龙川归居颍川,十有三年,杜门幽居,无以自适,稍取旧书阅之,将求古人而与之友。①盖于三国得一人焉,曰管幼安宁。幼安少而遭乱,渡海居辽东,三十七年而归。归于田庐,不应朝命,年八十有四而没,功业不加于人。②而予独何取焉?取其明于知时,而审于处己云尔。盖东汉之衰,士大夫以风节相尚,③其立志行义,贤于西汉。然时方大乱,其出而应世,鲜有能自全者。颍川荀文若,④以智策辅曹公,方其擒吕布,毙袁绍,皆谈笑而办,其才与张子房比。然至于九锡之议,卒不能免其身。彭城张子布,⑤忠亮刚简,事孙氏兄弟,成江东之业,然终以直不见容,力争公孙渊事,君臣之义几绝。平原华子鱼,以德量重于曹氏父子,致位三公,然曹公之杀伏后,子鱼将命,至破壁出后而害之。⑥汝南许文休,⑦以人物臧否闻于世,晚入蜀,依刘璋,先主将克成都,文休逾城出降,虽卒以为司徒,而蜀人鄙之。此四人者,皆一时贤人也。然直己者,终害其身;而枉己者,终丧其德。处乱而能全,非幼安而谁与哉?旧史言幼安虽老不病,着白帽、布襦袴、布裙,宅后数十步有流水,夏暑能策杖临水盥手足,行园圃,岁时祀其先人,絮帽布单衣,荐馔馈,跪拜成礼。⑧予欲使画工以意仿佛画之,昔李公麟善画,有顾、陆遗思。⑨今公麟死久矣，恨莫能成吾意者，姑为之赞曰：

幼安之贤，无以过人，予独何以谓贤？贤其明于知时，审于处己，以能自全。幼安之老，归自东海。一亩之宫，闭不求通。白帽布裙，舞雩而风。⑩四时烝尝，馈奠必躬。⑪八十有四，蝉蜕而终。⑫少非汉人，老非魏人。何以命之？天之逸民。

[题解]

本文作于苏辙退隐颍昌十三年之后的政和二年（1112），本年十月三日，苏辙就与世长辞了。因此这篇文章完全可以说是苏辙的晚年之作，当然也是苏辙对于自己一生宦海沉浮的经验总结，接着对于管宁管幼安保全身命于乱世的推崇，反映出晚年苏辙对于政治斗争、人生世事的一种看法。所以清人张伯行说："颍滨晚年连遭贬斥，故慕幼安之见几远患，而为之赞，犹东坡之慕渊明也。"由于徽宗时期以蔡京为首的新党再次执政，党争依然激烈，所以苏辙此时畏祸保身的思想也比较强烈。《朱子语类》卷一三〇曾记载了一个小的细节："后来居颍昌，全不敢见一客。一乡人自蜀特来谒之，不见。候数日，不见。一日，见在亭子上，直突入。子由无避处了，见之。云：'公何故如此？'云：'某特来见。'云：'可少候，待某好出来相见。'归不出矣。"颇能见出苏辙此时的戒备心理。

文章由引和赞两部分组成。引用散文叙事议论，赞则用韵文抒发自己的见解和对管宁的赞美之情。引是文章的主体。这一部分可分为四个层次：第一层是引子，由自己闭门谢客，以诗书自遣，引出尚友古人之意，从而带出三国第一人管宁来。第二层介绍管宁的生平事迹，重点放在其保全于乱世的为人处世理念上。第三层则从反面举出了三国时期的四个著名人物，这些人物建功立业，应世有为，但最终或直而害己（荀彧、张昭），或曲而丧德（华歆、许靖），终究算不上能够自全之士。第四层则从描摹管宁隐居求志的生活，既能够布衣蔬食，饮水而乐，又能够躬亲祭祀先人，这可以说是乱世之中最使人感叹不已的行为。因此苏辙希望有人能够画出这样的一幅图画，供自己瞻仰下拜。这既是苏辙心目中的管宁形象，也是他所向往的人生境界。

就文章的行文而言，引的部分为散文，但是叙事说理，圆熟省净，殆无长语。所引四例，两两相对，铢两悉称。赞的部分为四字韵文，声调铿锵，音韵朗畅。所以元代刘埙《隐居通议》卷一五说："作《管幼安画赞》，甚佳。盖有为而发。"

[注释]

①自龙川归居颍川：苏辙于元符元年（1098）被诏于循州居住，八月至循州。元符三年（1100）哲宗崩，徽宗继位，大赦天下，苏辙亦内迁，十一月特授大中大夫、提举凤翔府上清宫，任便居住。苏辙就回到颍昌府（今河南许昌）定居，一直到去世为止。龙川，即循州，在隋大业三年循州改名为龙川郡。颍川，即颍昌府，因为颍水流过境内，故名。苏辙居住于颍川十有三年，即为徽宗政和二年（1112），本年十月三日，苏辙就去世于颍昌。杜门：闭门。将求古人而与之友：与古人交朋友，见《孟子·万章下》："颂其诗，读其书，不知其人，可乎？是以论其世也，是尚友也。"②管幼安宁：《三国志·魏书十一·管宁传》："管宁，字幼安，北海朱虚人也。""天下大乱，闻公孙度令行于海外，遂与（邴）原及平原王烈等至于辽东。""文帝即位，征宁，遂将家属浮海还郡。"（注：《傅子》：宁在辽东，积三十七年乃归。）"于是，特具安车蒲轮，束帛加璧聘焉。会宁卒，时年八十四。"功业不加于人：功业不超过他人。③风节相尚：推崇风格节操。④颍川荀文若：《三国志·魏书十·荀彧传》："荀彧（yù）字文若，颍川颍阴人也。""初平二年，彧去绍从太祖。太祖大悦曰：'吾之子房也。'以为司马，时年二十九。"在擒吕布、官渡之战等一系列战役中，均由荀彧出谋划策，称为曹操最得力的谋臣。"十七年，董昭等谓太祖宜晋爵国公，九锡备物，以彰殊勋，密以谘彧。彧以为太祖本兴义兵以匡朝宁国，秉忠贞之诚，守退让之实；君子爱人以德，不宜如此。太祖由是心不能平。会征孙权，表请彧劳军于谯，因辄留彧，以侍中光禄大夫持节，参丞相军事。太祖军至濡须，彧疾留寿春，以忧薨，时年五十。谥曰敬侯。"九锡：古代帝王赐给有大功或有权势的诸侯大臣的九种物品。《公羊传·庄公元年》："锡者何？赐也；命者何？加我服也。"汉何休注："礼有九锡：一曰车马，二曰衣服，三曰乐则，四曰朱户，五曰纳陛，六曰虎贲，七曰弓矢，八曰铁钺，九曰秬鬯。"魏、晋、六朝执政大臣夺取政权、建立新王

朝率皆沿袭王莽谋汉先邀九锡故事，后以九锡为权臣篡位先声。⑤彭城张子布：《三国志·吴书七·张昭传》："张昭字子布，彭城人也。""孙策创业，命昭为长史、抚军中郎将，升堂拜母，如比肩之旧，文武之事，一以委昭。""策临亡，以弟权托昭，昭率群僚立而辅之。""权以公孙渊称藩，遣张弥、许晏至辽东拜渊为燕王，昭谏曰：'渊背魏惧讨，远来求援，非本志也。若渊改图，欲自明于魏，两使不反，不亦取笑于天下乎？'权与相反复，昭意弥切。权不能堪，案刀而怒曰：'吴国士人入宫则拜孤，出宫则拜君，孤之敬君，亦为至矣，而数于众中折孤，孤尝恐失计。'昭熟视权曰：'臣虽知言不用，每竭愚忠者，诚以太后临崩，呼老臣于床下，遗诏顾命之言故在耳。'因涕泣横流。权掷刀致地，与昭对泣。然卒遣弥、晏往。昭忿言之不用，称疾不朝。权恨之，土塞其门，昭又于内以土封之。"⑥平原华子鱼：《三国志·魏书十三·华歆传》："华歆字子鱼，平原高唐人也。""歆至，拜议郎，参司空军事，入为尚书，转侍中，代荀彧为尚书令。太祖征孙权，表歆为军师。魏国既建，为御史大夫。文帝即王位，拜相国，封安乐乡侯。及践阼，改为司徒。""明帝即位，进封博平侯，增邑五百户，并前千三百户，转拜太尉。""太和五年，歆薨，谥曰敬侯。"破壁出后而害之：破壁出伏皇后事见《后汉书》卷十下《献帝伏皇后纪》：伏皇后谋诛曹操，事泄，曹操假策废皇后，使御史大夫郗虑为使、尚书令华歆为副使，入宫废后。"勒兵入宫，收后。闭户藏壁中，歆就牵后出，时帝在外殿，引虑于坐，后被发徒跣行泣过诀曰：'不能复相活邪？'帝曰：'我亦不知命在何时？'顾谓虑曰：'郗公！天下宁有是邪！'遂将后下暴室，以幽崩。"⑦汝南许文休：《三国志·蜀书八·许靖传》："许靖字文休，汝南平舆人。少与从弟俱知名，并有人伦臧否之称。""后刘璋遂使使招靖，靖来入蜀。璋以靖为巴郡、广汉太守。十九年，先主克蜀，以靖为左将军长史。先主为汉中王，靖为太傅。"《三国志·蜀书七·法正传》："十九年，进围成都，璋蜀郡太守许靖将逾城降，事觉，不果。璋以危亡在近，故不诛靖。璋既稽服，先主以此薄靖不用也。正说曰：'天下有获虚誉而无其实者，许靖是也。然今主公始创大业，天下之人不可户说，靖之浮称，播流四海，若其不礼，天下之人以是谓主公为贱贤也。宜加敬重，以眩远近，追昔燕王之待郭隗。'先主于是乃厚待靖。"臧否（zāngpǐ）：褒贬，评论。⑧"旧史言幼安虽老不病"一节:《三国志·魏书十一·管宁传》:"宁常着皂帽、布襦袴、布裙,随时单复,出入闱庭,能自任杖,不须扶持。四时祠祭,辄自力强,改加衣服,着絮巾,故在辽东所有白布单衣,亲荐馔馈,跪拜成礼。宁少而丧母,不识形象,常特加肫,泫然流涕。又居宅离水七八十步,夏时诣水中澡洒手足,窥于园圃。"襦,短袄。袴,通"裤"。盥(guàn),浇水洗手。荐馔馈(zhuànkuì):进献祭祀食品。⑨李公麟(1049—1106):字伯时,舒州人,北宋著名画家,擅画人物、佛道像。与苏轼等交好。顾:指东晋著名画家顾恺之。陆:指南朝宋著名画家陆探微。遗思:遗意,遗风。⑩舞雩而风:语出《论语·先进》:"点(曾晳)曰:'莫春者,春服既成,冠者五六人,童子六七人,浴乎沂(yí),风乎舞雩,咏而归。'夫子喟然叹曰:'吾与点也!'"舞雩(yú):台名。是鲁国求雨的坛,在今山东曲阜东。⑪烝尝:冬祭曰烝,夏祭曰尝,泛指一年四时的各种祭祀。馈奠必躬:设酒食祭祀时必定亲自动手。⑫蝉蜕:蝉之脱壳。这里比喻死亡、解脱。

[译文]

我遇赦从龙川归来,定居于颍昌府已经有十三年了,闭门独居,没有什么可以来消遣的,就逐渐把那些旧藏的图书拿出来翻阅,打算寻求古人来交朋友。于是在三国时候找到一个人,名叫管宁管幼安的。管幼安少小时候遭遇乱世,渡过大海迁居辽东,在那里居住了三十七年才回到中原。回来后隐居家园,不响应朝廷的命令出去做官。活了八十四岁方才去世,所建立的功业并不能超过他人,然而我为什么单单选择他呢?是因为有取于他能够明智地看清时世,而且能够审慎地对待自己的出处罢了。当东汉衰亡之时,士大夫都以风操品节相推重,他们树立大志,推行节义,确实比西汉的士大夫贤明。然而正逢乱世,那些出来做官以应时代需求的人,少有能够自我保全的。颍川荀彧荀文若,用智谋计策辅佐曹操,当他擒获吕布,使袁绍毙命的时候,都能谈笑之间办理了当,他的才能被曹操比作张良张子房。然而等到议论曹操的九锡之封的时候,因为违忤了曹操,最终也不能使自己免于灾祸。彭城张昭张子布,忠诚谅直，辅佐孙策、孙权兄弟，成就江东大业，然而终因为刚直而不能被孙权接受，但他力争不能封公孙渊为燕王时，惹怒了孙权，君臣之间几乎恩断义绝。平原华歆华子鱼，以自己的品德气量见重于曹操父子，位至三公，然而曹操加害献帝伏皇后时，华歆领命办理，至于凿破墙壁，牵出皇后，将她害死。汝南许靖许文休，以善于品藻人物有闻于世，晚年来到蜀地依附刘璋，先主刘备攻打成都时，许文休翻越城墙，出来投降，虽然最终做到蜀国的司徒，但蜀地人却很瞧不起他。这四个人，都是那时有才能的贤士。然而刚直不阿的，最终损害的是自己；阿谀奉承的，最终丧失了自己的道德。处乱世而能保全自己，除了管幼安还有谁呢？旧史上说管幼安即使到了老年也没有什么疾病，戴着白帽子，穿着粗布袄、粗布裤和粗布裙，住宅后面几十步远的地方有流水，夏天暑热的时候他能够拄着拐杖到水边盥洗手足，在自家的园子里散步。逢年过节祭祀自己的祖先，戴着棉絮帽子，穿着粗布单衣，进献祭品，一跪一拜完成祭祀仪式。现在我想让画工根据我的意思大致画一张管幼安的画像，过去李公麟伯时擅长画画，有顾恺之、陆探微的遗风。可惜现在公麟已经死了很久了，遗憾没有人能够表现我的意思，姑且给他写一篇赞吧。赞说：

幼安的贤德，没有能够超过别人的地方，我为何单单以他为贤呢？赞赏他有知道时世的明智，能够审慎地对待自己，保全自己于乱世。幼安老时，从辽东归来。在自家一亩大小的院落里，闭门不和外界来往。戴着白帽，穿着布裙，过着安闲的隐居生活。一年四时的祭祀，都要亲自奉献祭品。高寿八十四岁，方才脱离尘世。少年时，不是汉朝的臣民，老年时，也不是魏朝的臣子。拿什么来称呼他呢？称之为上天的逸民吧！

御风辞题郑州列子祠

　　子列子，行御风。①风起蓬蓬，②朝发于东海之上，夕散于西海之中。其徐泠然，③其怒勃然。冲击隙穴，震荡宇宙，披拂草木，奋厉江海，强者必折，弱者必从。俄而休息，天地肃然，尘壒皆尽，④欲执而视之不可得也，盖归于空。今夫夫子昼无以食，夜无以寝，邻里忽之，弟子疑之，则亦郑东野之穷人也。⑤然而徐行不见徒步，疾行不见车马，与风皆逝，与风皆止，旬有五日而后反，此亦何功也哉？

　　子列子曰：嘻！子独不见夫众人乎？贫者葺蒲以为屦，斫柳以为屐，富者伐檀以为辐，豢驷以为服，⑥因物之自然，以致千里。此与吾初无异也，而何谓不同乎？苟非其理，屦屐足以折趾，车马足以毁体，万物皆不可御也，而何独风乎？昔吾处乎蓬荜之间，⑦止如枯株，动如槁叶，居无所留而往无所从也。有风瑟然，⑧拂吾庐而上。摄衣从之，一高一下，一西一东，前有飞鸢，后有游鸿。⑨云行如川，奕奕溶溶。阴阳变化，颠倒横从。⑩下视海岳，晃荡青红。盖杂陈于吾前者，不可胜穷也。而吾方黜聪明，遗心胸，⑪足不知所履，手不知所冯，⑫澹乎与风为一。故风不知有我，而吾不知有风也。盖两无所有，譬如风中之飞蓬耳。超然而上，薄乎云霄，而不以为喜也。拉然而下，陨乎坎井，⑬而不以为凶也。夫是以风可得而御矣。今子以子为我，立乎大风之隧，凛乎恐其不能胜也，蹙乎恐其不能容也。⑭手将执而留之，足将腾而践之，目眩耀而忧坠，耳汹涌而知畏。纷然自营，子不自安，而风始不安子躬矣。子轻如鸿毛，彼将以为千石之钟。子细如一指，彼将以为十仞之墉。⑮非倾而覆之，拔而投之不厌也。况欲与之逍遥翱翔，放于太空乎？子虽蹈后土而倚嵩华，⑯亦将有时而穷矣。古之至人，入水而不濡，入火而不热。⑰苟为无心，物莫吾攻也，而独疑于风乎？

于是客起而叹曰："广矣！大矣！子之道也。吾未能充之矣。风未可乘，姑乘传而东乎？"⑱

元祐二年十月奉安神御于西京，辙先告裕陵。⑲初四日，还，过列子观，赋《御风》一篇，欲书之屋壁而未暇也。⑳既还京师，录呈太守观文孙公。㉑二十三日，朝奉郎、中书舍人苏辙书。

[题解]

本文写于元祐二年（1087）十月，苏辙时任中书舍人。因为奉安神宗御容，苏辙被派往宋陵去祭告神宗裕陵，返回途中参观了位于郑州圃田的列子祠庙，从而写作了这篇《御风辞》。宋真宗崇信道教，大中祥符年间东封西祀，途经列子祠庙时，曾经加封列子为冲虚至德真人，并且增修列子观，校勘刻印《列子》一书。作为道家思想代表的老、庄、列，对于宋代士大夫有着较大的影响。本文从列子"御风而行"的神话传说入手，形象地表达了对于道家思想的理解。文章中心部分从列子的御风而行和众人的不能御风而行互相对比，形象地说明了道家"无心"、"无我"、"坐忘"的思想。文章描写风，描写御风而行以及飞行途中的所见所感均极为生动形象，颇有庄子的文采，在苏辙的文章算得上是非常突出的别调。在艺术上是成功的。所以元代学者刘埙《隐居通义》卷一五说："他作如《御风词》，超然特出者甚少。"

[注释]

①子列子：子，先生，对师长的尊称。列子，即列御寇，亦作列圄寇。

《汉书·艺文志》著录《列子》八篇，云："名圄寇，先庄子，庄子称之。"先秦诸子特别是《庄子》一书中多次称道过列子，把他描绘成"夫列子御风而行，泠然善也，旬有五日而后返"（《庄子·逍遥游》）的神仙，因此列子也称为道家学派的著名人物，唐玄宗封其为"冲虚真人"，宋徽宗又封其为"致虚观妙真君"。今传本《列子》，目前学术界一般认为是魏晋时期人伪托之作。行御风：驾驭着风而行走。②蓬蓬：风吹动的声音。《庄子·秋水》："今子蓬蓬然起于北海，蓬蓬然入于南海。"③泠然：轻妙、飘然的样子。《庄子·逍遥游》："列子御风而行，泠然善也。"郭象注："泠然，轻妙之貌。"④尘壒（ài）：尘埃。⑤郑东野之穷人：郑国东郊的穷困之人。《列子·天瑞》："子列子居郑圃，四十年人无识者，国君、卿大夫视之，犹众庶人也。"⑥茸蒲以为屦：编织蒲草做草鞋。斫柳以为屐：砍削柳树做木屐。伐檀以为辐：砍伐檀树做车辐。騤驷以为服：豢养马匹来驾车。服：服马，古代一驾车四匹马，居中的两匹叫服马。⑦蓬荜：用蓬草树枝编的门户，此指简陋的居室。⑧瑟然：风吹过发出的响声。⑨飞鸢、游鸿：飞翔的老鹰和大雁。⑩奕奕溶溶：形容云彩闪耀流动的样子。横从：横纵。⑪黜聪明，遗心胸：谓摒弃聪明智慧，排除私心杂念，达到物我合一的境地。《庄子·大宗师》："堕枝（肢）体，黜聪明，离形去智，同于大通。"⑫冯：通"凭"，依靠。⑬薄：迫近。拉然：摧毁，这里指风停止后从高空跌落的样子。陨乎坎井：跌落进坑洼陷阱里。⑭大风之隧：大风的风口上。凛乎：恐惧的样子。胜：胜任，经受得起。蹙乎：局促窘迫的样子。⑮千石之钟：一千石的巨钟。石：一百二十斤为一石。十仞之墉：十仞高的城墙。仞，八尺为一仞。⑯后土：大地。嵩华：嵩山、华山。⑰"古之至人"句：语出《庄子·大宗师》："若然者，登高不栗，入水不濡，入火不热。"濡：沾湿。⑱乘传：乘坐传车。传：驿站的车子。⑲元祐二年：1087年。神御：先帝的御容。西京：洛阳。裕陵：宋神宗陵墓号裕陵。⑳列子观：宋敏求《春明退朝录》卷中："列子庙在郑州圃田，其地有小城，貌甚古，相传有唐李德裕、王起题名，而前辈留纪甚多。景祐中，王文惠公（王随）为章惠太后园陵使还，请增葺之，于是旧迹都尽，今其榜陈文惠（陈尧佐）之笔。"宋庠《元宪集》卷五《过列子观》："两作朱辖守（赴洛、孟二守皆经此祠），重登羽客宫。故墟墙舍坏，尘案酹杯空。欹户殊无扇，乘衣尚有风。

轩游曾驻跸，高意掩崆峒（真庙西巡狩，亲谒祠下，有诏褒加冲虚至德真人之号，刻石存焉）。"㉑太守观文孙公：指观文殿学士知郑州孙固。孙固（1016—1090），字和父，郑州管城人，元丰初同知枢密院事；后进知枢密院事；哲宗立，拜门下侍郎。累官至右光禄大夫。卒谥温靖。生平见《宋史》卷三四一本传。《长编》卷三九五："（元祐二年二月）己丑，诏知河南府、观文殿学士孙固知郑州。"

[译文]

子列子，御风而行。风蓬蓬然生起，早上从东海出发，晚上消失在西海之中。徐缓的微风飘飘然，狂怒的大风勃勃然。冲击缝隙孔穴，震荡天地宇宙，吹动摇荡花草树木，震动荡漾江河湖海，坚强的必定折断，柔弱的必定顺从。一会儿风停息下来，天地之间一片肃静，尘埃都无踪影，想执持风的形象来看一看也不能够得到，大概都归于空无了吧。现在先生您白天没有吃的，晚上没有睡的，邻里都很轻视，弟子都很怀疑，也不过就是郑州东郊的一个穷困的人罢了。然而您走得慢时却看不见步履足迹，走得快时却看不见车马踪影，和风一起飞逝，和风一起止息，过了十五天以后又回来了，这又是什么能耐啊？

子列子说：哈哈！你难道没有看到那些普通人吗？贫穷的编织蒲草来做草鞋，砍削柳树来做木屐，富有的砍伐檀树来做车轮子，豢养高头大马来驾车子，利用事物的自然本性，来到达千里之外的远方。这和我本来没有什么不同的，却说什么不同啊？假使不依据事物自身的本性，穿着草鞋木屐走路也会折断了脚趾，驾着车子马儿也会损毁身体，万事万物都不可驾驭，岂止只有风不能驾驭呢？以往我处在蓬草中间，停止的时候就像枯树干，行动的时候就像干树叶，居住而无所留恋，前往而无所依从。有瑟瑟作响的风从我的房子上吹过，撩起衣襟随风而去，一会儿高一会儿低，一会儿东一会儿西。前面有苍鹰翱翔，后面有鸿雁游戏。云块流动就像大河一样，闪闪发光、浩浩荡荡。阴气阳气变化无穷，颠来倒去纵横错综。往下看大海高山，只见一片青色红色晃晃荡荡。纷纷杂杂呈现在我眼前的，没办法穷究其详。然而我这时却摈弃聪明智慧，排除私心杂念。脚不知道踏在什么地方，手不知依靠在什么东西上，平平淡淡和风合而为一。因此风不知道有我的存在，我也不知道有风的存在。大概彼此都不知道，就像风中的飞蓬一样。超然而上，迫近云霄，却不因此而高兴。直刷刷下来，跌落在枯井里，也不认为倒霉凶险。因此风就可以驾驭了。现今把你当成我，站立在大风口上，凛凛然害怕不能胜任，局促不安恐怕不能容纳。手想握着东西留下来，脚想举起来踏在什么东西上，头晕目眩担心坠落下来，耳边风声汹涌澎湃惧怕不已。心中万念杂陈，你自己不能安心，那风才开始不自安了。你轻如鸿毛，风以为你有千石那样沉重；你纤细得像一根指头，风以为你像十仞高的城墙。风不把你倾斜颠覆，连根拔起投到地上就不会满足。何况想和风一块逍遥自在，翱翔太空呢？你即使脚踏大地背靠嵩山华峰，有时也会山穷水尽。古代至德之人，进入水中却不会沾湿，进入火中却不觉得炎热。假使没有机心，外物就不会侵扰我，却何必只对风产生怀疑呢？

  于是客人站起来感叹说："广阔啊！浩大啊！先生的道术！我无法领受，我不敢乘风飞行，还是暂且乘着驿车东去吧！"

  元祐二年十月要把神宗的御容安奉到西京洛阳的宫殿里，我奉命先去祭告神宗的皇陵。初四那天，我返回经过列子观，作了一篇《御风辞》，想书写在观内的墙壁上却没有空闲的时间。回到京师以后，把这篇辞写下来呈给郑州太守观文殿学士孙公。二十三日，朝奉郎、中书舍人苏辙书。

黄楼赋(并叙)

　　熙宁十年秋七月乙丑,河决于澶渊,东流入钜野,北溢于济,南溢于泗。①八月戊戌,水及彭城下,余兄子瞻适为彭城守。②水未至,使民具畚锸,畜土石,积刍茭,完窒隙穴,以为水备。③故水至而民不恐。自戊戌至九月戊申,水及城下者二丈八尺,塞东西北门,水皆自城际山。④雨昼夜不止,子瞻衣制履屦,庐于城上,调急夫发禁卒以从事,⑤令民无得窃出避水,以身帅之,与城存亡。故水大至而民不溃。方水之淫也,汗漫千余里,漂庐舍,败冢墓,老弱蔽川而下,壮者狂走无所得食,槁死于丘陵林木之上。子瞻使习水者浮舟楫载糗饵以济之,得脱者无数。⑥水既涸,朝廷方塞澶渊,未暇及徐。子瞻曰:"澶渊诚塞,⑦徐则无害。塞不塞,天也,不可使徐人重被其患。"乃请增筑徐城,相水之冲,以木堤捍之,水虽复至,不能以病徐也。⑧故水既去,而民益亲。于是即城之东门为大楼焉,垩以黄土,曰:"土实胜水"。⑨徐人相劝成之。辙方从事于宋,将登黄楼,览观山川,吊水之遗迹,乃作黄楼之赋。⑩其辞曰:

　　子瞻与客游于黄楼之上,客仰而望,俯而叹曰:"噫嘻!殆哉!⑪在汉元光,河决瓠子,腾蹙钜野,衍溢淮泗,梁楚受害二十余岁。⑫下者为污泽,上者为沮洳。⑬民为鱼鳖,郡县无所。天子封祀太山,徜徉东方,哀民之无辜,流死不藏,使公卿负薪,以塞宣房。瓠子之歌,至今伤之。⑭嗟惟此邦,俯仰千载,河东倾而南泄,蹈汉世之遗害。⑮包原隰而为一,窥吾墉之摧败。⑯吕梁龃龉,横绝乎其前,⑰四山连属,合围乎其外。水洄洑而不进,环孤城以为海。⑱舞鱼龙于隍壑,阅帆樯于睥睨。⑲方飘风之迅发,震鞞鼓之惊骇。诚蚁穴之不救,分间阎之横溃。⑳幸冬日之既迫,水泉缩以自退。栖流柹于乔木,遗枯蚌于水裔。㉑听澶渊之奏功,非天意吾谁赖?今我与公,冠冕裳衣,设几布筵,斗酒相属,㉒饮酣乐作,开口而笑,夫岂偶然也哉?"

子瞻曰:"今夫安于乐者,不知乐之为乐也,必涉于害者而后知之。吾尝与子凭兹楼而四顾,览天宇之宏大,缭青山以为城,引长河而为带。平皋衍其如席,桑麻蔚乎旆旆。㉓画阡陌之从横,分园庐之向背。放田渔于江浦,散牛羊于烟际。清风时起,微云霢霂。㉔山川开阖,苍莽千里。东望则连山参差,与水背驰。群石倾奔,绝流而西。百步涌波,舟楫纷披。鱼鳖颠沛,没人所嬉。㉕声崩震雷,城堞为危。南望则戏马之台,巨佛之峰,岿乎特起,下窥城中,楼观翱翔,巍峨相重。㉖激水既平,渺莽浮空。骈洲接浦,下与淮通。㉗西望则山断为玦,伤心极目,麦熟禾秀,离离满隰,飞鸿群往,白鸟孤没,横烟澹澹,俯见落日。㉘北望则泗水淼漫,古汴入焉,汇为涛渊,蛟龙所蟠,古木蔽空,乌鸟号呼,贾客连樯,联络城隅。㉙送夕阳之西尽,导明月之东出。金钲涌于青嶂,阴氛为之辟易。㉚窥人寰而直上,委余彩于沙碛。㉛激飞楹而入户,使人体寒而战栗。息汹汹于群动,听川流之荡潏。㉜可以起舞相命,一饮千石,遗弃忧患,超然自得。且子独不见夫昔之居此者乎?前则项籍、刘戊,㉝后则光弼、建封。㉞战马成群,猛士成林。振臂长啸,风动云兴。朱阁青楼,舞女歌童。势穷力竭,化为虚空。山高水深,草生故墟。盖将问其遗老,既已灰灭,而无余矣。故吾将与子吊古人之既逝,闵河决于畴昔。㉟知变化之无在,付杯酒以终日。"

于是众客释然而笑,颓然就醉,河倾月堕,携扶而出。㊱

[题解]

本文作于元丰元年(1078)八月癸丑(十二日)徐州黄楼落成以后,九月重阳大宴之前。上一年七月黄河在澶渊决口,洪水南溢,经钜野泽、泗水直至徐州城下,时任徐州知州的苏轼紧急调发急夫和禁军,协同全城人民抗击洪灾,保护了全城人民的生命财产安全,事后受到朝廷的奖谕,苏轼为了加强城防,宣扬朝廷诏旨,特在徐州城东门建造高楼,以黄土粉饰,命名为"黄楼",取"土实胜水"之意。当时苏辙为之作《黄楼赋》,秦观也写有《黄楼赋》(《淮海集笺注》卷一),陈师道写有《黄楼铭》(《后山居士文集》卷一七),苏轼亲书子由赋作,刻石立碑,成为当时文苑一大盛事。

本文的写作,在当时曾经引起过一些猜测,有人怀疑本文是苏轼代作的,为此苏轼曾特意作出声名,他说:"子由之文实胜仆,而世俗不知,乃以为不如。其为人深不愿人知之,其文如其为人,故汪洋澹泊,有一唱三叹之声,而其秀杰之气,终不可没。作《黄楼赋》,乃稍自振厉,若欲以警发愦愦者。而或者便谓仆代作,此尤可笑。"(《苏轼文集》卷四九《答张文潜县丞书》)又说:"始余欲为之记,而子由之赋已尽其略矣,乃刻诸石。"(《苏轼文集》卷六六《书子由黄楼赋后》)当然,引起误会的原因在于本文的风格和苏辙一般的文风大不相同所致。苏辙的散文汪洋澹泊,简约含蓄,不事藻绘,而本文则铺张扬厉,弘壮高华。苏辙晚年曾谈论过本文的写作,为我们理解本文提供了第一手的依据,他说:"余《黄楼赋》学《两都》也,晚年来不作此工夫之文。"(苏籀《栾城遗言》)可见本文的写作是特意模拟汉代大赋的风格。《两都》即汉代班固所作的《两都赋》,特别是其中的《西都赋》对大汉帝国的京城长安进行了极为辉煌壮观的描绘,在时空结构上别出心裁,蔚为壮观。本文写登上黄楼,眺望徐州山川形胜一段,东望则连山参差、南望则戏马之台、西望则山断为玦、北望则泗水淼漫,显然是对汉代京都大赋的摹写。同样采用"铺采摘文、体物写志"赋体手法。当然,本文还是鲜明地体现了时代风格和苏辙的个人风格的。赋体文学从骚体赋、大赋、抒情小赋、骈赋、律赋一路发展过来，到宋代欧阳修以后，出现文赋，赋体也受到古文的影响，变得更加流美平畅，本文同样如此，文章中没有汉大赋那样多的生僻险怪的字句，读起来声情并茂，摇曳多姿。本文同样也体现苏辙散文纡余婉转的特色。文章描写部分富于诗情画意，引人入胜。如"西望则山断为玦，伤心极目，麦熟禾秀，离离满隰，飞鸿群往，白鸟孤没，横烟澹澹，俯见落日"一段，写景如画，意境优美，完全不再是汉大赋的作风了。和苏辙同题共作的秦观的《黄楼赋》，则采用了骚体赋的格式，步武王粲《登楼赋》的风格，拿来和子由之作比读，当可见出两人不同的才情和审美取向，这是颇可玩味的事情。

[注释]

①"熙宁十年"一节：《长编》卷二八三："（熙宁十年秋七月）乙丑（十七日），河大决于澶州曹村下埽。""河既大决于曹村下埽，甲戌，澶州言：北流继绝，河道南徙，又东汇于梁山张泽泺，分为二流：一合南清河入于淮，一合北清河入于海。凡灌州县四十五，而濮、齐、郓、徐尤甚，坏官亭、民舍数万，田三十万顷。"澶渊：即澶州，今河南濮阳。钜野：钜野泽，位于今山东巨野东北。济：济水（北清河），从钜野泽向东北流经济南，东入海。泗：泗水（南清河），发源于山东，在淮阴汇入淮河。②八月戊戌：八月二十一日。彭城：即徐州。苏轼于本年四月到徐州知州任，当时苏辙和苏轼同行。八月十六日，苏辙离开徐州赴南京（应天府，今河南商丘）留守签判任。③畚（běn）：畚箕，用来撮土、粮食等的工具。锸（chā）：即铁锹，用来起土的工具。刍茭：干草，草把，用来堵塞漏洞，防止溃堤。完窒隙穴：填塞修补漏洞裂缝。④九月戊申：九月初一。苏轼《河复》诗序云："熙灯十年秋，河决澶渊，注钜野，入淮泗。自澶魏以北皆绝流，而济楚大被其害。彭门城下水二丈八尺，七十余日不退，吏民疲于守御。"（《苏轼诗集》卷一五）际山：接近山，和山平。⑤衣制履屦：穿着衣服，踏着鞋子。衣、履：作动词用。制：衣裳。屦：草鞋。庐于城上：在城墙上搭帐蓬居住。调急夫发禁卒：急夫，因事情急迫紧急调发的差夫，谓之急夫。禁卒，即禁兵，北宋正规军，更戍各地，依限回驻京师。苏轼《奖谕敕记》："熙宁十年七月十七日，河决澶州曹村埽。八月二十一日，水及徐州城下。至九月二十一日，凡二丈八尺九寸，东西北触山而止，皆清水无复浊流。水高于城中平地有至一丈九寸者，而外小城东南隅

不沉者三版。父老云：'天禧中，尝筑二堤。一自小市门外，绝壕而南，少西以属于戏马台之麓；一自新墙门外，绝壕而西，折以属于城下南京门之北。'遂起急夫五千人，与武卫奉化牢城之士，昼夜杂作堤。堤成之明日，水自东南隅入，遇堤而止。水窗六，先水未至，以薪刍为囊自城外塞之。水至而后，自城中塞者皆不足恃。城中有故取土大坑十五，皆与外水相应，并有溢者。三方皆积水，无所取土，取于州之南亚父冢之东。自城中附城为长堤，壮其址，长九百八十四丈，高一丈，阔倍之。公私船数百，以风浪不敢行，分缆城下，以杀河之怒。至十月五日，水渐退，城遂以全。"（《苏轼文集》卷一一）⑥方水之淫：当水势盛大之时。汗漫：漫无边际。蔽川而下：指尸体积满河面顺流而下。狂走：狂跑。槁死：枯干而死，饿死。糗饵：泛指各种食物。糗（qiǔ），干粮。⑦诚塞：确实、的确能够堵塞。⑧相水之冲：观察度量流水必经之地。捍之：捍卫、保护它。病徐：危害徐州。⑨垩以黄土：用黄土粉刷。垩（è），粉饰。土实胜水：五行之中土能克水。⑩相劝成之：互相勉励鼓舞修成黄楼。从事于宋：指苏辙此时任南京留守签判一职。宋，宋城，即南京应天府。⑪噫嘻：感叹声。殆哉：危险啊！⑫在汉元光：《史记》卷二九《河渠志》："今天子元光之中，而河决于瓠子，东南注钜野，通于淮泗。""自河决瓠子后二十余岁，岁因以数不登，而梁楚之地尤甚。"元光，汉武帝年号，前134年至前129年。瓠（hù）子：黄河堤名，在甄城以南，濮阳以北，广百步，深五丈许，黄河曾在这里决堤。瓠子河，从瓠子通黄河至钜野泽。腾蹙：奔腾践踏。衍溢：平展溢出。⑬污泽：死水沼泽。沮洳（jùrù）：润泽低湿之地。⑭"天子封祀太山"一节：《史记》卷二九《河渠志》："天子既封禅，巡祭山川，其明年，旱干封少雨，天子乃使汲仁、郭昌发卒数万人塞瓠子决。""令群臣从官自将军已下皆负薪置决河。""天子既临河决，悼功之不成，乃作歌曰：'瓠子决兮将奈何，浩浩洋洋兮虑殚为河。殚为河兮地不得宁……皇谓河公兮何不仁，泛滥不止兮愁吾人。'于是卒塞瓠子，筑宫其上，名曰宣房宫。"封祀太山：《汉书》卷六《武帝纪》："元封元年（前110）夏四月癸卯，上还，登封泰山。"孟康注：王者功成治定，告成功于天。封，崇也，助天之高也。流死不藏：流民死后不能埋葬。⑮俯仰：比喻时间之快。南泄：向南泄出。⑯原隰：高平曰原，下湿曰隰。包原隰，指高地低处都被水所包围。墉：城墙。

黄楼赋（并叙） 233

⑰吕梁：指今江苏徐州铜山东南的吕梁洪。《庄子·达生》："孔子观于吕梁，县（悬）水三十仞，流沫四十里，鼋鼍鱼鳖之所不能游也。"龃龉：指巨石参差不齐的样子。⑱洄洑：漩涡，回流。⑲隍壑：护城河。睥睨：城墙上的女墙。⑳飘风：暴风。鼙（pí）鼓：即鼙鼓，战鼓。蚁穴：千里之堤毁于蚁穴之意。分：注定。闾阎：里巷之门，这里指市区。㉑杚：树枝。水裔：水边。㉒斗酒相属：举杯相劝。㉓平皋：水边平展之地。衍：衍展，平铺。旆旆：长大之貌。㉔霮䨴（dànduì）：云繁盛密集貌。㉕百步：即百步洪，在徐州东南。颠沛：颠倒，跌仆。没人：潜水的人。㉖戏马之台：戏马台，在徐州东南，传说项羽曾戏马于此。巨佛之峰：即石佛山，在徐州城南。《太平寰宇记》卷一五《徐州》："石佛井，在县南四里石佛山顶。"宋贺铸《庆湖遗老诗集》卷三《和张谋父游石佛山观魏太武书》："按《南北史·彭城图经》：魏太平真君十一年，太武南侵，至瓜埠，筑宫驻跸，声欲渡江。宋人患之，遣使请婚，馈百牢以犒师。明年春，旋师渡淮。复留连徐方，再旬始北去。今彭城南五里，因山镌佛，高十许丈，东北百步有大盘石，欹枕小溪，划然四字曰'阿弥陀佛'，皆径尺余。特'陀佛'两字为逸笔结之，其长倍寻，下落溪中。盖当时太武以铁棰画是字，非刊刻也。"岢乎特起：岢然独立。楼观翱翔：楼观的飞檐斗拱像鸟儿展翅飞翔一样。㉗渺芥：即渺茫，烟波浩渺的样子。骈洲接浦：骈列的水中沙洲连着河汊。㉘山断为玦：山横断处像玉玦的样子。玦：玉器，环形而有缺口。伤心极目：《楚辞·招魂》："目极千里兮伤春心。"麦熟禾秀，离离满隰：《诗经·王风·黍离》："彼黍离离，彼稷之苗。"描写西周京城乱离之后一片荒凉之状。㉙淡漫：水波旷远貌。古汴：即汴河，北宋时漕运开封的水路，到徐州汇入泗水。贾客连樯：商船聚集罗列。㉚金钲：铜锣，这里指皓月。苏轼曾经用铜钲比喻太阳。《新城道中》："岭上晴云披絮帽，树头初日挂铜钲。"阴氛：暮气、暮色。辟易：倒退，惊退。㉛人寰：人间。沙碛：沙滩。㉜汹汹：喧闹的声音。群动：各种动物。荡潏：波涛汹涌动荡。㉝项籍：项羽，项羽曾都彭城。刘戊：楚元王刘交之子，都彭城，参与七国之乱，兵败自杀。宋张世南《游宦纪闻》卷七："嘉定甲申夏，有持颍滨先生帖十数幅求售。踪迹所自，知非赝物明甚。有《黄楼赋》一篇，读之，其间'前则项籍、刘戊'一句，《观澜文》作刘备，《颍滨集》作刘季。《观澜文》注云：

'徐州牧陶谦病笃，谓别驾糜竺曰：非刘备不能安此邦。及谦死，竺率州人迎先主，先主未敢当。陈登、孔融晓谕之，先主遂领徐州。'刘戊，乃楚元王交之子也。汉六年，既废楚王信，分其地为二国，立刘贾为荆王，交为楚王。王薛郡、东海、彭城三十六县，先有功也。及薨，戊嗣，稍淫暴，遂应吴王反，起兵会吴，与周亚夫战。绝吴粮道，士饥，吴王走，戊自杀。彭城即徐州，先生之意，盖以此也。不知当来作刘备、刘季，而后来易以戊耶？或传写讹谬，而意其为备为季耶？要当以先生手书为定也。"㉞光弼：指盛唐名将李光弼（708—764），营州柳城（今辽宁朝阳）契丹族人。在平定安史之乱中，因功封临淮郡王，出镇徐州，进封临淮王。建封：即张建封（735—800），中唐名将，字本立，邓州南阳人。曾拜徐州节度使。㉟闵：怜悯。畴昔：往昔。㊱释然：高兴的样子。颓然：昏昏然的样子。河倾月堕：银河西斜，月亮西下。

[译文]

熙宁十年秋七月十七日，黄河从澶渊决口，向东流入钜野泽，然后往北溢入济水，往南溢入泗水。八月二十一日，大水到达徐州城下，我的兄长苏子瞻恰好做徐州的太守。大水未到之前，他就使人民准备畚箕铁锹，蓄积泥土石块，积聚干草，堵塞堤岸城墙的漏洞缝隙，以便为大水到来做准备。因此大水到来的时候人民也不感到恐慌。从八月二十一日到九月初一日，水淹没城墙达二丈八尺，堵塞徐州城的东、西、北三个城门，大水都从城墙蔓延到与山相平。大雨昼夜不止，子瞻穿着官服踏着草鞋，在城墙上搭帐篷居住，紧急调动民夫、调派禁军士卒来预防水灾。命令居民不得私自出城避水，以身作为表率，誓死和徐州城共存亡。因而洪水暴至而人民却没有四散溃乱。当水最肆虐的时候，方圆千里之内，水波浩瀚，漂走居民的房屋，冲垮坟墓，老弱者的尸体遮蔽河面顺水而下，强壮者狂奔避水，没有食物，干等着死于丘陵高树之上。子瞻派遣善水的人驾着小船运送干粮去救济那些人，得以脱离死亡的人不计其数。水退了以后，朝廷方才开始堵塞澶渊的决口，还没有工夫顾及徐州。子瞻说："澶渊确实堵上了，那徐州就没有什么危险了。能不能堵得住，在于天意，但却不能让徐州人民再次遭遇大水的灾祸了。"于是就上书请求增高修筑徐州城，察看大水必经之地，用木堤来捍卫它，大水即使再次到来，也不会对徐州造成危害了。因此当大水退去后，徐州人民和太守更加亲密了。于是靠着徐州城的东门建造了一座高大的城楼，用黄土进行粉饰，据说是"土确实能够战胜水"。徐州人互相劝勉盖成了这座大楼。苏辙恰好在应天府宋城做留守司的签判，准备登上黄楼，观览这里的山川胜景，凭吊大水留下的遗迹，就为黄楼写了这篇赋。赋是这样的：子瞻和客人游玩于黄楼上面，客人仰头眺望，俯身感叹说："哎呀！危险啊！西汉武帝元光年间，黄河在瓠子决口，洪水翻腾直压钜野，延展溢出淮河和泗水，梁楚大地受害二十多年。地下的地方变成了死水沼泽，高敞的地方也变成水洼。人民就像水中的鱼鳖，郡县的官府也无地立足。汉武大帝封禅泰山，巡游东方，哀叹人民无辜受灾，流浪死亡而无处埋葬，命令公卿大臣都背负薪柴堵塞宣房决口。武帝写下《瓠子之歌》，至今读来让人哀伤。多么可叹啊这个城邦，俯仰之间已经过去了千年，而今大河向东倾倒向南漏泄，又重蹈汉代遗留下来的灾害。大水将高原湿地都包围在一块，窥探我邦城墙摧残破败之处。吕梁洪两岸巨石犬牙参互，横断城墙之前，四围群山连绵，合围在城市之外。水波回旋不进，环绕着孤城就像汪洋大海。鱼鳖鼍龙在护城河中舞动，在城头就可以看到帆樯驶过。当暴风迅猛刮过，惊涛骇浪就像战鼓擂响。即使忽视了小小的蚁穴，也会使城区洪水横流。侥幸的是冬天逐渐迫近，大水慢慢萎缩退却。洪流漂来的枝杈高高悬挂在乔木之上，遗留下来的干枯的蚌壳散落在水边。听说澶渊成功地堵塞了缺口，若非是天意我们能依靠谁呢？今天我和太守，冠冕堂皇，罗列桌椅摆下盛宴，举起酒杯互相劝酬，饮酒饮到畅快时音乐演奏起来，大家开口欢笑，这岂是偶然的事情呢?"

子瞻说:"现在那些安然享受快乐的人,并不知道快乐之为快乐,必定要经历灾害以后才知道什么是快乐。我曾经和你在这座楼上凭栏四望,观览天宇的广大,把缭绕的青山当做城墙,把横过的长河当做襟带。平原衍展像席子一样,桑麻茂密壮盛。阡陌纵横如画图,田园庐屋向背分布。耕田打渔分布在江畔,放牧牛羊散布于天际。清风不时吹过,微云随风卷舒。山川纵横开阔,苍苍茫茫望到千里之外。向东眺望,群山参差,与河流背道而驰。山石成群结队倾身奔驰,跨过河流向西而去。百步洪波涛汹涌,船只被冲得东倒西歪,鱼鳖也颠沛流离,而潜水的人却在嬉戏游玩。水声奔腾就像震雷一样,震得城墙也显得岌岌可危。向南望可见项羽戏马台、雕刻巨佛的石佛山,峭然独立。向下窥视城中,楼台观阁如飞鸟翱翔,巍峨高耸重重叠叠。激荡的洪水平息以后,只见渺渺茫茫浮现空际。并列的沙洲接续着水岸,向下和淮河相通。向西看去只见群山环绕露出空缺就像玉玦一样,极目千里皆为使人伤心之色,麦子成熟禾苗秀穗,茂盛茂密铺满原野。成群的大雁结伴飞去,孤独的白鸟没入天际。淡淡炊烟横在空中,低头可见落日。向北望则是泗水弥漫,古老的汴河从这里汇入,形成巨大的波涛深渊,蛟龙盘踞,古老的树木遮蔽天空,乌鸦号呼,商船聚集,连绵直到城脚。送走西下的夕阳,迎来东升的明月。如金黄色铜钲的皓月从苍青的山峰涌出,黯淡的暮色立即仓皇四散。明月照耀人间直上夜空,皎洁的月光洒落在沙滩。月光射过楹柱进入人家的窗户,使人不禁生出寒气战栗起来。汹汹喧闹的众物都宁息下来,可以清晰地听到河流激荡的涛声。这正适合月光下起舞,一饮千石,抛开忧患,超然自得。况且你难道没有看到过去那些占据这里的人吗?前则有项羽、刘戊,后则有李光弼、张建封。当年他们战马成群,猛士如林。振臂高呼放声长啸,激起风云变幻。朱阁青楼中,饱看歌儿舞女的演唱。当他们势穷力竭的时候，一切都化为空虚。山高水深，野草长满城郊。想问一问那些留下来的遗老，但他们已经灰飞烟灭，什么都没有余下。所以我打算和你一起凭吊消逝的古人，怜悯以往黄河决口的惨剧。知道变化无处不在，所以就用饮酒来消磨时日吧！"

于是大家都高兴地欢笑起来，昏昏然地喝得大醉，银河西斜月亮西下，大家互相搀扶着走出楼来。

祭欧阳少师文

　　维年月日，具官苏辙谨以清酌庶羞之奠，①致祭于故观文少师赠太师九丈之灵：②呜呼！嘉祐之初，公在翰林。维时先君，处于西南。世所莫知，隐居之深。作书号公，曰"是知予"。公应"嗟然，我明子心。吾于天下，交游如林。有如斯文，见所未曾"。先君来东，实始识公，倾盖之欢，故旧莫隆。遍出所为，叹息改容。历告在位，莫此蔽蒙。报国以士，古人之忠。公不妄言，其重鼎钟。厥声四驰，靡然向风。③

　　嗟维此时，文律颓毁。奇邪谲怪，不可告止。剽剥珠贝，缀饰耳鼻。调和椒姜，毒病唇齿。咀嚼荆棘，斥弃羹胾。号兹古文，不自愧耻。④公为宗伯，思复正始。狂词怪论，见者投弃。⑤踽踽元昆，与辙偕来。皆试于庭，羽翼病摧。有鉴在上，无所事媒。驰词数千，适当公怀。擢之众中，群疑相豗。公恬不惊，众惑徐开。⑥滔滔狂澜，中道而回。匪公之明，化为诙俳。⑦

　　公德日隆，历蹈二府。⑧辙方在艰，抚视逾素。纳铭幽宅，德逮存故。终丧而还，公以劳去。⑨公年未衰，屡告迟莫。自亳徂青，迄蔡而许。来归汝阴，啸傲环堵。⑩辙官在陈，于颍则邻。拜公门下，笑言欢欣。杯酒相属，图史纷纭。辩论不衰，志气益振。⑪有如斯人，而止斯邪。书来告衰，情怀酸辛。报不及至，凶讣遄臻。⑫

呜呼！公之于文，云汉之光。昭回洞达，无有采章。学者所仰，以克向方。知者不惑，昧者不狂。⑬公之在朝，以直自遂。排斥奸回，罔有剧易。后来相承，敢陨故事。虽庸无知，亦或勉励。此风之行，逾三十年。朝廷尊严，庶士多贤。伊谁云从，公导其先。⑭自公之归，忽焉变迁。又谁使然，要归诸天。天之生物，各维其时。朝旸熏风，春夏时宜。⑮冻雨急雪，匪寒不施。时去不返，虽强莫违。矧惟斯人，而不有时。时既往矣，公亦逝矣。老成云亡，邦国瘁矣。⑯无为为善，善者废矣。时实使然，我谁怼矣。⑰哭公于堂，维其悲矣。呜呼哀哉！尚飨。⑱

[题解]

本文是祭奠欧阳修的祭文。欧阳修（1007—1072），字永叔，号醉翁、六一居士，江西庐陵人。宋代著名的文学家、史学家、政治家。欧阳修于熙宁五年闰七月庚午（二十三日）薨。八月丁亥（十一日）赠太子太师。苏辙的祭文当写于本年八月，文章开头已经提到封赠之事。欧阳修去世，一代文宗陨落，也是宋代文坛一个时代的结束。当时韩琦、王安石、范镇、曾巩、苏轼、苏辙、邵亢等都写有祭文。这些祭文可以说写得各有特色，对于欧阳修的一生盖棺论定，从文章、谏诤、功业、进退等各个方面给予高度的评价（如韩琦的祭文），并且一般也都结合自身和欧阳修的交谊抒发哀思。其中当以苏轼的祭文写得最有文采和力度，大处落墨，劲气直达，最能表现欧阳修一生的功业和万世的位置。如说：公之生则"民有父母，国有蓍龟，斯文有传，学者有师，君子有所恃而不恐，小人有所畏而不为。譬如大川乔岳，不见其运动，而功利之及于物者，盖不可以数计而周知"；又说公之亡则"赤子无所仰芘，朝廷无所稽疑，斯文化为异端，而学者至于用夷。君子以为无为为善，而小人沛然自以为得时。譬如深渊大泽，龙亡而虎逝，则变怪杂出，舞鳅鳝而号狐狸"，两相对照，又运用比喻，见得欧公存亡，关乎国之运势，君子小人之消长。这也就使文章站足了地位，也赋予了欧阳修以崇高的地位。并且文辞气势充沛，足以表达其意，这充分显示了东坡巨大的笔力。相对而言，苏辙的祭文则显得比较平实，感情内敛，也没有太多华丽的语言，但在这些祭文中，本文仍很有特点，这主要表现在苏辙的祭文以自己的家世和欧阳公的交谊作为文章的主要内容，从欧阳修识拔先父苏洵讲起，然后讲欧阳修主持贡举，力主淘汰太学体的不良文风，擢拔苏轼、苏辙兄弟，然后再讲欧阳修给亡父撰写墓志铭，写自己兄弟去拜谒退居的欧阳修，这些非常个人化的事情，表现了自己对于欧阳修的深厚的私人情感，而这些在其他祭文中表达得不够充分，比如苏轼、曾巩同样都是欧阳修亲自识拔的门生，但他们的祭文更多地是从公论的角度祭奠欧公，而非私人、门生的角度。所以苏辙的祭文的感情色彩显得更加真挚。祭文最后也讲到欧阳修的文章和政事，然后感叹欧阳修没有穷尽自己的才能，而上天却夺去他的生命，对于时运致以莫可奈何的感慨。这一段在前面铺垫的基础上，感情色彩极为浓烈，感叹悲慨，呼天抢地，充分显示了苏辙对欧阳修的一种特别的知遇之感。

[注释]

①维：发语词，无义。具官：文章底稿上官职的省写。清酌：清酒。庶羞：诸种肴馔。奠：祭品。②观文少师赠太师九丈：《长编》卷二三七："（熙宁五年八月甲申）颍州言观文殿学士、太子少师致仕欧阳修卒。赠太子太师。太常初谥曰'文'，常秩曰：'修有定策之功，请加以忠。'乃谥文忠。"九丈：欧阳修在兄弟中排行第九，宋代史料中经常称之为欧九。③"嘉祐之初"一节：本节讲述了苏辙父亲苏洵受知于欧阳修一事。欧阳修至和元年（1054）九月迁翰林学士。苏洵于嘉祐元年携二子苏轼、苏辙来到京城应科举考试。苏洵因张方平的引荐，受到欧阳修的赏识。苏洵文集中保存有《上欧阳内翰书》五封。欧阳修有《荐布衣苏洵状》。欧阳修《故霸州文安县主簿苏君墓志铭并序》："君生于远方而学又晚成，常叹曰：'知我者惟吾父与欧阳公也。'"张方平《文安先生墓表》："至京师，永叔一见，大称叹，以为未始见夫人也，目为孙卿子。献其书于朝。自是名动天下，士争传诵其文，时文为之一变，称为老苏。"倾盖：盖，车盖。谓停车交盖，两盖稍稍倾斜。常用来形容朋友相遇，亲切交谈的情况。《汉书》："白头如新，倾盖如故。"④"文律颓毁"一节：指当时文场盛行的太学体不良文风。《长编》卷一五八："（庆历六年，同

知贡举张方平言）尔来文格，日失其旧，各出新意，相胜为奇。至太学盛建，而讲官石介益加崇长，因其好尚，寖以成风，以怪诞诋讪为高，以流荡猥烦为赡，逾越绳墨，惑误后学。"沈括《梦溪笔谈》卷九："嘉祐中，士人刘几，累为国学第一人。骤为怪险之语，学者翕然效之，遂成风俗。欧阳公深恶之。会公主文，决意痛惩。凡为新文者一切弃黜。时体为之一变，欧阳之功也。有一举人论曰：'天地轧，万物茁，圣人发。'公曰：'此必刘几也。'戏续之曰：'秀才剌，试官刷。'乃以大朱笔横抹之，自首至尾，谓之'红勒帛'。判大纰缪字榜之。既而果几也。"文律：文风。剽剽珠贝，缀饰耳鼻：剽窃别人文章的精华，来装饰自己的作品。调和椒姜，毒病唇齿：花椒和生姜本不同味，却硬将其调和在一起，使人唇齿受害。比喻文章生硬拼凑，不伦不类。咀嚼荆棘，斥弃羹胾（zì）：吃着剌口的东西，却把美味佳肴抛弃。羹：肉汤。胾：大块肉。⑤"公为宗伯"句：韩琦《安阳集》卷五○《欧阳修墓志铭》："嘉祐初，权知贡举。时举者务为险怪之语，号'太学体'。公一切黜去，取其平澹造理者，即预奏名。初虽怨谤纷纭，而文格终以复故者，公之力也。"宗伯：官名，春秋时置，掌管宗庙祭祀礼仪。后世指礼部长官。欧阳修主持礼部贡举，故称其为宗伯。正始：指雅正的文风。《毛诗大序》："《周南》、《召南》，正始之道，王化之基。"注："《周南》、《召南》二一五篇之诗，皆是正其初始之大道，王业风化之基本也。"⑥"踽踽元昆"句：指苏轼、苏辙兄弟在这次贡举中，受到欧阳修的青睐，双双折桂事。踽踽（jǔjǔ）：孤独无所依靠的样子。元昆：兄长。羽翼病摧：比喻憔悴病弱的样子。无所事媒：不需要通过媒介介绍引荐。擢之众中，群疑相㨖：从众人中选拔出来，大家群起怀疑抨击。擢（zhuó）：提拔，提升，选拔。㨖（huī）：冲击，撞击，喧闹。《宋史》卷三一九《欧阳修传》："知嘉祐二年贡举。时士子尚为险怪奇涩之文，号太学体。修痛排抑之，凡如是者辄黜。毕事，向之嚣薄者，伺修出，聚噪于马首，街逻不能制。然场屋之习，从是遂变。"欧阳修改变文风的行动，在当时颇有阻力，但是此次贡举选拔出了像"二苏"、曾巩、张载、程颢、吕惠卿、曾布等一大批日后在文学、思想、政治各个方面颇为重要的人物。特别是"二苏"和曾巩的出现，巩固了欧阳修所倡导的新文风。所以"所得颇当实材，既而稍稍遂定"。（欧阳修《与王懿敏公书》）⑦滔滔狂澜，中道而回：即挽狂澜于既倒之意。诙俳：滑稽诙谐的文体，丧失古文的高贵雅正。⑧历蹈二府：历任二府之职。二府：指三省和枢密院，分别执掌民政和军政，当时称为东西二府。欧阳修嘉祐五年（1060）十一月拜枢密副使，六年闰八月拜参知政事。参知政事即副宰相。⑨"辙方在艰"句：在艰，遭遭父丧，为父守制。苏辙父苏洵于治平三年（1066）四月去世，苏轼兄弟护丧返蜀。逾素：超过平时。纳铭幽宅：指欧阳修为苏洵撰写墓志铭。墓志铭随棺柩埋于墓穴，所以也叫埋铭。终丧而还，公以劳去：苏轼兄弟于熙宁元年（1068）七月终制，次年二月回到京师。欧阳修于治平四年（1067）三月以观文殿学士外任知亳州。⑩"公年未衰"句：迟莫，即迟暮。自亳徂青，迄蔡而许：欧阳修于熙宁元年（1068）八月由知亳州改知青州，三年七月改知蔡州，四年六月，以观文殿学士、太子少师致仕。七月，归颍。来归汝阴，啸傲环堵：汝阴，即颍州（今安徽阜阳）。啸傲环堵，过着啸傲山水、四壁萧然的生活。⑪辙官在陈，于颍则邻：熙宁三年二月苏辙为陈州（今河南淮阳）教授，陈州与颍州相邻。拜公门下：熙宁四年九月，苏轼、苏辙兄弟到颍州拜谒欧阳修。谈诗论文，极为酣畅。留下多篇诗文作品。苏辙《栾城集》卷三有《次韵子瞻颍州留别二首》、《陪欧阳少师永叔燕颍州西湖》、《欧阳公所蓄石屏》等诗作。⑫报不及至，凶讣遄臻：报，犹"赴"。这句谓，派人问讯的还没赶到。讣，报丧的书面通知。遄（chuán），速。臻，至。⑬"公之于文"句：云汉之光、昭回洞达：《诗经·大雅·云汉》："倬彼云汉，昭回于天。"云汉：银河。昭回：光转。洞达：光明照彻。无有采章：没有炫耀华彩的文章。以克向方：因此方能够找到正确的方向。⑭以直自遂：以忠直之节自达，终生正直。奸回：奸诈邪曲之人。罔有剧易：不管难易。敢陨故事：岂敢陨毁这一传统。⑮朝旸（yáng）熏风：朝阳和风。旸：太阳升起。⑯老成云亡，邦国瘁矣：《诗经·大雅·荡》："虽无老成人，尚有典刑。"老成人：旧臣。《诗经·大雅·瞻卬》："人之云亡，邦国殄瘁。"殄瘁（tiǎncuì）：困病憔悴。⑰憝（duì）：怨愤。⑱尚飨：亦作"尚享"，希望死者来享用祭品。旧时祭文的惯用结语。

[译文]

  某年月日，苏辙恭敬地用清酒和各种祭品，祭献于亡故的观文殿学士、太子少师赠太子太师九丈的灵前：仁宗嘉祐初年，欧阳公在翰林院。那时我的先父，生活在西南蜀地。世人都不知道他，他隐居埋没得很深远。写信给欧阳公请求援引，说："这是真正理解我的人。"欧阳公回信说："确实如此啊！我明了你的志向。我在天下，交友如林。像你这样的文章，还从来未曾见过。"先父来到东方京师，方才结识欧阳公。倾盖之间欢然相识，连对待那些老朋友也没有如此隆重。拿出所有的文章，欧阳公赞叹不已，容貌更加亲敬。告诉所有当权的人，不要遮蔽蒙盖了这样的人才。用推荐贤士来报答国家，这是古人传下来的忠心报国的传统。欧阳公从来不会妄加推崇，他一言九鼎重。先父的声誉四处快速传播，像风吹过草丛。

可叹在那个时候，文风颓败毁坏。奇异邪僻，诡谲怪诞，不是布告就能阻止的。剽窃剥夺别人的珍珠宝贝，连缀装饰在自己的耳朵鼻子上。把花椒和生姜死拉硬拽拼凑在一块，害苦了嘴巴和牙齿。津津有味地咀嚼着蒺藜荆棘，却把肉羹和肉块抛弃。把这样的文章叫做古文，一点儿也不觉得惭愧羞耻。欧阳公作为礼部贡举的主持者，考虑使文风恢复到正路。那些狂妄的言辞怪诞的议论，见到就把它扔到一边去。孤零零的兄长，和我一起来到京师。都到贡院考试，显得憔悴困顿。明镜高悬在上，用不着托人引荐。纵笔写下几千字的文章，恰好符合欧阳公的心意。从众人中把我们选拔出来，大家都怀疑攻击。欧阳公安然不惊，众人的疑惑慢慢开解。滔滔狂澜，奔流到半路又回到河道。如果不是欧阳公的英明果断，盛宋的文风将会变得滑稽诙谐可笑。

欧阳公的声望一天天升高，历任枢密院和中书省的要职。那时苏辙恰好遭遇了丧父的家难，欧阳公对我的爱护照看超过了平时。为亡父写的墓志铭埋进了坟墓，您的恩德遍及活着的和亡故的。我守丧终了回到京师，欧阳公已经因为均劳逸离开了京城。欧阳公的年龄还未到衰老的时候，已经屡次告老乞求还乡。从亳州到青州，又乞求知蔡州得到允许。于是致仕回到颍州汝阴。啸傲山水，环堵萧然。苏辙我在陈州做官，和颍州刚好相邻。到欧阳公门下拜谒，欢言笑语兴高采烈。举酒相劝，图书杂陈。滔滔雄辩毫不示弱，心志气概益加振奋。像这样的人，难道竟然只活到这个年龄吗？有书信来告诉衰弱的状况，我的情怀酸楚悲哀。派去问询的人还没有到，报丧的讣告已经急速送到。

呜呼！欧阳公的文章，就像银河的光芒，光明洞彻，照耀大地，没有任何徒然的华彩。那是学习者所仰望的，它能给大家指明方向。智慧的人因此不迷惑，愚昧的人因此不发狂。欧阳公在朝廷，以刚直自达，排斥奸佞小人，不管难易。后来者秉承欧阳公的做法，谁敢败坏这一传统呢？即使那些平庸无知的人，也可能受到劝勉鼓励。这种风气流行已经有三十多年。朝廷因此显得尊严，普通的士人中也多有贤能之人。我们跟从谁呢？是欧阳公在前面引导啊！自从欧阳公致仕归去，忽然之间就已经病逝，这又是谁造成的呢？大概只能归之上天啦！上天生养万物，各有各的时运。朝阳和风，适宜于春天和夏天。冻雨急雪，不到寒冷时就不会出现。时运一去就再也回不来，即使再强大的也不能违背。何况像这样的人，怎会没有时运呢？时运已经过去，欧阳公也就逝世。老臣亡去，国家也变得困悴。不必再做什么善事了，做善事的不也死亡了吗？都是时运造成的，我能怨恨谁呢？在祭堂上为公痛哭，有的只是悲伤啊！呜呼哀哉！请来享用祭品吧！

书白乐天集后二首(其一)

元符二年夏六月,①予自海康再谪龙川,②冒大暑,水陆行数千里。至罗浮,水益小,舟益庳,惕然有瘴暍之虑。③乃留家于山下,独与幼子远葛衫布被乘叶舟,秋八月而至。④既至,庐于城东圣寿僧舍,闭门索然,无以终日。欲借书于居人,而民家无畜书者。独西邻黄氏世为儒,粗有简册,乃得乐天文集阅之。⑤乐天少年知读佛书,习禅定,既涉世履忧患,胸中了然,照诸幻之空也。⑥故其还朝为从官,小不合,即舍去,分司东洛,优游终老。⑦盖唐世士大夫,达者如乐天寡矣。予方流转风浪,未知所止息,观其遗文,中甚愧之。然乐天处世,不幸在牛李党中,观其平生,端而不倚,非有所附丽者也。盖势有所至,而不能已耳。⑧会昌之初,李文饶用事,乐天适已七十,遂求致仕,不一二年而没。⑨嗟夫!文饶尚不能置一乐天于分司中耶?然乐天每闲冷衰病,发于咏叹,辄以公卿投荒僇死不获其终者自解,予亦鄙之。⑩至其闻文饶谪朱崖三绝句,刻核尤甚。乐天虽陋,盖不至此也。且乐天死于会昌之初,而文饶之窜在会昌末年,此决非乐天之诗。岂乐天之徒浅陋不学者附益之耶?乐天之贤,当为辨之。⑪

[题解]

　　本文作于元符元年八月苏辙由雷州贬所到循州贬所以后。随着当时新党对旧党打击力度的进一步加剧，苏轼也于前一年由惠州被贬到儋州。面对这样的形势，苏辙借白居易的文集来消忧解闷，他赞赏白居易力求置身党争之外，能够尽早抽身，悠游终老的豁达人生态度。感叹自己同样处于政治风波之中，不知何处才是止泊之地。但他对白居易嘲笑那些被贬于荒远之地或者被杀戮不得善终者，则持不同意见。特别是关于李德裕贬谪崖州后，写诗报复一事，苏辙认为是轻薄者托名白居易所写，作为贤者的白居易绝不会写这样的诗。这也反映了身在贬地的苏辙复杂的感情。

[注释]

　　①元符二年夏六月：应为元符元年（1098）夏六月之误。按《长编》卷四九六："（元符元年三月癸酉）诏苏辙移循州安置。"苏辙离开雷州赴循州在六月。②海康：雷州治所，在今广东雷州半岛中部。龙川：循州治所，在今广东东北。③罗浮：指惠州，因为罗浮山在惠州境内，所以以罗浮指代惠州。当时苏轼长子苏迈居住于惠州，苏辙将妻儿暂时托付与苏迈。庳（bēi）：低矮。惕然：恐惧貌。瘴：瘴气，南方山林中湿热蒸郁，致人疾病，称为瘴。暍（yē）：受热中暑。④幼子远：苏辙幼子苏逊，原名远，字叔宽，小字虎儿，随苏辙赴贬所。⑤"既至"一节：苏辙《龙川略志引》："予自筠徙雷，自雷徙循，二年之间，水陆几万里，老幼百数十指，衣食仅自致也。平生家无尤物，有书数百卷，尽付之他人。既之龙川，虽僧庐道室，法皆不许入。裹橐中之余五十千，以易民居大小十间，补苴弊漏，粗芘风雨。北垣有隙地可以毓蔬，有井可以灌，乃与子远荷锄其间。""然此郡人物衰少，无可晤语者。有黄氏老，宜学家也，有书不能读。时假其一二，将以寓目，然老衰昏眩，亦莫能久读。"⑥禅定：佛教名词，"禅"和"定"的合称。禅，梵文音译"禅那"之略，意译为"静虑"、"弃恶"等，谓心注一境、正审思虑。定，梵文意译，亦译为"等持"，谓心专往一境而不迷乱的精神状态。照诸幻之空：佛家认为现实世界都是空幻的。⑦分司东洛：分司，唐代制度，在陪都洛阳任职者为分司，乃闲职，无实际执掌职务。东洛，东都洛阳。白居易自大和三年（829）至去世定居洛阳，任太子宾客分司东都、河南尹、太子少傅分司东都

等职。⑧牛李党：唐朝穆宗至宣宗时期（821—859），朝廷形成了以李德裕为首的李党和以李宗闵、牛僧孺为首的牛党之间的长期党争，很多士大夫都牵扯其间。白居易姻亲中有为牛党中人者，白居易也不免牵扯其间。但白居易力求隐退散地，保全自身。《新唐书》卷一一九《白居易传》："太和初，二李党事兴，险利乘之，更相夺移。进退毁誉，若旦暮然。杨虞卿与居易姻家，而善李宗闵。居易恶缘党人斥，乃移病还东都，除太子宾客分司。"端而不倚：端正无所偏倚。附丽：附着依靠。⑨会昌之初：会昌初年，会昌（841—846），唐武宗年号。李文饶：李德裕（787—850），字文饶，赵郡人，大和七年（833）、开成五年（840）两次拜相，为李党党首。白居易在会昌初年，年已七十，会昌二年（842）遂以刑部尚书致仕。至会昌六年八月，卒于洛阳。⑩投荒：投窜到荒远之地。僇死：被杀戮而死。僇，通"戮"。⑪"闻文饶谪朱崖三绝句"一节：《旧唐书》卷一七四《李德裕传》："明年（大中二年）冬，又贬潮州司户。德裕既贬，大中二年自洛阳水路经江淮赴潮州，其年冬至潮阳，又贬崖州司户，至三年正月方达朱崖郡，十二月卒。"朱崖，即崖州，今海南海口。三绝句：胡仔《渔隐丛话》后集卷一三："苕溪渔隐曰：余以《元和录》考之，居易年长于德裕，视德裕为晚进。方德裕任浙西观察使，居易为苏州刺史，德裕以使职自居，不少假借，居易不得已以卑礼见，及其贬也，故为诗云：'昨夜新生黄雀儿，飞来直上紫藤枝。摆头撼脑花园里，将为春光总属伊。''开园不解栽桃李，满地惟闻种蒺藜。万里崖州君自去，临行惆怅欲怨谁。''乐天曾任苏州日，要勒烦文用礼仪。从此结成千万恨，今朝果中白家诗。'然《醉吟先生传》及《实录》皆谓居易会昌六年卒，而德裕贬于大中二年。或谓此诗为伪。余又以《新唐书》二人本传考之，会昌初白居易以刑部尚书致政，六年卒。李德裕大中二年贬崖州司户参军。会昌尽六年，距大中二年，正隔三年，则此三诗非乐天所作明甚。但苏子由以谓乐天死于会昌之初，而文饶窜于会昌之末，偶一时所记之误耳。"刻核：苛刻、刻薄。

[译文]

元符二年（应为元年）夏天六月，我从雷州海康再次被贬谪到循州龙川，冒着酷暑，水路、陆路行走几千里地，到惠州罗浮的时候，水越来越小，船越来越低矮，心里恐惧，害怕遭到瘴毒和暑热的侵害，于是就把家小留在惠州，只和小儿子苏远穿着葛布衣，盖着粗布被，乘一叶小舟，到秋天八月份才到达循州。到了以后，借住于城东的圣寿寺僧舍，闭门索居，没有什么可以消磨时日的。想向居民借书看，但民间却没有藏书的人。只有西邻黄家世代为读书人，略微有一些书册，于是得到白乐天的文集来读。白乐天小时候知道阅读佛经，学习坐禅入定，后来涉足世事经历忧患，胸中洞然明白，知道一切皆是空幻。所以他回朝做侍从之官，小有不合心意的，就辞去官职，做分司洛阳的闲官，在洛阳悠闲自在直到去世。大概唐代的士大夫，像白乐天这样豁达的很少啊。我正在政治漩涡中漂流，不知道哪里才是止泊的地方，观看白乐天的遗文，心中甚觉惭愧。然而白乐天处理世事，不幸陷入牛李党争之中，观察乐天的一生，端正而不偏不倚，没有依靠哪一方的。大概是大势所趋，身不由己吧。会昌初年，李德裕文饶当政，乐天恰好七十岁了，于是就要求退休，没过几年就去世了。可叹啊！李德裕尚且不能安置白乐天于分司东都的职务中吗？然而乐天每当清闲寂寞衰病的时候，总是在诗歌中抒发感慨，总是用公卿大臣被投窜到荒远之地，或者被杀戮不得善终来自我安慰，我也很鄙视他。至于他写的《闻文饶谪朱崖三绝句》，尤其刻薄。乐天再不知道理，大概也不至于这样。况且乐天死在会昌初年，而李德裕的贬谪却在会昌末年，这绝非乐天写的诗。难道是那些喜欢白乐天的浅薄的人附加上去的吗？乐天是个贤良之人，应当替他分辩洗刷。

参考书目

1. 《唐宋八大家文钞》，茅坤编，影印文渊阁四库全书本。

2. 《唐宋八大家文钞校注集评》，高海夫主编，三秦出版社1998年。

3. 《栾城集》，苏辙著，曾枣庄、马德福点校，上海古籍出版社1987年。

4. 《苏辙集》，苏辙著，陈宏天、高秀芳点校，中华书局1999年。

5. 《古文辞类纂评注》，吴孟复、蒋立甫主编，安徽教育出版社1995年。

6. 《唐宋文举要》，高步瀛选注，上海古籍出版社1982年。

7. 《嘉祐集笺注》，苏洵著，曾枣庄、金成礼笺注，上海古籍出版社1993年。

8. 《苏轼文集》，苏轼著，孔凡礼点校，中华书局1998年。

9. 《三苏年谱》，孔凡礼著，北京古籍出版社2004年。

10. 《嘉乐斋三苏文范》十八卷，四库全书存目丛书影印明天启二年刻本。

11. 《张方平集》，张方平著，郑涵点校，中州古籍出版社1992年。

12. 《欧阳修全集》，欧阳修著，李逸安点校，中华书局 2001 年。

13. 《宋史》，脱脱等著，中华书局 1985 年。

14. 《续资治通鉴长编》（简称《长编》），李焘著，中华书局 2004 年。

15. 《续资治通鉴长编拾补》（简称《长编拾补》），黄以周等辑注，中华书局 2004 年。